노을 진 산정에서

残照の頂 : 続・山女日記

노을 진 산정에서

미나토 가나에
湊かなえ

심정명 옮김

비채

우시로타테야마 연봉
고류다케 · 가시마야리가타케 (도야마 · 나가노)

다테야마 · 쓰루기다케 (도야마)

오모테긴자 종주로
쓰바쿠로다케 · 오텐쇼다케 · 니시다케 · 야리가타케 (나가노)

부나가타케 (시가)

아다타라 산 (후쿠시마)

『차례』

우시로타테야마 연봉

後立山連峰

고류다케

도쿄 역을 출발한 신칸센에서 내린 후 출근이나 등교 시간으로는 다소 이른 아침의 나가노 역 개찰구를 통과해 동쪽 출구로 나왔습니다. 뺨에 쌀랑한 바람이 느껴집니다. 겨우 칠석이 지났는데 도쿄에서는 이미 30도를 넘는 날이 이어지고 있건만, 같은 일본이라는 생각이 들지 않습니다. 게다가 그렇게 멀지도 않죠.

차기는 해도 가을 겨울의 뺨을 찌르는 바람과는 또 다른, 손님을 환영하는 듯한 다정함을 띠고 있습니다. 일본에서 표고가 가장 높은 현청 소재지라고 하는데, 이 낮은 기온이 표고 차에서 오는 건지 흐린 날씨 때문인지 저는 분간할 수 없습니다.

나가노는 태어나서 처음 와봤거든요.

"아야코 씨, 선반에 스틱을 두고 나왔어요."

뒤늦게 나온 마미코 씨가 길고 가느다란 주머니를 제게 내밀었습니다.

이번에 동행한 사람입니다. 마미코 씨는 대학 시절 산악부였어요. 저는 예순다섯 살, 마미코 씨는 마흔두 살. 부모 자식 정도로 나이 차이가 나는데 가족도 친척도 아닌, 알고 지낸 지 아직이 년도 되지 않은 여성이 무모하다고도 여겨지는 제 소원 성취를 적극적으로 응원해준 겁니다.

—산에 대해 제가 아는 상식은 이십 년 전 것이거든요.

이렇게 이야기하는 마미코 씨와 함께 등산용품 전문점에도 갔습니다. 스틱이나 헤드라이트, 여성용 등산복. 컬러풀한 것이 많아서 "할머니가 이런 색깔을 입어도 될까?"라고 망설이는 제게 "저도 놀랐어요, 둘이서 마운틴 걸에 도전해봐요"라며 유머러스하고 기운이 나는 말을 건네주더라고요.

저는 오렌지색, 마미코 씨는 물색 재킷을 골랐는데, 따로따로 계산을 하는 우리를 보고 점원이 엄마랑 딸 아니었느냐며 놀라더군요.

스틱 주머니를 배낭 옆에 달고 역 앞 사거리를 둘러봤더니 빨간 재킷을 입은 남자가 이쪽으로 다가오는 것이 보였습니다. 우리를 알아차리고는 한 손을 들고 웃는 얼굴로 이쪽으로 달려오더니…… 5미터 정도 앞에서 속도를 늦추었는데 의아한 얼굴을하는 것처럼 보였습니다. 하지만 곧장 웃는 얼굴로 돌아가서 우리 앞으로 왔습니다.

"좋은 아침입니다. 가이드 야마네 가쿠토입니다."

가이드가 동행하는 등산을 마미코 씨가 제안했고, 컴퓨터로 신청을 한 사람은 저입니다. 꼭 부탁하고 싶었던 분이 이 야마네 씨였습니다.

"다니자키 아야코예요. 그냥 아야코 씨라 불러주세요. 그리고 이쪽이 마미야 마미코 씨."

야마네 씨가 당황하는 표정을 지었습니다. 하지만 저도 마미코 씨가 처음 자기소개를 했을 때 똑같은 얼굴을 했을 터예요.

"마미야 마미코입니다. 잘 부탁드려요."

마미코 씨는 일할 때 같은 말투입니다. 긴장한 걸까요.

야마네 씨도 어색하게 잘 부탁한다면서 머리를 긁적이고 있습니다.

"웬일이야, 어쩐지 나 두근두근하기 시작했어. 야마네 씨가 사진보다 젊고 멋있어서."

"비행기를 태우셔도 업고 올라가지는 못합니다."

야마네 씨가 쑥스러운 미소를 지었습니다.

"어머, 정말인데. 야마네 가쿠토山根岳人가 본명이에요?"

"네. 딱 산악山岳 가이드 같은 이름인데, 부모님은 제가 공무원이 되기를 바라셨나 봐요."

"그럼 직접 선택해서 천직을 얻은 거네요. 사진이 연상되는 글

11

자도 있었으면 더 좋았을 텐데. 그치, 마미코 씨?"

"아, 네……."

어쩐지 딱딱한 웃음입니다. 피곤한 건지도 몰라요.

"마미코 씨도 일을 아주 열심히 해요. 근사한 커리어우먼이죠. 홋쿄쿠 유업에 다녀요, 대단하죠?"

마미코 씨는 난처한 얼굴로 조그맣게 미소 지을 뿐입니다.

"저도 매일 아침 홋쿄쿠 우유를 마셔요. 그리고 건포도버터가 최고죠. 와인이랑 어울리고."

"어머, 남편이랑 똑같네."

무심코 손뼉을 치고 말았습니다. 남편은 와인을 좋아해서 신혼 때는 좋아하는 상표의 레드와인이 손에 들어오면 건포도버터를 사다달라고 제게 부탁했어요. 센스 있게 크래커도 같이 내놨는데, 5밀리미터 정도로 얇게 썬 버터를 그대로 입에 넣고는 천천히 와인을 머금었지요.

—레드와인은 상온으로 마시라는 말이 기온이 높은 도쿄에는 해당하지 않는다고들 하지만 건포도버터를 안주로 먹기에는 적합하다고 봐.

이렇게 말하면서 버터를 이쑤시개로 찍어 제 입에도 넣어주었어요. 화이트와인을 더 좋아하는 저도 여기에는 레드가 어울리는구나 고개를 끄덕인 게, 벌써 사십 년도 더 전 일이에요.

—이 세트도 메뉴에 넣고 싶네.

이 말에 또 꿈 이야기를 시작하는구나 하고 웃던 시절……

"잘 맞네요. 하지만 이야기는 천천히 하기로 하고 출발합시다."

야마네 씨는 우리를 주차장 쪽으로 재촉했습니다. 자기가 들겠다며 제가 메고 있던 배낭을 받아서 한쪽 어깨에 걸치고는 마미코 씨 배낭에도 손을 뻗었지요.

"저는 됐어요."

딱 잘라 거절한 건 등산인이었던 마미코 씨의 자존심일지도 몰라요.

남편이 여기 있었다면 같은 태도를 보이지 않았을지.

설사 몇십 년 만의 등산일지라도.

"그럼 정식으로, 오늘부터 이틀 동안 잘 부탁드리겠습니다. 수많은 명산 가운데 고류다케를 선택하신 것에 진심으로 감사드립니다. 제 산은 아니지만요. 표고 2814미터, 일본 100대 명산 중 하나입니다."

산길용 경차의 조수석에 제가, 뒷좌석에 마미코 씨가 앉았습니다.

둘이 나란히 앉자며 저도 뒷좌석에 타려고 했더니 가는귀가 어두우니까 조수석에 앉으라고 마미코 씨가 권했는데, 모처럼 마미코 씨의 장난기 어린 웃는 얼굴에 못 이기는 척 제안대로 했습니다.

"사전에 보내드린 일정표와 지도대로 오늘은 곤돌라로 표고

1530미터인 알프스 평지까지 올라가서 리프트를 타고, 1673미터인 지조노카시라부터 도미 능선을 걸어서 2490미터인 고류산장을 목표합니다. 내일은 산막에서 고류다케 정상까지 왕복한 다음 올라갔던 길과 똑같은 코스로 내려갈 거예요. 위험한 쇠사슬 구간이나 사다리 타기도 없고 비교적 안전한 코스이기는 한데, 첫 등산에서 왜 고류다케를 고르신 거예요?"

"실은 제가 'GORYU'라는 이름의 카페를 하고 있거든요. 그치, 마미코 씨?"

뒤를 돌아보자 창밖을 보던 마미코 씨가 이쪽으로 고개를 돌렸습니다.

"네, 로마자로."

"와, 고류다케와 무슨 관계가 있는 거예요?"

"남편이 제일 좋아하는 산이에요. 대학 때 산악부여서."

"그렇군요, 근데 한자가 아니네요."

"그러면 어쩐지 중화요리점 같다면서 제가 반대했어요."

"확실히 맛있는 중화라면이 있을 것 같기는 하네요."

야마네 씨가 소리를 내어 웃었습니다.

"손님도 산을 좋아하는 사람들이 많나요?"

"그게 그렇지도 않아요."

가게 손님 중에 'GORYU'라는 간판을 보고 고류다케를 연상한 사람은 거의 없습니다. 가게에 고류다케 사진을 걸어놓아도.

"일류, 이류 할 때의 오류를 연상하고 가게에 들어왔다는 분들이 많아요. 삼류도 못 되는 지친 사람들의 휴식터다 하면서. 근데 그런 사람들일수록 사회에 어두운 저도 알 만한 일류 기업에 다니더라고요."

"마미코 씨처럼?"

"아뇨, 마미코 씨는 직장은 일류 기업인데 유일하게 가게 이름의 유래를 알아맞힌 사람이에요. 가게에 들어와서 벽에 걸린 사진을 보더니 고류다케의 'GORYU'였군요, 하면서. 그래서 산 이야기를 하다가 오늘에 이르렀죠. 그치, 마미코 씨?"

뒤를 돌아보자 마미코 씨는 당황한 듯이 고개를 숙였습니다.

"감으로 찍어봤는데 우연히 맞힌 거예요."

그래도 저는 놀랐습니다. 사진에는 산 이름이 들어가는 제목이나 사진 작가 이름도 없었으니까요.

"저기……."

야마네 씨가 입을 열었습니다.

"벽에 걸린 사진이라는 건?"

"물론 야마네 씨가 찍으신 거죠!"

야마네 가쿠토 씨는 세계적으로 유명한 산악 사진가이기도 하거든요.

하쿠바고류에 도착했습니다.

아들이 하나 있기는 한데 독신 귀족인지 뭔지라 손주가 없다

보니 학교와는 인연이 없기도 해서, 바깥세상에서는 아직 여름방학이 멀었다는 것이 곤돌라 승차장에 와서야 생각났습니다.

자못 관광지다운 장소인데 승차장에 줄이 없습니다. 여름방학과는 무관한 나이 든 등산객 모습도 보이지 않아요.

"설마 아직 등산 시즌이 아니었나요?"

평일이기는 하지만 조금 불안해졌습니다. 날짜를 우리가 지정했거든요.

"아닙니다. 제가 지난주에 사전 답사하러 올라갔는데 등산로에 눈도 남아 있지 않고 이 시기의 고산식물도 꽤 꽃을 피웠더라고요. 날씨가 조금 흐리기는 하지만 비가 와봤자 금방 그칠 거예요. 요즘은 여름 산 기온도 올라서 오히려 최고로 좋은 상태입니다. 산정도 지금은 보이지 않지만 서서히 갤 테니 보일 거고요."

야마네 씨가 자신의 배낭을 정리하면서 말했습니다.

"그럼 다행이에요. 마미코 씨한테 억지로 부탁해서 휴가를 내게 했거든요."

"신경 안 쓰셔도 돼요. 두 달 전에 날짜 알려주셨잖아요."

마미코 씨가 웃옷을 벗었는데 티셔츠 차림이었습니다. 구름 낀 하늘이기는 해도 대낮이 되면서 기온이 오를 테고, 걷기 시작하면 체온도 오를 겁니다. 저도 웃옷을 벗기로 했습니다.

"근사한 셔츠네요."

야마네 씨가 말했습니다. 연보라색 바탕에 망아지풀이 그려진 디자인입니다.

"마미코 씨가 골라줬어요. 산막 뒤에 많이 핀다면서요? 하지만 내일 갈아입을 옷은 산막에서 살 생각이에요. 인기 있는 디자인이 있다고 하니까."

"그거요. 저도 한 장 가지고 있어요. 커플룩이 되겠네요. 그런데 점심은 정말로 제가 준비하지 않아도 되겠습니까? 지금이라면 아직 사러 갈 수 있는데요."

"괜찮아요, 여기 잘 챙겨왔으니까."

부풀어 오른 배낭을 팡팡 두드려보았습니다.

"그럼 제가 들겠습니다."

"고마워요. 그런데 빵이라서 가볍기도 하고, 이건 직접 들고 싶어요. 야마네 씨 몫도 있답니다. 그런데……."

마미코 씨를 흘끗 봤더니 고개를 작게 흔듭니다.

"그러시다면 점심, 기대하고 있겠습니다."

다들 채비를 끝내고 곤돌라에 올라탔습니다.

알프스 평지에 도착하자 한층 더 서늘해졌을 뿐 아니라 공기의 투명도가 높아진 느낌이 듭니다. 초록이 눈에 더 선명하게 비쳐요.

여기서밖에 볼 수 없다는 파란 양귀비를 보고 나서 리프트 타는 곳으로 향했습니다.

"2인승이니까 제가 앞에 혼자 타고 바로 뒤에 아야코 씨랑 마미코 씨가 같이 타세요. 뒤를 돌아보면서 고산식물 설명을 해드리겠습니다."

하지만 마미코 씨가 거절했습니다.

"괜찮아요. 제가 꽃은 잘 알아서."

의기양양하게 말하니 야마네 씨도 웃음을 띠며 동의하듯 고개를 끄덕였습니다.

"그럼 저랑 같이."

야마네 씨와 나란히 탔습니다. 붕 하고 몸을 삽으로 뜨는 듯한 감각에 그리운 느낌이 들었습니다. 그건 사십 년도 더 전의 일인데.

공중에 떠서 발밑을 보니 고산식물을 대표하는 색깔인 흰색, 노란색, 보라색이 눈에 들어왔습니다. 관광객 대상으로 꽃에 관한 퀴즈를 써놓은 간판이 서 있습니다. 기억과 답을 맞춰보듯 꽃을 보고는 이름을 떠올리고 답을 말했습니다.

"대단해요. 제가 옆에 앉을 필요가 없었네요."

"이런 기구에 타는 식물원에 간 적 있거든요. 한참 전이지만."

"남편분이랑요?"

"네. 남편이랑은 선으로 만났어요. 큰아버지가 남편 상사였거든요. 너처럼 잔소리가 많고 도도한 여자한테는 도량이 큰 남자가 맞을 거라나 뭐라나."

"도도한 것 같지는 않은데요."

"큰아버지는 골초고 저는 담배를 싫어해서 그만 피우라고 잔소리를 많이 했거든요. 그뿐만이 아니에요. 젊을 때는 사소한 일이 걱정되기도 하고 신경이 쓰이기도 했어요."

"저도 담배는 싫어해요. 그래서 남편분이랑은?"

"도량이 크다기보다는 고지식하고 말재주가 없는 타입이었어요. 데이트를 하면 상대를 기쁘게 할 만한 대화 자체를 아예 못해요. 직업도 정밀기계 연구원이어서 그렇구나 했지만요. 그 사람은…… 꽃집에서 파는 꽃은 장미 정도밖에 몰랐어요. 집 근처를 둘이서 산책할 때도 산다화나 금계 같은 이름은 전부 제가 가르쳐줬죠. 우리 집 마당에 매해 피는 달리아를 봤을 때는 '글쎄, 신종 꽃인가요.' 하고 진지한 얼굴로 묻지 뭐예요."

처음 보는 상대인데 말이 끊이지 않고 나오는 것은 발밑에 핀 꽃이 기억의 뚜껑을 열어주었기 때문일까요.

"그래서 식물원에 데려갔어요. 마침 드라이브 삼아 갈 수 있는 정도에 새로 생긴 곳이 있었거든요. 처음에는 제가 선생님 같았는데, 고산식물을 모은 코너로 갔더니 도통 모르겠어요. 그런데 이번에는 그 사람이 신나게 꽃 이름을 가르쳐주어서 놀랐어요. 망아지풀이라든지, '심산' 어쩌고 하는 꽃들이라든지, 이쪽은 처음 듣는 이름뿐이라 마법의 주문이라도 듣고 있는 것 같았죠."

"남편분, 대단하신데요. 저는 산악부였던 학창 시절에는 꽃 이름을 전혀 기억 못 하다가 가이드가 되려고 마음먹고 노력한 건데."

"어머나, 그건 자기가 기억하지 못해도 이름을 가르쳐주는 사람이 옆에 있어서 그런 거 아니에요?"

"네……?"

"저는 긴 세월 고산식물 이름을 기억하고 있었던 건 아니거든요. 그냥 꽃을 보면 귓가에서 그날 남편의 목소리가 들려서 그걸 입 밖으로 말하고 있을 뿐이에요."

"그렇군요……."

야마네 씨는 아래쪽에 펼쳐진 꽃밭에 시선을 떨어뜨렸습니다. 이름을 가르쳐주는 사람이라, 하고 중얼거리며.

리프트에서 내렸습니다. 여기서부턴 드디어 걷기 시작합니다.

야마네 씨는 서서히 갤 거라고 했지만 비만 내리지 않을 뿐 머리 위에는 두꺼운 구름이 드리워져 있습니다. 이제부터 저 안으로 향하는 것이 망설여질 만큼요. 빵 같은 걸 먹고 있을 여유는 없을지도 모르겠습니다. 그보다…….

"잘 걸을 수 있을까?"

"힘들다 싶으시면 편하게 말씀해주세요. 다시 돌아가면 그만이니까요."

야마네 씨가 스틱 길이를 조정해주면서 말합니다.

"괜찮아요. 아야코 씨, 고류다케에 가겠다고 결심한 뒤로 자택 가까운 역에서 카페까지 역 하나 거리를 늘 걸어서 왕복했잖아요. 신청하고 나서는 역 두 개 거리를."

마미코 씨가 자기 스틱을 조정하면서 말했습니다.

"그건 대단한데요. 투어 신청하신 게 5월 황금연휴 끝나고 나서니까 두 달이나 역 두 개를 걸어서 다니신 거네요. 게다가 왕복으로. 5월이라고는 해도 더웠잖아요. 마침 저도 그때쯤 도쿄에 있었거든요."

"알아요. 개인전이 있었죠? 그걸 보고 결심했거든요. 그치, 마미코 씨?"

"아야코 씨가 제안하셔서."

"그건 기쁘네요. 앗⋯⋯."

야마네 씨는 마미코 씨의 스틱에 눈길을 주었습니다.

"조금 더 짧은 편이 좋아요. 5센티미터 더."

"그렇군요. 처음 써봐서."

마미코 씨는 어색하게 스틱을 다시 조정했습니다. 둘이서 등산용품을 사러 갔을 때 마미코 씨가 필요한 것을 메모해서 왔거든요. 스틱은 메모에 없었는데 마지막에 점원분의 추천으로 산 물건입니다.

그렇지만 야마네 씨는 가지고 있지 않습니다.

"그러면 준비운동으로 스트레칭을 합시다."

야마네 씨가 심기일전하듯 밝은 목소리로 말했습니다.

아킬레스건을 당겨준 뒤에는 양손을 뻗고 상체를 앞으로 숙였다가 노로 배를 젓는 것처럼 몸을 들어 올려 뒤쪽으로 젖힙니다.

"등산인데 이제부터 보트에 탈 것 같네."

"대부분 그렇게 말씀하세요."

"등산 경험자도요?"

"그렇죠. 저는 이게 당연하다고 생각했는데, 아무래도 우리 대학 산악부만 했나 봐요."

"그렇대요, 마미코 씨."

"재미있네요."

흥미 없다는 듯한 대답이었기 때문에 이 이상은 더하지 않기로 했습니다.

신발 끈을 단단히 고쳐 묶고 배낭을 멨습니다. 야마네 씨가 끈을 조정해주고 나니 1킬로그램은 가벼워진 것처럼 느껴집니다.

마미코 씨 배낭은 그대로도 좋은지 야마네 씨는 자기 배낭을 짊어졌습니다. 가이드라고 하면 손때가 탄 물건을 쓸 것 같은데, 우리와 똑같이 새 상품으로 보입니다.

"야마네 씨 배낭도 오늘이 데뷔인가요? 색깔이 멋져요."

선명한 빨간색입니다.

"실은 이 회사의 자문을 하고 있거든요. 신제품을 보내줘요."

"어머, 멋있다."

"테스터 같은 거죠. 자기한테 제일 잘 맞는 걸 계속 쓰는 편이 좋아요. 이 녀석도 등에 익을 무렵에는 다른 새 상품이 올 테니까 도구 이상의 것이 되지는 못하겠지요."

"어머, 그렇지 않아요. 야마네 씨가 그 가방을 보증해주면, 야마네 씨 본인은 그렇게 생각하지 않아도 도구 이상의 가치를 발견하는 사람이 많이 있을 거예요. 제 이 가방도 여러 회사 제품을 메보고 정했는데, 이번에 무사히 등반하면 다음에는 야마네 씨가 추천하는 배낭을 사고 싶은 걸요."

"그러실 필요는 없어요. 저도 지난번까지 아야코 씨가 메고 있는 시리즈의 남성용을 썼거든요. 가볍죠, 그거? 손에 들었을 때랑 어깨에 멨을 때 느끼는 무게가 완전히 달라요."

"네, 맞아요. 마지막에 두 개 중에 고민했는데 마미코 씨가 추천해준 걸로 정하기를 잘한 거죠."

"저는 그냥 이 회사 제품을 좋아하는 것뿐이에요."

같은 모양에 색깔만 다른 배낭을 멘 마미코 씨가 신발 끈을 고쳐 묶으면서 말했습니다.

"그럼 출발하시죠."

야마네 씨는 우리를 등산로 쪽으로 이끌었습니다.

슬슬 시작이구나 긴장했지만, 처음에는 일반 관광객도 산책할 수 있을 만한 포장된 길이 이어집니다. 리프트에서 보이던 꽃이 길가에도 흐드러지게 피어 있어서 더 가까이에서 볼 수 있었습니다.

"눈이 녹고 나서 피는, 등산 시즌을 열어주는 꽃들입니다."

선두를 걷던 야마네 씨가 말했습니다. 두 번째가 저, 뒤쪽이 마미코 씨입니다.

"고도가 갑자기 높아졌기 때문에 몸을 적응시키기 위해 천천히 가고 있는데, 더 천천히 가길 원하시면 편하게 말씀해주세요. 시간은 충분하거든요."

"이 속도로도 괜찮아요."

공기가 희박하다고도, 숨이 가쁘다고도, 몸이 무겁다고도 느끼지 않습니다. 순조로운 출발입니다.

"그런데."

야마네 씨가 걸으면서 돌아봤습니다. 길 폭에 여유가 있어서 나란히 선 형태가 됩니다.

"이상한 말씀을 드리는 거라면 죄송한데, 아야코 씨 남편분은…… 그걸 칠보세공이라고 하나, 초록색이랑 흰색, 노란색, 보라색, 파란색 유리가 꽃 모양처럼 되어 있는 세로로 긴 타원형 루프타이를 갖고 있지 않으신가요?"

숨이 멎을 뻔했습니다.

"그걸 어떻게? 제가 유리장인인 친구한테 만들어달라고 부탁해서 선물했는데, 너무 화려해서 그런지 매는 걸 본 적도 없는데요."

"역시 그랬군요. 가게 이름이랑 사진 이야기를 들었을 때 바로 연결할 수 있었으면 좋았을 텐데, 그도 그럴 게 십오 년도 전의

24

일이어서요."

"가게에 걸린 사진요? 저는 그걸 어떻게 입수했는지 몰라요."

"개인전에 와주셨어요. 개인전이라고는 해도 요즘처럼 번듯한 건 아니고요. 아직 신인이어서 카메라로 먹고살기는커녕 빚만 쌓이던 시절이라, 보다 못한 대학 때 친구가 친척이 소유한 나가노 역 앞 임대 빌딩에 빈자리가 있다면서 보름쯤 빌려줬거든요. 거기에 남편분이 마지막 날에 오셨어요. 출장에서 돌아가는 길이었는데 지정석을 예약해놓은 열차 시간까지 한 시간쯤 남았다면서요."

"나가노에는 회사 공장도 있어서 이따금 가기는 했는데, 그런 우연이 다 있네요."

"다른 관람객도 없어서인지 한 점씩 주의 깊게 찬찬히 보셨어요. 그중에서도 한참 발길을 멈추고 계셨던 게……."

"달빛을 받은 고류다케와 은하수 사진이군요."

"맞아요! 역시 그때 그분이셨구나. 이 사진은 얼마냐고 물으시는 거예요. 이번을 계기로 등산 관련 잡지 일이라도 들어오면 좋겠다 정도의 생각밖에 없었던 차라 설마 사진이 팔릴 줄은 몰랐죠. 바보같이 '판매는 안 합니다' 하고 대답했지 뭐예요."

"어머, 그랬더니?"

"그랬더니 남편분이 그래도 꼭 팔아달라고 고개를 숙이셨어요. 당신은 카페를 할 계획을 세우고 있는데 구상하고 있는 가게에 이 사진이 딱 맞는다고 꼭 걸게 해달라고요. 그렇게까지 말씀하시니까 공짜로 가져가시라고 했죠."

"그럼 그렇게 엄청난 작품을 남편이 공짜로 받아온 거예요?"

"설마요. 가지고 있는 만 엔 지폐가 이것밖에 없다면서 칠만 엔이나 주셨어요. 액자는 해뒀지만 크기도 포스터 사이즈인데. 이렇게 많이는 못 받는다고 거절했더니 가게가 개업하면 초대장을 보낼 테니까 자랑스러운 작품을 들고 꼭 개점을 축하하러 와달라고 하셨어요. 연락처를 물어보셔서, 만들어놓은 명함을 드렸는데……."

그래서 명함이 있었구나.

"그런 약속을 했다니 죄송하게 됐어요."

"아니요, 초대장을 바랐다거나 그런 게 아니에요. 카페가 계획대로 문을 열고 거기에 그때 그 사진을 정말로 걸어주셨다는 걸 안 것만으로도 행복합니다."

커다란 석총에 도착했습니다. 지조노카시라입니다. 눈을 덮어쓴 경치라도 360도 빙 둘러보면 해방감을 만끽할 수 있습니다.

"남편분은 가게를 보고 계세요?"

야마네 씨의 해맑은 미소에 뭐라고 답하면 좋을지.

"실례예요."

목소리를 높인 것은 마미코 씨입니다. 2미터쯤 뒤를 따라오던 마미코 씨에게는 우리의 대화가 전부 들렸을 테고, 같이 들어주기를 바라기도 했습니다. 하지만 다소 사정을 알고 있다고는 해도 마미코 씨가 이렇게 강한 어조로 화를 내다니.

처음 만난 사람에게?

야마네 씨가 미안한 얼굴로 이쪽을 봅니다.

"고마워, 마미코 씨. 하지만 처음부터 제대로 말하지 않은 내 잘못이에요. 야마네 씨, 남편은 십 년 전 카페를 개업하기 반년 전에 죽었어요."

"그런…… 죄송합니다."

야마네 씨가 고개를 깊이 숙였습니다.

"그러지 말아요. 저는 산의 기적에 감동하고 있어요. 제가 그 사진을 처음 본 건 남편이 세상을 떠난 뒤예요. 가게 개점 준비를 하려고 대여창고를 빌려뒀는데 거기에서요. 가게 일은 남편이 전부 혼자 진행하고 있어서 업자분이랑 이야기가 어떻게 되었는지도 모르지만, 완성 예상도에 실내 벽에 그림을 걸어놓은 것 같은 부분이 있었거든요. 분명 이 사진을 걸 예정이었겠구나 했죠. 어떻게 손에 넣었는지도, 누가 찍었는지도 그때는 확인하지 않고 완성된 가게에 그냥 걸어놨을 뿐인데, 수수께끼가 풀렸잖아요. ……걸을까요?"

멈춰서 있어서는 목적한 장소에 도착하지 못합니다.

"여러 가지 여쭙고 싶은 게 있지만, 여기서부터는 오르막길 경사가 급해지니까 말하면서 올라가면 체력을 소모하게 됩니다. 우선은 고토미 산까지 열심히 걷죠. 표고가 조금만 높아져도 꽃 종류도 바뀌어요. 식물원에서는 전시하기 어려운 꽃이 많을 테니, 사진을 찍고 싶으시면 편하게 말씀해주세요."

분위기를 바꾸어주는 야마네 씨의 쾌활한 어조에 기분이 고조돼서 다리에 한 걸음을 내디딜 힘이 생깁니다.

식물원에서 남편도 같은 말을 했던 것이 떠오릅니다.

―고산식물이라고 해도 특별 전시한 망아지풀 외에는 비교적 표고가 낮은 곳에 피는 꽃뿐이야. 언젠가 당신한테 초여름 고류다케의 꽃밭을 보여주고 싶어.

그렇게 약속하고 결혼해서 언젠가, 언젠가, 언젠가…….

남편은 신혼여행만큼은 산으로 가자고 했지만, 저는 예쁜 원피스를 입고 모자를 쓰고 트렁크를 한 손에 들고 떠나는 장소에 가고 싶었습니다. 그렇게 교토, 나라를 둘러본 것에 후회는 없어요.

아들이 태어나서 좀 성장한 뒤로는 그 사람은 아무리 야근이 많고 바빠도 여름휴가 때면 가족 셋이서 1박 여행 갈 수 있는 날을 꼭 만들었습니다. 해수욕장, 놀이공원, 박물관, 유명한 요리를 먹고 기념 촬영을 하고 기념품을 사서 돌아왔습니다. 이것도, 저것도 다 즐거운 추억이지요.

저나 아들이 보고 싶은 영화가 있다고 하면 상영 기간 중의 일요일을 반드시 하루 비웠고, 집에 오는 길에는 레스토랑에서 식사를 하며 서로 감상을 이야기했어요.

중학교에 갓 올라간 아들이 장래에 의사가 되고 싶다고 했을 때는 이렇게 기쁜 일이 있냐고, 우리 둘이서 받쳐주자며 서로 손을 맞잡았습니다. 아들이 1지망 학교 의대에 합격한 기념으로 온 가족이 처음으로 여권을 만들어서 2박 일정으로 타이완 여행을 간 것은 평생의 추억이에요.

축복받은 인생. 하지만 단 하나 후회가 있습니다.

—언젠가 카페를 열고 싶어. 산막풍 인테리어에 가게 이름은 '고류'로 정해놨지.

그 꿈은 훨씬 뒤의 일이라고 저는 마음대로 단정 짓고 있었습니다.

"고토미 산에 도착했습니다."

야마네 씨의 말에 배낭을 내려놓았습니다.

"아야코 씨, 페이스가 엄청 좋은데요."

칭찬을 받는 건 몇 살이 되어도 기쁜 일입니다. 수분을 보충하라는 말에 페트병에 든 물을 마셨습니다. 마미코 씨가 말린 과일이 든 지퍼백을 꺼내는 걸 보고 저도 똑같이 준비해온 것을 먹기로 했습니다.

"말린 과일 혼합, 좋네요. 좋아하시는 걸 직접 섞어서 오신 거예요?"

"아니요, 처음부터 섞여 있는 걸 샀어요. 건포도랑 사과랑 파인애플이랑 망고, 그리고 무화과도 들어 있답니다."

"다 제가 좋아하는 것들이네요. 다음에 사봐야지. 어디 회사 거예요?"

옮겨 담아와서 상표는 모릅니다.

"마미코 씨, 이거 어디 거였더라?"

등산용품점에 간 뒤에 행동식이라 불리는 간식도 백화점 지하에서 함께 봤기 때문에 같은 것을 가지고 왔습니다. 마미코 씨는 먼 곳을 바라보면서 식품 회사 이름을 대답했습니다.

마미코 씨는 무엇을 보고 있을까요? 몇십 미터 앞의 시야는 흰 연무로 덮여 있습니다. 역시. 치밀어 오르는 한숨을 삼켰습니다. 실은 올 때 신칸센에서 마미코 씨에게 스마트폰으로 날씨를 봐달라고 했거든요. 산 날씨 전문 사이트였어요. 고류다케는 오전 중에는 흐림, 오후는 줄곧 비 표시가 되어 있었습니다.

어둠침침한 하늘을 올려다보고 있자니 그릇에 넘칠 듯이 따른 카페라테가 머리에 떠올랐습니다.

정기 구독하는 잡지 〈더 찻집〉에서 카페라테 그릇이 젊은 여성들 사이에서 유행하고 있다기에 주문했더니, 정식에 딸린 우동용인가 싶을 정도로 커다란 그릇이 왔습니다. 마침 마미코 씨가 와서 그 그릇에 내주려고 밀크팬 가득 만들었는데, 보기보다 용량은 크지 않았는지 가장자리까지 담긴 카페라테를 흘릴 뻔하면서 엉거주춤한 자세로 살짝살짝 운반했습니다. 그때의 그 그릇 표면이 떠올랐어요.

톡 하고 가벼운 자극을 주면 단숨에 비가 쏟아질 듯한 하늘. 경치가 보이지 않는 것을 아쉬워하기보다 아직 비가 내리지 않는다는 데에 감사해야 할지도요.

야마네 씨를 돌아보자 플라스틱 물통 같은 병을 입으로 가져가는 중입니다. 내용물은 액체가 아니에요.

"감씨 과자랑 혼합 견과류예요. 이렇게 해놓으면 손에 묻지 않게 먹을 수 있어서 편리하거든요."

"겉보기에도 스타일리시한데요."

좋아하는 말린 과일과 견과류를 채운 오리지널 병을 만들어보면 재미있을 것 같습니다. 남편이라면 건포도와 보리 초콜릿을 넣을지도요.

"그럴 같까요."

짧은 휴식은 끝입니다. 비닐을 배낭에 넣었습니다. 야마네 씨는 병을 카라비너로 배낭 허리끈에 걸었습니다. 멋있다고 말하기에는 어쩐지 마미코 씨한테 미안한 느낌이었습니다.

지금 이렇게 여기 서 있는 것은 마미코 씨 덕분입니다.

마미코 씨가 'GORYU'를 처음 찾은 것은 작년 4월이었습니다. 가게에서는 홋코쿠 유업의 유제품을 쓰는데, 마미코 씨는 새로 지역의 영업을 담당하게 됐다는 인사를 하러 왔습니다. 하지만 가게에 한 발 들여놓자마자 제가 아니라 사진에 시선이 꽂혔습니다. 마치 빨려 들어가듯. 그렇기는 해도 아마 일 분도 안

되는 시간이었고, 곧장 제 쪽으로 부드러운 미소를 보여주었습
니다.

―고류다케의 'GORYU'였군요.

우리 가게에는 거의 오지 않는, 딸뻘이라 해도 좋을 만한 나이
대의 여성이 가게 이름을 맞혔다는 데에 운명 같은 것을 느낀 저
는 커피를 대접하겠다며 근무중인 마미코 씨를 붙들고 고류다케
를 좋아하던 죽은 남편의 꿈을 이어받아서 줄곧 전업주부였던
제가 목숨을 건 각오로 이 가게를 열었다고 이야기했습니다. 내
년이면 십 주년이 된다고.

그 뒤로 마미코 씨는 일주일에 한 번 퇴근길에 가게에 들르게
됐습니다.

―고류다케에 같이 가기로 약속해놓고는 데려가지 않고 죽어
버렸어. 하다못해 내가 스무 살만 젊었더라면 혼자서라도 갔을
텐데.

어느 날 이런 푸념을 했더니 지금이라도 괜찮다고 말해주었어
요. 그 자리에서만 하는 위로가 아닌, 힘찬 어조로. 주저하는 제게
마미코 씨는 격려하듯 자신이 대학생 때 산악부였고 고류다케가
있는 우시로타테야마 연봉은 가장 좋아하는 코스라는 이야기를
해주었지요.

저는 마미코 씨에게 물었어요, 실은 남편에게 질문하고 싶었
던 것을.

— 왜 고류다케를 좋아해요?

남편에게 고류다케라는 이름을 들었을 때는 막연히 등산객에게 인기가 있는 산이겠거니 했어요. 하지만 가게를 열고 산막풍 인테리어가 마음에 들어서 가게에 오게 된, 많든 적든 등산 경험이 있다는 손님들이 약속이라도 한 듯 묻는 거예요. 고류다케도 좋은 산이기는 한데 나는 야리가타케나 호타카다케를 더 좋아한다, 야쓰가타케 같은 곳도 좋다, 그런데 왜 고류다케냐고.

마음대로 추측하는 사람도 있었어요. 남편과 처음 만난 장소, 사랑을 키우는 계기가 된 장소, 프러포즈를 받은 장소. 저는 웃으며 고개를 저을 수밖에요. 저는 고류다케를 오르기는커녕 먼 발치에서 본 적도 없어요, 하면서.

그 뒤로 등산 경험이 있다는 사람에게는 제가 먼저 질문하게 됐어요.

남편이 왜 고류다케를 제일 좋아했을지 가르쳐주세요.

마미코 씨는 즉답했어요.

— 고류다케 위에는 밤하늘이 아니라 우주가 펼쳐져 있어요.

우주. 우리는 둘이 동시에 사진에 눈길을 주었습니다.

— 은하수도 이렇게 뚜렷하잖아요.

십 년 가까이 매일 그 사진을 봤는데도 상공에서 반짝이는 별의 집합체가 은하수라는 것을 그때까지 몰랐어요.

— 그 칠석 때의?

이렇게 되묻는 것이 고작이었습니다. 견우와 직녀가 일 년에 한 번만 그곳을 건너서 만날 수 있다는 은하수. 여기라면 한 번 더 남편을 만날 수 있지 않을까? 목소리를 전할 수 있지 않을까?

제가 꼭 사과해야만 하는 일이 있거든요.

오토미 산에 도착했어요. 지도를 펼쳐보니 도미 능선을 반쯤 지난 부근입니다. 아직 반밖에 안 왔나 하는 피로감이랑 걱정했던 것보다는 괜찮다는 여유 같은 것이 몸속에 반반 비율로 축적되어 있는 듯한 심경입니다.

도미遠見 능선이라고 할 정도니까 맑았다면 전망이 최고였을 테지요. 야마네 씨 사진에도 여기서 보는 풍경을 찍은 것이 있었던 것 같습니다.

남편이 등반한 날은 맑았을지도 모르지요. 분명 그랬을 거예요. 구름 한 점 없는 쾌청한 하늘 아래, 정상으로 향하는 도중에도 기분 좋게 먼 산들을 내다볼 수 있었던 것 아닌지.

만일 여기에 남편이 같이 왔다면 어떤 느낌이었을까?

고류다케의 매력은 이런 게 아니라며 맑은 날의 모습을 이야기할지, 흐린 하늘 또한 좋다며 그래도 이 산이 가장 좋다고 가슴을 펼지.

"여기서 점심 하실래요? 제가 준비한 게 아니라 뭐라 말씀드리기 그렇지만. 만일 지붕이 있는 곳에서 편하게 드시고 싶으면 여기서는 행동식으로 에너지를 보충하고 산막에 도착해서 천천히 먹어도 될 것 같아요. 시리얼바 같은 것도 넉넉하게 가지고 왔으니까 편하게 말씀해주세요."

야마네 씨가 하늘을 확인하고 나서 말했습니다. 저도 하늘을 올려다보았습니다.

카페라테가 그릇 가장자리에 아슬아슬하게 담긴 상태를 넘어 표면장력으로 부풀어 오르는 정도까지 비가 닥쳐온 듯한 이미지.

어떡하지, 라고 물어보듯 마미코 씨를 봤습니다.

"여기서 먹어요. 비는 아직 괜찮아요. 산막에 도착해버리면 평소에 가게에서 먹는 거랑 다를 게 없잖아요. 게다가 저는 벌써 배가 고파요."

그 웃는 얼굴에 안도하며 "그럼" 하고 야마네 씨에게 고개를 끄덕였습니다. 조금 넓은 장소의 사면 쪽에 배낭을 놓고 준비해온 것을 꺼냅니다.

지퍼백에 넣은 쿠페빵, 소시지, 밀폐용기 몇 개.

"어쩌 엄청난 일이 시작될 것 같은데요. 혹시 도와드릴 건 없을까요?"

"아니, 아니, 지금만큼은 카페 'GORYU'의 손님이라 생각하고 앉아 계세요."

"리얼 'GORYU'네요."

아아, 이 말은 남편에게 들려주고 싶었습니다.

마미코 씨가 제 옆에 앉아 배낭에서 이것저것 꺼냅니다.

우선 가스버너와 기름 받침이 달린 석쇠를, 제 손이 닿는 딱 적당한 곳에 놓고 불을 피워줍니다.

"이런 걸 넣어왔으면 나한테 맡기시지."

야마네 씨가 마미코 씨에게 말했지만 마미코 씨는 눈도 마주치지 않고 괜찮아요, 하고 대답할 뿐입니다.

"불 조절은 이 정도면 될까요?"

제게는 눈을 보며 상냥한 말투로 이야기하면서 말이에요. 불 세기는 딱 좋습니다. 우선 미리 칼집을 넣어둔 빵 세 개를 석쇠 위에 나란히 놓고 가볍게 표면을 굽습니다.

"제가 요리학교를 나왔거든요. 요리사가 되기 위해서가 아니라 신부수업을 위해 부모님이 거기라면 보내주겠다고 해서요. 하지만 졸업한 뒤에 그럭저럭 큰 요릿집에서 일했죠."

오, 하고 마미코 씨가 놀란 얼굴을 했습니다. 마미코 씨에게는 카페를 열고 나서 고생한 이야기는 많이 했지만, 그 전 특히 독신 시절 일은 거의 이야기하지 않았어요.

"굉장해요."

야마네 씨가 경쾌하게 장단을 맞춥니다. 마미코 씨가 꺼내놓은 종이쟁반에 빵을 놓고, 다음에는 소시지를 굽기 시작합니다. 그사이에 작은 밀폐용기에 넣어온 겨자버터를 빵에 바릅니다.

"하지만 결혼이 정해지자마자 그만뒀어요. 남존여비가 심했거든. 재료도 못 만지게 해요. 서빙이랑 설거지만 시켜."

"그럼 배운 솜씨는 남편분께서 독차지하게 됐겠네요."

후후, 자연스럽게 웃음이 나왔습니다. 그 사람은 그렇게 받아들였을까? 소시지를 젓가락으로 뒤집고 이번에는 큰 밀폐용기를 엽니다.

"그건 뭐예요?"

"사워크라우트*예요."

빵에 끼우고 그 위에 뜨끈뜨끈한 소시지를 올리면 완성입니다. 케첩과 머스터드는 개별 포장된 것을 접시에 같이 올립니다. 그러는 동안 마미코 씨가 버너에서 석쇠를 내리고 물을 끓여주었습니다. 바닥이 깊은 코펠에 종이 드리퍼도 세팅했습니다. 거기에 오늘 아침에 간 'GORYU 블렌드' 원두를 넣고 뜨거운 물을 붓습니다.

"마미코 씨는 정말로 눈치가 빨라요. 우리 아들이랑 결혼해서 같이 가게를 하면 좋겠는데 좋은 회사에 다니니까 미안해서."

"네? 그게 무슨……."

"아야코 씨, 또 그 소리. 의사에 잘생기고 세련되고 잡학도 풍부하고 가게에서 만날 때면 유쾌한 이야기도 곧잘 하고, 제 회사가 문제가 아니라……."

"불륜은 좀 그렇지."

* 잘게 썬 양배추를 발효시킨 독일 음식

이 화제는 늘 여기에서 끝나지만, 마미코 씨가 아들 인상을 이렇게 확실히 이야기하는 것은 처음입니다. 좋은 향이 나기 시작했습니다.

"야마네 씨, 컵은 있으세요?"

"아아, 네. 꺼낼게요."

야마네 씨가 준비하는 동안 마미코 씨도 나와 둘이 세트로 구입한 알루미늄 컵을 꺼냈습니다. 그 옆에 놓인 것은 깨끗하게 씻기는 했지만 손잡이의 검은 플라스틱 부분에 흠집이 제법 나 있는 오래돼 보이는 물건입니다.

"컵은 신제품을 안 주거든요."

야마네 씨가 쓴웃음을 지으며 말했습니다. 불단에도 이것과 비슷한 컵을 올려두고 있다는 이야기는 하지 말기로 하죠.

커피를 따르면 런치세트 완성입니다.

"자, 드세요. 우리 집 간판 메뉴예요."

남편과 아들에게 곧잘 만들어주었던 우리 집 야식 세트이기도 합니다.

"맛있어요! 이 양배추, 소시지랑 엄청 잘 어울리는데요. 이런 핫도그는 처음이에요."

특별 주문한 큼직한 빵을 썼는데도 야마네 씨의 손에 들린 핫도그는 이미 반밖에 남지 않았습니다.

"신혼 때 요리 솜씨를 자랑하고 싶어서 뭐든지 좋아하는 음식을 만들어주겠다고 했거든요. 그랬더니 핫도그가 먹고 싶다는 거예요. 더 손이 많이 가는 음식을 주문해주길 바랐는데. 게다가 저는 핫도그를 먹어본 적이 없었거든요. 만드는 방법도 모르고, 요리학교 교재에도 안 나오고, 지금처럼 인터넷도 없는 시대잖아요? 도서관에 가서 여러 요리책을 뒤져도 안 나와요. 찾다가, 찾다가 겨우 독일요리 책에서 발견했죠."

"본고장 맛이잖아요."

"남편도 그러더라고요."

─이것도 산에서 먹고 싶은데.

한입 베어 물면서 나는 몇 년 만에 먹는 거지 돌아보다가 이렇게 맛있었나 자화자찬을 합니다. 아니, 분명 산 덕분이에요.

야마네 씨에게 지지 않는 속도로 먹어치운 마미코 씨가 벌써 도구도 정리해주었습니다. 열려 있는 배낭에서 우구雨具를 꺼내고 있습니다.

"아야코 씨도 윗옷만이라도 좋으니까 비옷을 입어두세요."

스마트폰 화면을 손가락으로 조작하면서 먼 하늘을 올려다보고 야마네 씨가 말했습니다.

다음은 같은 능선 위에 있는 니시토미 산을 목표로 합니다.

"속도를 좀 늦출까요?"

야마네 씨가 말했습니다. 표준 코스 타임으로도 산막까지는 아직 두 시간입니다. 손목시계를 확인해보니 마침 1시 반입니다.

딱히 힘들지는 않고요.

"아야코 씨는 잘 걷고 있어요."

마미코 씨가 말해주었습니다.

"으음, 하지만 경사가 급해지니까 4시 반에 산막에 도착하는 속도로 갑시다."

천천히 가는 게 가장 좋기는 하죠.

걸음을 떼고 십 분도 지나기 전에 이마에 빗방울이 느껴졌습니다. 결국 넘치고 말았어요. 반짝반짝 별 같은 레몬색 윗옷에 한 방울, 검은 바지에 한 방울. 오늘이 칠석이라면 견우와 직녀는 재회를 못 하겠습니다.

머릿속에 야마네 씨의 사진이 떠올랐습니다.

고류다케 위에는 우주가 펼쳐져 있다. 마미코 씨의 말을 곱씹으면서 사진을 보니, 사진 외에 다른 장식품은 전혀 없는 가게 벽 한가득히 은하수가 이어지며 반짝이는 우주가 펼쳐진 것 같은 느낌이 들었습니다.

그 사람도 똑같은 광경을 본 적이 있을까?

밖으로 넘쳐흐른 빗방울은 눈 깜짝할 사이에 그릇을 뒤집어놓은 듯 억수가 되었습니다. 그러고 보니 그때도……. 흘끗 고개를 돌려 마미코 씨를 보니 숨이 가쁜 기색도 없이 야무진 발걸음으로 걷고 있습니다. 제가 걱정할 일은 아니지요.

얼굴을 때리는 비에 맞서듯 시선을 앞으로 돌려 발밑에 집중

했더니 생각은 안으로, 안으로 틀어박힙니다.

―촬영하신 분은 누구예요?

마미코 씨의 물음에 퍼뜩 생각에 잠겼습니다.

사진이 있다는 것은 당연히 찍은 사람도 있을 텐데, 그 부분을 깊이 생각한 적이 없었습니다. 그냥 남편 등산 동료의 선물이고 등산이 취미인 사람은 사진도 잘 찍겠거니, 개중에는 프로가 된 사람도 있겠거니 하는 이미지를 제멋대로 품고 있었습니다. 남편도 직업상 카메라를 잘 다뤄서 가족여행이나 이벤트가 있을 때 사진을 적극적으로 찍곤 했거든요.

―이 사진이 들어 있던 상자엔 이것 말고 아무것도 없었어요.

―액자는 아야코 씨가?

―아니, 액자에 들어 있었어요.

말하면서 그제야 뒷면을 열어보자는 생각이 들었습니다. 거기에는 사진 외에 종이가 두 장 끼어 있었습니다. 한 장은 아마 전시용이라 여겨지는 사진 타이틀이 인쇄되어 있었는데, '은하수와 달빛을 받은 고류다케'라고 쓰여 있습니다. 다른 한 장은 명함입니다. '산악 사진가 야마네 가쿠토'라는 이름과 연락처가 찍혀 있습니다.

저는 카메라맨 이름은 연예인 사진을 찍는 유명한 사람 정도밖에 몰랐습니다.

―아세요?

마미코 씨는 잠깐 틈을 두었다가 모른다며 고개를 옆으로 저었습니다.

그 뒤 인터넷에서 야마네 씨의 홈페이지를 발견하고 산악 가이드를 하고 있다는 것도 알았습니다.

그리고 석 달 전에 도쿄에서 개인전이 개최된다는 안내를 보았던 거죠.

뒤집어엎은 카페라테 그릇이 순식간에 비듯 비도 피어오르는 안개와 분간이 되지 않을 만큼 잠잠해졌습니다. 발밑으로 던진 시선 끝에는 흰 꽃이 보입니다. 노란 꽃도.

저는 모르는 꽃이었지만 빗속에서 걸음을 멈추어달라는 말을 꺼낼 수는 없었습니다.

상공에서 내리는 비가 느껴지지 않는 대신 뭉글뭉글한 습기가 발밑에서 올라오는 것 같아서 얼굴을 들었습니다. 이렇게 환해졌다니. 하지만 개지는 않았습니다. 상공은 구름 낀 하늘, 시야는 다소 트였지만 몇십 미터 앞은 하얀 안개로 덮여 있습니다.

그래도 진행 방향 왼쪽, 다소 내리막을 이루고 있는 곳에 흐드러지게 피어 있는 꽃이 보입니다. 빗속에서 야마네 씨와 마미코 씨가 걸음을 멈추지 않는 것은 이런 꽃이 앞으로도 많이 피어 있다는 사실을 알기 때문일까요?

"좋은 느낌으로 개기 시작했네요."

야마네 씨가 돌아보고 말했습니다.

"꽃이 예뻐요."

"정말요. 사전답사를 왔을 때보다 더 예쁘게 피었어요. 힘들지는 않으세요?"

"네, 괜찮아요."

"그럼 니시토미 산까지 갑시다. 이제 십 분도 안 걸릴 거예요."

트이기 시작한 진행 방향으로 눈길을 주었습니다. 앞에 있는 꽃밭은 더 넓고, 더 많은 꽃이 피어 있는 것처럼 보입니다. 거기로 향한다고 의식하니 등이 펴지고 보폭도 넓어지며 성큼성큼 나아가는 느낌입니다.

반드시 십 분 안에 도착하겠어.

"뭐야, 오 분 만에 도착했네요."

야마네 씨가 이렇게 말하며 걸음을 멈추었습니다. 분명 처음부터 그 정도 거리라는 걸 알고 있었을 테지요. 그래도 절로 웃음이 납니다. 마음속에서 또 하나의 내가 해냈다고 뛰어오르는 것 같아요.

"아야코 씨, 이쪽을 보세요."

야마네 씨가 진행 방향 왼편 살짝 앞쪽으로 몸을 돌렸습니다. 저도 따라했습니다. 멈춰 서자 바람이 불어 올라오는 것이 강하게 느껴집니다. 그런데 바람은 전방의 안개도 걷어갑니다.

하얀 안개가 서서히 옅어지더니 꽃밭 저편에 갈색 바위 표면이 나타났습니다.

울퉁불퉁하고 길쭉한 바위 표면이 얽히면서 한 덩어리가 되어 하늘로 뻗어 있습니다.

꼭대기까지 뚜렷이 모습을 드러낸 겁니다. 제 시야를 뒤덮을 정도로 가까운 곳에.

"고류다케예요. 실은 보일지 안 보일지 확신이 없었거든요. 하지만 엄청난 타이밍이었어요. 마치 막이 오른 것처럼."

야마네 씨에게 대꾸를 하기는커녕 눈도 깜빡일 수 없습니다.

"산은 그때그때 쇼를 보여줘요. 산이 등산객에게 주는 상 같아요. 여기까지 잘 올라왔다, 이런 거라기보다 '매일 고생 많지' 하는. 산 하나를 거점으로 활동하다 보면 곧잘 질리지 않느냐는 질문을 받는데, 이십 년을 등반해도 그런 생각은 전혀 안 들어요. 매번 다른 쇼를 볼 수 있으니까요. 그중에서도 이 쇼는 멋졌어요. 분명 산이 제가 아니라 아야코 씨에게 상을 주었다고 생각해요. 최고의 나눔 감사합니다."

눈앞의 경치는 쇼라는 말에 반응하듯 다시금 하얀 막으로 산을 뒤덮으며 그 모습을 감추어버렸습니다.

거기서 처음으로 저는 제가 눈물을 흘리고 있었다는 걸 깨달았습니다. 그만 그쳐야 한다고 생각은 하는데 자꾸만 흘러넘칩니다. 야마네 씨도, 마미코 씨도 제가 감동해서 운다고 생각해주면 좋겠어요.

하지만 제게는 눈물이 내는 목소리가 들립니다.

미안해요, 미안해요, 미안해요.

눈물은 고사하고 오열까지 하는 저를 두 사람은 그저 말없이 옆에 서서 기다려주었습니다.

거기에 등산객 두 사람이 왔습니다. 사이좋은 손자와 할아버지 같은 조합. 젊은 쪽이 야마네 씨에게 인사하는 것을 듣고 이분들도 가이드 등산임을 알았습니다. 제 상태를 배려해서인지 두 사람 다 이따 또 보자며 다정한 말을 남기고 먼저 떠났습니다.

차가운 맥주가 기다리고 있어요. 조금 앞에서 가이드분의 활기찬 목소리가 들려왔습니다. 아마 저보다 열 살은 위일 것 같은 남성은 웃는 얼굴로 긍정적인 대답을 했음이 분명합니다.

살아있으면……. 살아있는 동안…….

간신히 걸음을 떼고 나서도 입을 꾹 다물고 있는 제게 맞춰주듯 두 사람은 조용히 천천히 나아갔습니다. 새가 지저귀는 소리가 들릴 정도로. 구름이 흘러가는 소리가 들릴 정도로.

고류 산장까지 가는 길은 완만한 꽃밭 산책길이었는데, 꽃에 대한 이야기는 하지 않고 산막에 도착했습니다. 그리고 두 사람은 산막 앞에서 조용히 고생했다고 말해주었습니다.

"오늘 숙박은 아까 그분들이랑 우리뿐이라서 아야코 씨와 제가 방 하나를 쓸 수 있을 것 같은데, 혼자 먼저 쉬시겠어요?"

입구 봉당에서 스틱을 정리하던 제게 마미코 씨가 위로하듯 말을 건넸습니다.

"마미코 씨는?"

"저는 식당에서 차라도 마시면서 책을 읽으려고요. 식사 준비 시간까지는 자유롭게 드나들어도 되는 모양이에요."

신경 쓰게 해서 미안합니다. 눈물을 흘린 이유를 이야기하는 편이 좋을까? 아니, 들어주기를 제가 바라는 게 분명해요.

"그럼 나도 따뜻한 걸 마시고 나서 쉴까? 진짜 산막에서 커피를 마셔봐야지. 야마네 씨도 같이 어때요?"

접수대에서 산막분과 이야기를 하던 야마네 씨에게도 물어봤습니다.

"기꺼이요. 이번에는 제가 대접하게 해주세요. 프로는 못 이기지만 아마추어치고는 자신이 있거든요."

야마네 씨 배낭에도 커피를 내리는 도구가 한 벌 들어 있었던 모양입니다. 되레 수고를 끼치게 됐지만 감사히 얻어 마시기로 했습니다.

취사장에서 내려준 커피 잔을 한 손에 들고 식당에 들어가자 벽에는 야마네 씨가 촬영한 사진이 몇 점 걸려 있었습니다. 나를 고류다케에 불러준 사진들……. 개인전에서 느낀 감동을 떠올렸습니다. 여기서 털어놓기로 결심하기를 잘했는지도 몰라요.

가까운 자리에 앉아 우선은 커피를 한 모금 마셨습니다.

"맛있어요."

야마네 씨가 싱긋 웃었습니다. 거기에 미소로 답하고 야마네 씨 뒤에 보이는 사진에 눈길을 주며 입을 열었습니다.

"저는 저한테 유리한 이야기밖에 하지 않았어요. 그러니까 꿈을 이루기 직전에 죽어버린 남편의 유지를 이어받아 쉰다섯 살이라는 나이에 여자 혼자 카페를 개업해서 십 년간 지켜온, 그런 갸륵한 사람이라고 주위 모두가 생각해주죠. 남편은 결혼 직후부터 카페를 열고 싶다는 꿈을 이야기했어요. 저는 정년퇴직한 뒤의 이야기인 줄만 알았는데, 그게 아니더라고요. 저와 그 사람은 다섯 살 차이예요. 야마네 씨에게 그림을 산 건 십오 년 전인데, 그 전인지 후인지는 몰라요. 아니, 야마네 씨한테 초대장을 보내겠다고 했다면, 산 뒤겠네요. 남편은 쉰다섯 살에 회사를 조기 퇴직하고 싶다고 제게 털어놨어요."

두 사람은 잠자코 듣고 있습니다. 사진에서 시선을 떼고는 커피를 마시고 나서 각각 정사각형 테이블의 한 변씩에 앉아 있는 두 사람을 번갈아 쳐다보았습니다.

"당시 쉰이던 저는 맹렬히 반대했죠. 아들은 아직 대학생이었으니까 등록금도 걱정이었고, 그 이상으로 조기 퇴직이라는 걸 받아들일 수 없었어요. 세상 사람들은 예순까지 잘만 일하는데. 부끄럽다, 창피하다 생각했어요. 대체 누구 보기에 그랬던 걸까요. 게다가 자기는 전업주부면서. 그렇기 때문에 주부 친구들의 눈이 신경 쓰였는지도 모르죠. 그렇다고 비난하거나 바보 취급하는 사람은 친구도 뭣도 아닌데. 어쨌든 저는 예순 살까지는 일을 계속해달라고 부탁했어요. 거기다 남편의 상사였던 저희 큰아버지에게 뒤에서 일러바치기까지 해서 뜯어말리게 했지요. 예순 살부터 둘이서 열심히 하자고 울기도 하고, 허세도 부리면서, 온갖 말로 설득을 계속하니까 그 사람도 알았다며 수긍했어요. 마지막에는 웃으며 뭐 그래봤자 앞으로 오 년이니까 했죠. 그리고 예순 하고 반년 만에 죽어버렸어요. 심근경색으로, 어느 날 갑자기."

눈물은 다 흘렸는지 생각 밖으로 냉정히 이야기할 수 있었습니다.

"언젠가 고류다케에 같이 가자. 정년퇴직하면 카페를 열자. 다음으로 미루는 바람에 남편은 둘 다 이루지 못했어요. 무슨 근거로 저는 다음이 있다고 생각했을까요? 그 사람 이야기를 들으려고도 하지 않고 제 맘대로 행동한다고 단정하고는 안 된다, 안 된다 아우성치기 전에, 한 번이라도 좋으니까 실현하는 것을 전제로 생각해볼 걸 그랬어요. 아들 학비 정도는 다 생각해놨을 테니까 어떻게 할 거냐고 냉정하게 물어봐야 했어요. 어쩌면 건강에 불안을 느끼는 일이 있었을지도 몰라요. 조기 퇴직을 했다면 죽지 않고 살았을지도 몰라요. 카페에서 손님이랑 산 이야기를 하면서 바지런히 야마네 씨의 사진을 모았을지도 몰라요. 어쩌면 아직 무명일 때의 야마네 씨 개인전을 우리 가게에서 열며 열심히 응원했을지도 몰라요. 오늘도 같이 산에 올라와서 안개가 걷히는 광경을 볼 수 있었을지도 몰라요. 언젠가라는 말만 하고 있으면 그 언젠가는 영원히 오지 않아요. 지금 깨달아봤자 이미 늦었어요. 그런 후회만이 북받쳐서……. 한 번이라도 좋으니까 보고 싶어요. 그러면 사과할 수 있는데 하는 생각이 드는 거예요."

잔에 남아 있던 커피를 전부 마셨습니다. 식어도 맛있어요.

"미안합니다. 이게 끝이에요. 전부 털어놓으니까 만족스럽네요. 고류다케가 내 마음을 다 받아주었다, 웃는 얼굴로 다시 카페 'GORYU' 생활로 돌아가자. 그렇게 생각할 수 있게끔 내일 한 번 더 힘낼 테니까 잘 부탁해요."

일어나서 고개를 숙였습니다.

"좀 쉬고 올게요."

황급히 일어서려는 두 사람을 양손으로 한 사람씩 제지하고 식당에서 나갔습니다. 그러곤 깨닫습니다. 마음을 받아준 것은 산이 아니라 저 두 사람이라고. 저 두 사람. 가이드 야마네 씨와 제 친구인 마미코 씨가 아니라, 마치 여행지에서 알게 된 부부가 친절하게 대해준 것 같은 기분.

한숨 자고 일어나니 이미 창밖은 어두워진 뒤였습니다.

저녁을 먹은 다음 식기를 정리하고 방에 돌아가려고 했더니 야마네 씨가 불러 세웠습니다.

"모처럼의 기회니까 와인 드시지 않을래요?"

"아야코 씨는 피곤할 거예요."

마미코 씨가 타박했습니다. 하지만 잠시 생각하고는 말을 이었습니다.

"아니, 역시 마셔요, 아야코 씨. 접수대에 현지 와인을 팔고 있었으니까 제가 사올게요."

"야, 그건 내가."

다투기 시작할 것 같은 두 사람 사이에 섰습니다.

"와인은 제가 살게요. 그걸로 늙은이 푸념을 잊어주세요."

그리고 식당에서 또 셋이서 테이블을 둘러쌌습니다. 야마네 씨에게 외국 산에서 촬영한 이야기를 듣는 사이 순식간에 한 병이 비었습니다.

"술 깰 겸 잠깐 밖에 나가지 않겠어요?"

야마네 씨가 일어섰습니다. 전혀 취한 것 같아 보이지 않는데. 마미코 씨도, 아마도 저도. 그래도 마음은 가볍고, 밤바람을 쐬고 싶은 기분이기는 합니다.

마미코 씨와 같이 방에 헤드라이트를 가지러 돌아갔다가 산막의 샌들을 빌려서 밖으로 나갔습니다. 우리는 야마네 씨를 따라갑니다.

야마네 씨는 잠깐 걷더니 걸음을 멈추고 헤드라이트를 껐습니다. 마미코 씨가 "우리도" 하며 자신의 헤드라이트를 끈 다음 제 머리 위에 있는 라이트의 스위치도 꺼주었습니다.

"아야코 씨, 뒤를 돌아보세요."

영문을 모르는 상태에서 불안한 걸음으로 반 바퀴 돌았습니다.

거기에 펼쳐진 건 별……

"혹시."

"은하수예요."

뒤에서 야마네 씨가 말했습니다. 마미코 씨도 제 뒤로 돌아와서 팔에 손을 얹었습니다.

설마 은하수가. 하루 종일 해를 볼 수 없었던 날 밤인데.

"십 분만 혼자 있게 해주시겠어요?"

하늘을 올려다본 채 두 사람에게 등을 돌리고 말했습니다.

"그럼요."

야마네 씨 목소리가 들리고 마미코 씨 손이 떨어졌습니다. 두 사람의 발소리가 천천히 멀어져갑니다.

모습은 보이지 않지만 하늘을 향해 말을 걸면 그 사람에게 들리지 않을까?

미안하다고 말하고 싶다, 간절히 바랐을 터인데…….

하늘에 펼쳐진 우주를 바라보고 있으니 카페 'GORYU'에서 십 년 동안 분투했던 이야기를 전하고 싶다는, 그러면 그 사람이 애 많이 썼다며 다정한 바람에 실어 머리를 쓰다듬어주었으면 좋겠다는 바람이 더 넘칩니다.

가시마야리가타케

아침놀에 반짝이는 고류다케의 정상에서 등정 증명사진을 가게에 장식하겠다는 아야코 씨의 촬영을 지켜보았다. 산막에서 구입한 '산이 좋다 술이 좋다'라고 인쇄된 티셔츠를 입고 있다. 가게 유니폼으로 쓰겠다며 다른 색상으로 세 장, 거기에 한 사이즈 큰 것을 한 장 더 구입했다. 지금 입고 있는 노란색은 그 커플룩 중 하나다.

아야코 씨는 두 손을 뻗어 내 손을 잡더니 꼭 쥐었다.

"마미코 씨, 고마워."

아야코 씨가 이렇게 온화하게 웃는 사람이었던가? 밝고 활기차지만 늘 등에 뭔가 무거운 걸 짊어진 사람처럼 보였는데. 그리고 나이를 먹어간다는 것은 그런 거라고 생각했는데. 아야코 씨는 짐이 없고 나는 배낭을 메고 있는 상황 때문은 결코 아니다.

승화시킬 수 있었기 때문이다. 은하수를 따라, 광대한 우주를 향해.

조금 내려가서 분기점으로 나왔다.

"조심해."

"아야코 씨도요. 돌아가면 가게에 갈게요."

"응, 기다리고 있을게."

가이드 야마네 씨를 흘끗 쳐다보았다. 아야코 씨를 잘 부탁한다고 여기서 말할 필요는 없다.

아야코 씨를 다시 보았다. 그럼, 하고 서로 한 손을 들고 각자 다른 길로 갈라졌다. 아야코 씨는 고류 산장에 내려가는 쪽으로. 나는 가시마야리가타케로 이어지는 길 쪽으로.

처음부터 이럴 계획은 아니었다. 아야코 씨와 온 길, 도미 능선에서 하산해 다시 곤돌라를 타고 차로 하쿠바 역까지 간 다음 그 길로 도쿄에 돌아갈 예정이었다.

생각이 바뀐 것은 저녁에 아야코 씨가 방에서 편히 쉴 수 있게끔, 가지고 온 문고본을 식당에서 혼자 펼치고 있었을 때다. 아니, 그 전부터 내일 이대로 하산해도 좋을까 하는 마음은 생기고 있었다…….

—언젠가라는 말만 하고 있으면 그 언젠가는 영원히 오지 않아요.

길 폭이 좁아지면서 돌밭이 이어진다. 이 뒤로 G4, G5 같은 급한 사면을 내려간다. 당장 바위로 덮인 내리막이 나타났다. 스틱을 정리해서 한 손에 들고, 다른 한 손으로 바위를 잡으며 '〈' 모양으로 팬 바위 면에 등을 대듯이 하면서 발을 내려놓는다. 그러는데 스틱 끝이 바위에 걸리는 바람에 균형이 무너져서 저도 모르게 혀를 찼다. 그곳은 스틱을 든 채로 내려가고, 길이 평평해진 곳에서 접었다. 배낭 옆에 고정한 다음 앞으로 나아간다.

또 수직 내리막이다. 자, 걷기가 쉬워졌다. 배낭 옆에 쓸데없는 물건이 없으면 더 마음이 편할 텐데.

이런 건 사지 말걸 그랬다.

등산용품점에서 필수품인 것처럼 권해서 아야코 씨한테만 하는 말인 줄 알았더니, 나이와 상관없이 대부분의 사람들이 이용하고 있다지 뭔가. 대체 언제부터 그렇게 된 걸까? 고어텍스 우구가 자랑할 만한 고급품이었던 것은 옛날이야기임을 인식하고 있다. 컬러풀한 여성용 등산복이 나온 것도 안다. 하지만 헤드라이트가 AAA건전지 한 개짜리 간편한 사이즈로 바뀐 것은 상상도 하지 못했다.

확실히 어제 등산에서는 스틱을 쓰는 만큼 다리뿐 아니라 팔힘으로 앞으로 나아갈 수가 있었기 때문에 다리 힘을 보조해줘서 편리하다고 느꼈다. 하지만 없다고 곤란한 것도 아니다. 실제로 가이드인 야마네 씨는 사용하지 않았다.

야마네 씨? 씨가 다 뭐람. 그렇다고 이십 년 만에 재회하는 동급생을 당시와 같은 호칭으로 불러도 될까? 사십대 성인, 게다가 이성을 학창 시절 호칭으로.

상관없겠지. 지금 여기서 요코야마와 딱 마주친다면 당연하다는 듯 '요코얌'이라고 부를 것이다. "산 계속 타고 있었구나"라고 웃으며 말할 수도 있다. '갓칭'도 '노무 씨'도. 산악부 동급생, 등산 동료에 지나지 않았으니까.

예외는 야마네 가쿠토뿐이다.

지금쯤 어제는 그냥 지나쳐버린 꽃밭 옆에 서서 아야코 씨에게 꽃 이름을 가르쳐주고 있을까? 할 수 있나, 개가? 봉우리를 몇 개씩 넘고 정상을 몇 번 밟아도, 하산하고 나면 그의 머릿속에 꽃 이름이 남아 있었던 적이 없었다.

하얀 거, 노란 거, 보라색인 거…… 동요 〈튤립〉 가사 수준이다. 그런데 카메라를 좋아해서 어떤 산에 핀 꽃도 눈으로 본 모습보다 더 아름답게 새겨서 가지고 돌아온다.

—금매화랑 만병초랑 토끼국화 사진, 더 현상해줘.

이렇게 말하면 모르는 나라의 말을 들은 것처럼 고개를 갸웃거리기 때문에 앨범을 들이밀며 이거랑 이거랑 이거 하고 가리키면 노란 거랑 흰 거랑 노란 거 말이지 하며 태평한 목소리로 대꾸하는 판국이다.

그래도 엽서 사이즈로 확대해서 테두리 색깔이 어울리는 나무 액자에 한 장씩 넣은 다음 분명 이 꽃도 모르겠지 싶은 거베라 무늬 포장지로 싸서 빨간 리본을 매어 선물해준다. 나는 부탁도 하지 않았는데, 자기가 좋아한다는 밤하늘을 A4 사이즈로 확대한 사진도 같이.

—왜 부탁하지 않은 사진이 제일 큰 거야?

그 사진에 감동한 것을 들키지 않으려고 어이가 없다는 말투로 말하니까 진지한 표정으로 대답한다.

—현시점 최고 걸작이라고 생각하는 걸 가와 네가 가지고 있

었으면 해서.

최고 걸작은 산에 갈 때마다 경신되어 싱크대 포함 다다미 여섯 장 크기인 오래된 방 한 칸은 네 벽 가득 가쿠토가 찍은 사진으로 꽉 찼다.

그렇다, 처음에는 다른 사람들과 똑같이 '야마'라고 불렀는데 벽 한쪽 면이 채워졌을 무렵부터 나만 '가쿠토'라고 이름을 부르게 되었다.

그 무렵에 나도 '가와川'에서 '마미코'로 불리게 됐다.

내려가다 보니 어제의 비가 흘러내리기 시작했는지 젖은 바위가 늘었다. 옛날이야기를 떠올리고 있을 때가 아니다.

사람은 변한다. 프로 산악 가이드라면 꽃 이름도 잘 기억하고 있을 터다. 등산화도 가볍다. 비옷에도 습기가 차지 않는다. 배낭도 몸의 일부처럼 딱 맞는다. 컵 손잡이는 카라비너다. 용품도 진화한다.

변하지 않는 것은 산뿐이다.

잠깐, 이 루트는 이렇게 숨이 가쁠 정도로 급경사가 연속으로 있었나?

지난번이랑…… 반대라서 그런가?

우시로타테야마 연봉을 종주한 것은 대학 산악부 시절 한 번뿐이다. 학창 시절에만 등산을 한 사람이라면 드물지 않은 패턴일 것이다. 사 년 동안 등산할 수 있는 횟수라고 해봤자 빤하다.

그럼 정상 하나를 밟았다면 다음번에는 새로운 정상을 목표하고 싶을 것이다.

오히려 한 번이라도 갈 수 있으면 된다.

가고 싶다며 지도를 바라본 산들은 실제로 찾아간 수의 몇 배에 이른다.

그러니까 여름철 일주일 동안의 합숙 외에는 다들 자기 마음 가는 대로 행선지를 정했다. 사이가 좋아서, 찍어둔 사람이 있어서(이건 있었을지도 모른다) 같은 목적은 부차적이다. 목표하는 장소가 같고 일정이 맞으면 단독 산행에 집착하지 않는 이상 함께 팀을 짰다.

기타호타카다케와 미나미다케를 연결하는 '다이★기렛토', 고류다케와 가시마야리가타케를 연결하는 '하치미네기렛토', 시로우마다케와 가라마쓰다케를 잇는 '가에라즈기렛토'. 이 일본 3대 기렛토*를 답파하고 싶다.

부원의 팔십 퍼센트 정도는 그것을 바라지 않을까 믿고 처음에는 '하치미네기렛토'가 좋지 않겠느냐고 2학년 여름에 동료를 모아봤는데 손을 든 사람은 야마뿐이었다.

1학년 여름이 끝날 때 처음으로 사진을 받은 뒤로 산에 갈 때마다 사진을 주는 야마. 나가노 현 출신으로 고등학교 때도 산악

---

* 산등성이가 V자 모양으로 깊게 팬 곳으로 난도가 높다

부였다는 야마는 한 달에 한 번은 나가노에 돌아가서 등산을 하고 겨울 산에도 오른다.

왜 매달 굳이 귀성을 하느냐고 동급생 누군가가 물었더니 하쿠바에 살며 산악 가이드를 하는 '스승님'에게 지도를 받기 위해서라고 했다.

그러면 왜 굳이 도쿄에 있는 대학에 진학했느냐고 물었더니 사진 공부를 하고 싶어서라고 한다. 그렇다면 전문학교에 가는 편이 낫지 않았느냐는 지적이 돌아오자 부모님 둘 다 공무원을 하는 집 외아들은 꿈이 있어도 그리 단순하지 않다며 태평한 얼굴로 웃는다.

냉정하게 생각하면 동급생들이 뒷걸음질을 치는 것도 이상하지 않다. 일 년 사이에 체력과 기술력이 향상했다고는 해도 과신하고 덤빌 만한 장소는 아니다. 설사 야리가타케나 오쿠호타카다케에 오른 경험이 있다고 해도 말이다. 손을 든 사람이 야마가 아니었다면 아직은 가지 말라며 다들 만류했을 터다.

그렇다고 야마에게 로프를 연결해서 확보를 받으며 걷고 싶지는 않았다. 누군가의 도움을 받으면서…… 타인에게 의존하면서까지 오르고 싶은 산은 없다. 하물며 남자의 힘을 빌리지 않으면 안 되는 일이라니. 이 세상에 그런 일은 하나도 없다고 스스로에게 다짐하며 살아왔다.

내가 그러겠다고 주장하지 않았는데도 야마는 등산 계획서를 내게 맡겨주었다. 지도를 구입해 코스를 확인하면서 최초이자 최대의 선택에 부딪혔다.

고류다케와 가시마야리가타케, 어느 쪽에서 들어갈 것인가?

그렇게 거창한 문제도 아니었나? 단, 지도를 보고 가이드북을 읽는 한에서는 어느 쪽에서 들어가도 난도는 달라지지 않을 것 같았다. 등산로 입구까지의 교통편도 버스 막차 시간이 이르기 때문에 두 쪽 다 몇 시까지 하산해야 한다 같은 제약은 없었다. 어느 쪽 코스가 더 일반적이라는 말도 보이지 않았다.

가시마야리가타케 쪽과 고류다케 쪽, 둘 다 수기를 읽어봤는데 충실도에도 차이가 없어 보였다.

이런 선택이 가장 싫다. 라면과 카레, 둘 다 좋아하지만 엄청 좋아하는 것은 아니다. 그러니까 어느 쪽이든 상관없다. 그렇다 보니 결정을 못 한다. 그래서 반드시 카레를 주문하는 야마에게 상담했다. 이런 건 패배감을 느낄 일이 아니다.

—취향 문제네. 그리고 고류 쪽의 곤돌라를 올라갈 때 탈지, 내려갈 때 탈지.

그거야 올라갈 때 편한 쪽이 당연히 더 좋다. 하지만…….

—나는 고류다케를 목표로 하는 코스를 더 좋아하기는 해.

—왜?

—두 쪽 다 걸어보고 어쩐지 그렇게 느꼈거든.

—두 쪽 다라니. 야마, 너 하치미네기렛토에 몇 번 갔는데?

—종주는 양쪽 다 한 번씩인데, 고류다케, 가시마야리가타케 각각 왕복한 건 합쳐서 열 번은 넘지 싶어.

—그런데 다음에 또 하치미네기렛토에 가도 돼? 아무리 너라도 아직 올라보지 않은 산이 있을 거 아냐.

—응. 일본 100대 명산에서만도 아직 스무 곳이 안 될 수도.

—그럼 왜?

—좋아해.

덜컹했다. 좋아하는 대상이 나인 것도 아닌데. 부럽기도 했다. 좋아한다고 가슴을 펴고 말할 수 있는 대상이 있다는 것이. 그렇게 생각하는 것을 들키고 싶지 않았다.

—네가 매번 카레인 것도 당연하네. 게다가 커틀릿 카레나 새우튀김 카레 둘 중 하나. 커틀릿이 고류고, 새우튀김이 가시마야리. 그런 느낌 아냐?

—그 비유, 괜찮은 것도 같다.

G5의 쇠사슬이 있는 칼날능선을 무사히 통과했다. 한숨 돌릴 겸 돌아보니 아직 고류다케가 보였다. 역시 커틀릿 같네. 새삼스럽게 이 말을 한 게 어디 부근이었더라. 뭐든지 다 명확히 기억하는 것은 아니다. 꽃 이름도 분명 생각나지 않는 것이 몇 개 있을 것이다.

여기서부터는 비교적 걷기 쉬운 길이다.

스틱을 꺼낼까 잠깐 생각하다 그만두었다. 불확실한 기억 속에서도 기렛토 산막에서 고류 산장까지 가는 사이가 험난했던 것 같지는 않았다.

G5, G4를 올랐는데?

내려가면서 오르는 것을 상상하고 오싹해지는 그곳을 나는 과거에 올랐던 것이다. 힘들었지만 그것이 기억나지 않을 뿐이지, 속담처럼 목구멍을 넘어갔다고 뜨거운 것도 잊어버린 건 아닐 터다. 왜 이쪽 방향 코스를 추천한 거냐고 야마에게 항의를 했다면, 아무리 그래도 그건 잊지 않았을 테니까.

게다가 그런 기억이 머릿속 깊숙이 잠자고 있었다면, 설사 반대 방향이라고 해도 어제 '갈 수 있다'고 생각했을 때 황급히 잠에서 깨어나 브레이크를 걸었으리라.

그럼 산 형태가 바뀐 건가? 그럴 리는 없다. 눈바람으로 다소 변화가 있었다 해도, G4, G5 경로는 경사가 급한 바위 봉우리였다. 역시 바뀐 것은, 나다. 상상 이상으로 쇠약해진 것이다.

하지만 우는소리를 하고 있을 때가 아니다. '갈 수 있다'고 단언했으니까.

시간을 때울 겸 가지고 온, 옛날에 좋아하던 미스터리 작가의 문고본을 식당에서 펼쳤다가 10쪽에서 이미 읽은 적이 있는 책임을 깨달았다. 표지 일러스트가 달라지기는 했지만 제목과 줄거리를 확인해보면 알 일인데.

어떻게 하나 멍하니 있다가 식당 벽에 붙은 사진에 눈길이 멈추었다. '동철쭉 군락과 가시마야리가타케'라고 쓰여 있다. 이 꽃을 내가 봤던가? 그 자리에 야마네 씨가 없기도 해서, 빨려 들어가듯 그 사진 앞으로 발길을 옮기고 말았다.

마치 처음으로 카페 'GORYU'에 갔을 때처럼.

가쿠토가 찍은 은하수 사진 같다고 느끼기는 했지만, 다른 사람 작품이라고 생각했다.

그가 찍고 싶었던 게 이런 사진 아닌가?

산에 갈 때마다 최고 걸작이 경신되어도 가쿠토는 절반도 만족하지 못했다고 약한 소리를 할 때가 있었다.

—결국 밤하늘이야.

내가 온 벽의 사진을 빙 둘러보고 전부 다 대단해서 사진집으로 만들어도 될 정도라고 말하자 얼마에 사겠느냐고 물었다.

오만 엔이든, 십만 엔이든 넉넉한 숫자를 부르면 될 것을, 나는 그러지를 못한다. 필사적으로 생각한다. 우선 딱히 좋아하는 연예인도 없다 보니 사진집을 구입한 적이 없어서 시세를 모른다.

온 방 안의 사진을 한 권에 담으면 삼천 엔 정도일까? 이건 너무 싼가? 그럼 나 말고 다른 사람이 이 사진에 돈을 낼까? 내가 가쿠토의 사진을 몇 시간이라도 보고 있을 수 있는 이유는 가쿠토에게 들었거나 나도 함께 걸었거나 해서 그 한 장에 이르기까지의 스토리를 알기 때문이 아닐까?

그 침묵은 가쿠토에게는 자신을 부정하는 것과 매한가지다.

─역시 이걸로 먹고사는 건 무리일까? 부모님 바람대로 공무원을 하면서 휴일에 등산 간 사진을 찍어 가족여행 사진과 나란히 걸어놓는 인생 쪽이 성실하고 의외로 행복할 것 같다는 생각도 들기 시작했단 말이지.

그를 가쿠토라 부르게 된 지 일 년 넘게 지난 나는 그편이 더 낫다고 말로 하지는 않았을지언정 그 가족사진에 내 모습을 넣어보고 그리 싫지만은 않은 기분을 느끼고 있었다.

그는 자신의 꿈을 격려해주기를 바랐을 텐데.

기타오네노카시라에 도착했다. 배낭을 내려놓고 가까운 돌 위에 걸터앉았다. 물을 마시고 말린 과일을 먹는다. 그런 플라스틱 물통에 넣으면 부피만 커지잖아. 씻는 것도 수고스럽고…… . 옛 시절을 그리워하는 할아버지도 아니고.

상공은 구름이 조금 많기는 해도 파란 하늘이 펼쳐져 있다. 일기예보는 15시까지는 맑은 가운데 때때로 흐림, 그 이후는 구름 표시가 계속됐지만 강수 확률은 십 퍼센트로 낮다. 어제가 이 날씨라면 좋았을 텐데 하는 생각은 들지 않는다.

도미 능선도 잘 보인다. 아야코 씨는 어디쯤까지 내려갔을까?

맞다, 가게 사진을 떠올리고 있었는데 거기서 생각이 이리저리 방황하다 꽤나 옛날로 흘러가버렸다. 멍하니 있을 때가 아니다.

일어나서 배낭을 멨다.

구치노사와 안부鞍部까지는 완만한 내리막길이다.

카페 'GORYU'에 걸려 있는 사진에서는 우주가 보였다.

고류다케에 가고 싶다.

그때까지 줄곧 산과 나 사이에는 건너기 어려운 강이 흐르고 있다고 느꼈다. 처음에는 가느다란 물줄기였던 것이 서서히 폭을 넓혀가듯이. 멀어지면 멀어질수록 건너편까지의 거리가 늘어나서 결국에는 보이지 않게 될 정도가 됐다.

거기에 그 사진이 한 줄기 빛의 다리를 쓱 놓아준 것 같았다.

사진 작가 이름이 없어서 처음에는 아야코 씨의 남편분이 촬영했나 생각했다. 하지만 아야코 씨와 친해지면서 그렇지 않다는 것을 알았다. 아야코 씨 또한 건널 수 없는 강의 이쪽 편에 있는 사람이었다. 스스로는 내디딜 수 없었던 한 발을, 아야코 씨를 데려가고 싶다는 목적과 함께 앞으로 디딜 수 있을 것 같은 느낌이 들었다.

그런 용기를 준 사진 작가는 누구인가? 액자 뒷면에서 나온 명함을 보고 놀라는 마음이 구십구 퍼센트, 역시 그랬다고 고개를 끄덕이는 마음이 일 퍼센트.

산악 사진가. 내가 믿을 수 없었던 미래를 가쿠토는 손에 넣었다. 내가 응원해줄 필요는 없었던 것이다.

다만 사진 작가가 누구인지를 알고 충격을 받은 사람은 나뿐이고, 아야코 씨에게 고류다케를 향한 마음이 한층 더 강해졌다는 심경의 변화는 느껴지지 않았다.

머잖아 내 일신에 이 다리를 없애버리는 듯한 일이 생기는 바람에 고류다케는 다시금 '언젠가'가 된 줄 알았지만……

구치노사와 안부에 도착은 했지만, 반시간 정도밖에 지나지 않았기 때문에 휴식을 취하지 않고 나아가기로 했다. 오전 중에는 기렛토 산막에 도착하고 싶다.

여기서부터 산막까지는 삼단 오르막 바위밭이나 쇠사슬 구간, 사다리 등을 통과해야만 한다. 신중하게 가자.

—황금연휴 중 언제 하루를 날 위해 비워주지 않을래?

아야코 씨가 느닷없이 말했다. 금요일 밤 퇴근길에 'GORYU'에 들러 핫도그와 함께 레드와인을 마시는 것이 유일한 즐거움이라 해도 과언이 아니다.

—사전에 준비 같은 게 필요한가요?

—아니, 당일이면 돼.

그렇다면 직전에 뭔가 제안을 받아도 예스라 즉답할 수 있다. 문화적인 활동을 해보자며 상세한 내용은 알려주지 않고 만날 장소와 시간만 정해줘서, 나는 당일도 아야코 씨를 따라 걸을 뿐이었다. 아야코 씨가 시부야라니 하면서 어쩐지 흐뭇한 기분이더니, 생긴 지 얼마 되지 않은 세련된 상업 빌딩에 들어가는 것을 보고 아연할 수밖에 없었다.

엘리베이터로 8층으로 향하자 플로어 전체가 행사장이었다.

'야마네 가쿠토 사진전 우주로 이어지는 산'이라는 간판이 나와 있었다.

이렇게 대단한……. 떨리는 등을 아야코 씨의 따뜻한 손이 밀어주었다.

아야코 씨는 거기에 전시되어 있던 사진에 마음을 빼앗겨 결국 스스로 고류다케에 오르겠다고 결단을 내렸다. "나, 갈래!"라며 눈을 반짝이는 아야코 씨 앞에 있던 사진이 어떤 것이었는지, 실은 잘 기억이 나지 않는다.

전시되어 있는 모든 사진이 눈에는 들어왔다. 다만 그것을 받아들이는 뇌세포는 사진전의 규모와는 또 다른 문제로 대혼란을 일으키고 있었다. 인정하고 싶지 않지만.

어디에 이런 미련이 남아 있었는지, 나도 내가 잘 이해되지 않을 정도로.

우선은 삼단 오르막을 통과했다. 괜찮다. 자전거와 똑같다. 암릉을 오르는 방법은 몸이 잘 기억하고 있다.

맨 처음에는 내가 아야코 씨를 고류다케에 안내할 생각이었다. 곤돌라를 써서 왕복한다면 난코스도 없어서 아야코 씨가 체력만 기르면 된다. 하지만 내 상황이 바뀌고 나서는 안내할 형편이 아니었다.

아야코 씨의 꿈을 확실히 이루기 위해서라도 그 방면의 프로에게 부탁하자고 제안했다.

마미코 씨가 있으면 되는데 하는 대답은 돌아오지 않았다. 조금 쓸쓸하기도 했지만 나와 둘이서 가는 것을 고집하면 계획 자체가 좌절돼버린다.

그렇지만 나는 산악 가이드라는 전문직이 있다는 것은 알아도, 신청하는 방법은 몰랐다. 일반인이 그런 사람에게까지 의뢰해서 산에 오르나? 산악 가이드의 주된 일은 텔레비전 방송팀 안내나 해외 등산 아닌가? 산악부였을 때 투어 가이드는 본 적이 있지만, 산악 가이드와 등산하는 사람은 본 적이 없다. 옛날 산악부 친구에게 물어볼까?

하지만 이 분야에서도 변화는 일어난 모양이다.

아야코 씨는 자신이 인터넷에서 의뢰하겠다고 떠맡았다. 마미코 씨는 바쁘잖아요, 하면서. 이미 정해놓은 것이 있는 눈치인 아야코 씨를 보고, 그렇게 간단히 신청할 수 있구나 놀랐다.

—잘생긴 사람을 지목할 수 있어.

이런 말을 듣고 있자니 맡기기 미안하다는 생각은 하지 않게 됐다. 아야코 씨는 어쨌든 나를 놀라게 하는 걸 좋아한다.

당일까지 무슨 사이트에서 신청했는지 이름은커녕 어떤 경력을 가진 사람인지도 가르쳐주지 않았는데, 나가노 역 역사를 나가니 야마네 가쿠토가 다가왔다.

정말이지, 뒤로 넘어가지 않았으니 망정이다. 명함을 발견하고 나서도, 사진전에 다녀와서도, 나는 '야마네 가쿠토'를 인터넷에서 검색해보지 않았다.

그가 꿈을 이루었다는 것을 뼈저리게 알게 될까 봐 무서웠다.

그래서 산악 사진가가 됐다는 건 알아도 겸업으로 산악 가이드를 한다는 것까지는 몰랐다. 애초에 가이드가 되고 싶다는 말은 한 번도 들은 적이 없다. 고향의 등산 선생님이 산악 가이드라고 했던 말이 떠오른 것은 리프트에서 혼자 흔들리고 있을 때였다.

무심코 초면인 척한 것은 나만이 아니다. 저쪽 또한 안녕이라고도 오랜만이라고도 하지 않았다.

내게 말을 걸지 않더라도 아야코 씨에게 "대학 시절 동급생이에요"라는 말이라도 했다면 나도 "야마, 오랜만이야"라고 미소 지을 정도의 여유는 가질 수 있었을 텐데.

이 사람은 아야코 씨의 가이드를 해줄 야마네 씨라는 사람이고, 나는 우연히 같은 길을 가는 단독 등산객이다. 유령처럼 기척을 감추고 아야코 씨가 고류다케에 무사히 등정할 수 있기만을 바라면 된다.

쇠사슬 구간도 통과한다. 손에 녹이 남는 낡은 갈색 쇠사슬은 어쩌면 지난번에도 잡은 것인지 모른다.

―쇠사슬에 너무 의지하면 안 돼.

쓰지 말라는 말이 아니다. 자신은 쇠사슬에 체중을 다 맡기고 매달리는 초심자가 아니라며 쇠사슬이 걸린 길에서 구태여 조금 떨어져서 걷는 사람을 본 적이 있다. 식물을 짓밟고 있다는 것은 신경도 쓰지 않는 눈치로.

그러면 나는 잘 다루고 있는가? 의지하면 편한 곳에서 고집을 피워 잡지 않고, 잡지 않아도 갈 수 있는 곳에서 준비되어 있으니 사용하는 것이 옳은 방법이라며 억지로라도 쇠사슬을 잡고 나아가려고 한다.

산에서 쇠사슬을 그렇게 쓴 적이 있었나? 대체 지금 쇠사슬과 무엇을 겹쳐놓은 거지? 야마는 그 뒤에 뭐라고 했더라?

—쇠사슬이 있는 곳은 스스로 생각하지 않아도 걸을 수 있어. 그러니까 거기에 익숙해져버리면 아까 비슷한 곳에는 쇠사슬이 있었는데 이쪽에는 없다는 데에서 망설임이 생기고 무서워져. 있으면 마련해준 사람에게 감사하고, 없으면 스스로 안전한 경로를 생각하면서 나아가라, 너라면 할 수 있다! 이 말이지.

쇠사슬에 의지하지 않는 인생을 나는 보내왔을 터다. 설사 산이 거기에 응답해주지 않아도.

하지만 아야코 씨의 후회를 접하고 가슴이 술렁거렸다.

안개 속에서 신성하게 나타난 고류다케를 눈앞에 두고 아야코 씨는 눈물이 흘러넘쳤다. 그 이유를 들었을 때 아야코 씨를 위로하고 싶다고 생각했다. 재치 있는 말을 건네고 싶었다.

내가 아야코 씨였다고 해도 남편분의 조기 퇴직에 반대했을 거예요. 아직 아드님이 대학생인데 자기 꿈을 우선시하다니 제멋대로라고 생각해요.

그 말이 입 밖으로 나오지 않은 이유는 목에 다다르기도 전에 나 자신을 때려눕히고 있었기 때문이다.

하지만 아야코 씨는 남편분의 꿈을 반대한 게 아니에요. 훗날로 미루길 바랐을 뿐 착실히 응원했어요. 그건 분명히 전해졌을 거예요. 남편분은 아야코 씨와 둘이서 꿈을 이룰 생각이었어요.

저는 그렇게 하지 못했습니다.

그런 이야기를 그 자리에서 할 수 있을 리 없다.

어느새 나를 아야코 씨뿐만 아니라 남편분에게도 겹쳐놓고 있었다는 것을 깨닫고 혼란스러웠다.

언젠가는 오지 않는다…….

이 바위밭을 돌아서 들어가면 기렛토 산막이다.

그래도 아야코 씨와 함께 정상 바로 밑까지 왔다. 한 장의 사진에 이끌려서.

그리고 다음 사진을 만난다. 가시마야리가타케와 꽃의 군락 사진. 아아, 이곳을 향해 걷고 싶다. 모처럼 여기까지 왔는데. 하산하면 또 처음부터 시작이다.

하지만 아야코 씨와 여기서 헤어져도 될까? 마음을 토로하고 정말로 만족했을까? 산을 떠난 뒤에 울지는 않을까?

기렛토 산막에 도착했다. 길고 가느다란 종주로의 골짜기를 이루는 암릉에 달라붙듯이 서 있다.

좌우로 트인 오른편 너머에는 쓰루기다케가 보였다. 산 외관

70

의 이미지라는 것이 있다면 내 안에서는 고류다케와 쓰루기다케는 같은 범주다.

고류다케가 커틀릿 카레라면, 쓰루기다케는 접시 위에 커틀릿만 덩그러니 놓인 상태……. 이 정도로 배가 고프다.

산막 바깥에 있는 덱을 빌려 고류 산장에 무리하게 만들어달라고 부탁한 주먹밥을 먹는다. 아야코 씨는 이미 알프스 평지에 도착했을까? 맛있는 메밀국수를 먹고 돌아가기로 약속했는데 면목이 없다.

야마네 씨가 좋은 곳으로 안내해줘서 같이 먹어주었으면 좋겠지만, 과연 가이드로서 가능한 선은 어디까지일까?

은하수 아래 혼자 있고 싶다고 하는 아야코 씨를 위해 물러났다. 야마네 씨와 함께 아야코 씨가 시야에 들어오는 동시에 만에 하나 넘어지거나 상태가 나빠지면 바로 달려갈 수 있는 거리까지.

아야코 씨는 남편분에게 사과할까 같은 생각을 하다, 더는 상상을 그만두었다. 혼자 있고 싶다는 아야코 씨에게 실례다.

그래서 하늘을 올려다보았다. 여기에도 변하지 않는 것이 있다. 그날부터 시간이 멈춘 것은 아닌지 착각할 뻔했다. 눈앞에 투명한 장벽이 있어서, 내가 있는 이쪽에서만 시간이 흐르고 조금 앞으로 나아가 장벽을 넘으면 그날로 돌아갈 수 있는 것이 아닐까?

아니, 나란히 섰던 건 이 부근이 아니었던가?

좌우로 서 있는 위치까지 똑같다. 흘끗 옆을 본다. 목의 각도까지 같지 않은가?

야마는 하늘을 높이, 높이 올려다보고 있었다.

─진기한 별자리라도 찾고 있어?

─아니, 하늘과 우주의 경계선.

─바보구나, 위를 쳐다본다고 해서 그걸 찾을 수 있을 리 없잖아. 지금 서 있는 곳이 경계선이고 우리는 우주를 올려다보고 있으니까.

입에서 자연스럽게 튀어나온 풋내 나는 명제를 야마는 웃어넘기지 않고 "그렇구나!" 하고 카메라를 목에 건 채 손뼉을 치며 받아주었다.

─야마, 다음에는 밤하늘 말고 우주 사진을 찍어.

─그건 무리지. 이렇게 넓은 공간을 정해진 틀 안에 담다니.

─가능해. 지금 여기 있으니까.

같은 장소에 다시 서는 기적이 일어나도 이제 그 시절의 두 사람이 아니다.

그러니까 가이드 야마네 씨와는 손을 잡지 않는다.

시공을 넘을 수 있었던 것은 아야코 씨뿐이다. 딱 십 분이 지나 데리러 갔을 때 아야코 씨의 얼굴을 보고 나는 결단을 내렸다.

주먹밥을 다 먹고 테이블에 지도를 펼쳤다. 손목시계를 확인한다. 12시 정각. 한 번 더 지도를 보고 간단한 덧셈을 머릿속에서 두 번 되풀이했다.

표준 코스 타임 네 시간인 곳을 다섯 시간 걸려서 걸었다는 뜻인가? 게다가 스스로는 순조로운 속도로 걷고 있다고 생각했다. 걱정했던 만큼 피로가 쌓이지 않은 상태에서 기렛토 산막까지 올 수 있었다며 꽤 만족한 기분이었는데. 당연하다. 천천히 걸으면 피로도 생기지 않는다.

어째서 기타오네노카시라나 구치노사와의 안부에서 코스 타임을 확인하지 않았지?

느긋이 휴식이나 취하고 있을 때가 아니다. 오늘 여정은 아직 네 시간 사십 분 남아 있으니까. 표준 코스 타임으로. 이럴 줄 알았으면 아야코 씨가 등정하는 것을 지켜보지 말고 더 빨리 산막을 나설 걸 그랬다.

갈 수 있을까?

기렛토 산막을 보았다. 유지보수 기간 중이라 식사를 제공하지 않기 때문에 숙박 예약을 받지 않고 있지만, 산막 쪽 사람은 있다.

그냥 잠만 잔다면……. 안 된다. 모레는 출근을 해야 한다. 내일 중에는 도쿄에 돌아가기 위해서라도 오늘은 예정대로 쓰메타이케 산장까지 가야지. 괜찮아, 속도를 올릴 여력은 충분히 있다.

갈 수 있다, 그렇게 단언하지 않았나.

배낭에서 헬멧을 꺼냈다. 야마네 씨에게 빌린 것이다. 사이즈

73

도 조정했다. 없어도 된다는 말은 할 수 없었다. 배낭을 메고 띠를 단단히 조였다.

일단 냉정해져라. 코스 타임은 잊어. 쓸데없는 생각은 전부 털어내. 단지 걷는 데에만 집중해.

하치미네기렛토가 시작됐다.

사다리를 오른다. 멀리서 볼 때는 사다리와 사다리 사이의 연결 지점이 그리 떨어져 있지 않다고 생각했는데, 막상 그 자리에 오니 내 다리 길이를 다시 확인하고 한쪽 발을 신중하게 뻗어야만 했다.

돌밭을 걷는다. 표면이 평평한 큰 돌이 꼭 안전한 것은 아니다. 발을 올리고, 신뢰할 수 있다는 생각이 들면 체중을 이동시킨다. 산과 친해지면 다음 돌이 부르는 목소리를 따라 나아가면 되지만, 이십 년 만에 찾는 내게 여기라고 가르쳐주는 돌은 없다. 한 걸음마다 처음 뵙겠습니다, 인사해야 한다. 지금만, 단 한 번만 스쳐갈 뿐인 사이.

쇠사슬 구간을 오른다. 바위 표면에 조각도로 얕게 덧그렸을 뿐인 듯한, 사람이 지나갈 수 있는 최소한의 길 같은 것이 이어진다. 바위에서 튀어나온 식물에 긁히지 않게 얼굴을 돌린 만큼 사면에서 몸이 떨어져서 철렁한다.

통과한 뒤에 작은 돌이 굴러가는 소리에 정신을 빼앗기지 마라. 단, 머리 위는 주의할 것. 나무 그늘이 없어지고 시야가 트여도 하늘을 올려다보지 말고 빠른 걸음으로 통과해라. 가까운 과거에 낙석이 일어난 곳일 가능성이 크다.

눈을 떠라. 귀를 기울여라. 자기 자신에게 지지 마라. 산을 믿어라.

난코스는 빠져나왔다. 이대로 가시마야리가타케, 북쪽 봉우리를 노린다.

—가시마야리가타케는 새우튀김이라니, 정말 눈이 번쩍 뜨이는 발상이야. 그 뒤로는 이제 그렇게밖에 안 보여.

학교식당에서 새우튀김 카레를 먹으면서 야마가 말했다. 그때 내가 무엇을 먹고 있었는지는 생각나지 않는다. 말뜻을 알 수가 없었다.

가시마야리가타케를 새우튀김에 빗댄 이유는 네가 늘 커틀릿 카레와 새우튀김 카레를 번갈아 먹고 커틀릿 쪽이 소리 울림 면에서 고류와 비슷하다고 생각했기 때문에 소거법으로 새우튀김이 가시마야리가 됐을 뿐인데. 이 말을 하지 않은 것은 라면이라도 먹고 있었기 때문인가?

야마는 위로 꼿꼿이 솟은 빨간 새우 꼬리의 두 개로 나뉜 끄트머리를 숟가락 끝으로 쿡쿡 찔렀다.

—남쪽 봉우리랑 북쪽 봉우리.

가시마야리가타케에 봉우리가 두 개 있다는 것은 알아도, 지도에서 입체도가 떠오를 만큼 열심히 보지는 않았다. 감이 잡히지 않는다.

그렇구나, 하고 말한 것은 먼저 남쪽 봉우리에 이어서 북쪽 봉우리의 꼭대기에 섰을 때였으니까, 야마는 이상하다는 얼굴로 무슨 발견을 했느냐며 사방을 빙 둘러보았다.

북쪽 봉우리에 도착했다.

손목시계를 확인한다. 2시 42분. 표준 코스 타임은 종주로 두 시간 삼십 분과 북쪽 봉우리 왕복 십오 분 중 올라가는 시간. 코스 타임대로 걷고 있잖아. 혼자 하치미네기렛토를 통과할 수 있었다.

증거 사진을 찍기 위해 스마트폰을 꺼냈다. 이정표를 프레임 한가운데 넣다가 깨달았다. 배경이 새하얗지 않은가? 하지만 돌아보면 아직 파란 하늘의 조각을 찾을 수 있었다.

배낭을 내려놓고 말린 과일 봉지를 꺼냈다. 파인애플, 다음은 망고. 그러네, 병에 넣어버리면 손이 필요 없다. 병을 입에 가져가서 흘려 넣으니까 더러운 손을 쓰지 않고 먹을 수 있어서 위생적이라는 것이 이점인지 몰라도, 맛은 못 고른다. ……언제까지 집착할 거야?

물을 마시고 출발 준비를 했다.

북쪽 봉우리 정상에서 남쪽 봉우리 정상으로 이어지는 아치형 능선. 표준 코스 타임 사십 분, 이곳을 완수하면 나머지는 산막까지 완만한 내리막이라서 콧노래를 부르며 걸을 수 있다.

잘 다녀올 수 있었어. 자랑스러운 얼굴로 보고하고 싶지만, 내가 가이드 야마네 씨와 만날 일은 이제 없을 것이다. 헬멧은 쓰메타이케 산장에 맡기라고 한다. 이것도 필요 없었다. 그 시절에는 우리 둘뿐 아니라 다른 등산객들도 헬멧 같은 것은 쓰지 않았다.

벗을까? 남쪽 봉우리에 도착하면 벗자. 산막에서 엽서를 한 장 사서 무사히 종주했다고 쓴 다음 헬멧이랑 함께 맡기자.

걱정을 끼쳤습니다, 하고.

암릉을 내려간다. G4, G5, 하치미네기렛토에 비하면 가파르지 않아서 걷기 쉽다. 그래도 바위밭 하나를 통과할 때마다 내뱉는 숨의 양이 늘어난다. 버텨, 이십 년 전이랑 다르지 않은 속도로 걸을 수 있었다고 써주라고.

은하수를 본 뒤에 셋이서 식당으로 돌아갔다. 거기서 나는 아야코 씨에게 내일 같이 하산하지 않고 가시마야리가타케에 가고 싶다는 말을 꺼냈다. 물론 야마네 씨는 아야코 씨와 하산해서 역까지 잘 데려다주라고도.

—나는 마미코 씨가 하고 싶은 대로 했으면 좋겠어. 하지만 이건 투어 도중에 빠져서 단독 행동을 하는 거니까 야마네 씨한테 물어봐. 승낙을 받으면 나도 진심으로 응원할게.

아야코 씨는 이렇게 말하고 야마네 씨 쪽을 보았다.

—마미코 씨가 자기 바람을 말하는 걸 저는 오늘 처음 들었어요. 그러니까 저도 부탁할게요.

아야코 씨는 교칙 위반을 한 학생의 보호자가 선생님에게 하듯 고개를 숙였다.

―그럼 나머지는 둘이서. 어째 이제야 와인이 도는 것 같네. 잘 자요.

우후후후후 하고 아야코 씨는 웃음을 띠며 식당에서 나갔다. 왜 저렇게 웃는 거지? 야마네 씨와 초면이 아니라는 것을 들킬 만한 언동을 해버렸나?

―편히 쉬세요.

야마네 씨는 웃는 얼굴로 아야코 씨를 보내고, 식당 문이 닫힌 것을 확인하고 나서 내 쪽으로 고개를 돌렸다.

―그만둬.

야마였던 시절에도, 가쿠토였던 시절에도 들은 적이 없는 엄한 어조였다.

―어째서⋯⋯요?

―요는 무슨. 뭐, 됐어. 마미⋯⋯코 씨는 고류다케를 왕복할 만큼의 훈련밖에 안 했잖아요. 게다가 예순다섯 살의 초심자 분과 걷는 것을 전제로 한. 그런 사람이 단독으로 갈 수 있는 코스가 아닙니다. 더구나 기렛토 산막에서 1박을 하면 또 몰라도 이번 주에는 유지보수중이라 숙박을 안 받아요.

대꾸할 말이 없다. 틀린 말이 하나도 없으니까. 야마네 씨도, 산악 가이드로서 충고할 거라면 여기까지만 말했으면 됐다.

─어떤 코스였는지 기억하지? 다음에 또 오면 돼.

다정하게 말하는데 부아가 치밀었다. 다정함이 여유로 보여서 심기에 거슬렸다.

─다음이 언젠데? 그야 너처럼 그게 일이라서 쌓아온 게 있는 사람은 코스에 따라 이틀, 사흘 일정을 조정하면 그만이니까 다음이 금방 오겠지. 하지만 나는 등산을 하는 이틀, 사흘은 만들어도 꽤나 무리를 하지 않으면 훈련할 시간까지는 못 만들어. 이번을 위해 훈련해온 근력이나 체력은 하산해서 일상생활로 돌아가면 일주일만 지나도 리셋이야. 지난번에 어디를 올랐는지는 관계없어. 매번 처음부터 시작이라고. 아야코 씨의 남편분도 분명 그랬을 거야. 회사원이니까 휴가를 얻어서 산에 가려고 마음만 먹으면 갈 수 있었겠지 생각하는 건 아니겠지? 산에서 멀어진 인간에게 등산로 입구에 선다는 건 정상 바로 아래에 있는 거나 매한가지야. 등산로 입구까지가 멀거든. 몇 년, 몇십 년이 걸릴 정도로. 내일 하산해서 처음으로 다시 돌아가면 다음이 있다는 보장은 어디에도 없어. 그렇다고 해서 무모한 도전을 하려는 건 아니야. 오늘 하루 산을 오르는 나 자신과 마주하고 갈 수 있다고 느꼈으니까……. 그러니까 부탁해요.

머리는 숙이지 않는다. 눈을 피하게 되니까.

─짐 가져와……보세요.

배낭을 가지고 식당에 돌아오자 야마네 씨도 자기 배낭을 가지고 와 있었다. 오렌지색 헬멧을 내 머리에 푹 씌우고는 말없이 조정한다.

—석쇠랑 버너는 맡아두겠습니다.

—어디에……요?

—제가 가지고 내려가서 하쿠바 역에서 아야코 씨에게 넘길게요. 이 헬멧은 쓰메타이케 산장에 맡겨주세요.

—고맙습니다.

아야코 씨에게 부담을 주는 것이 미안하다고 생각하면서도 헬멧을 쓴 채 머리를 숙였다. 거기에 손바닥이 얹힌다.

—정말 괜찮은 거지?

머리 위 얹힌 손에 전해지게끔 말없이 고개를 크게 끄덕였다.

—좋아, 안 벗겨지겠네.

태평한 목소리로 이렇게 말하고 그는 먼저 식당에서 나갔다. 그라니 누구.

최소한으로 필요한 것밖에 들어 있지 않은데도 배낭이 무겁다. 물을 빨아들인 것도 아니건만 신발도 무겁다. 그래도 어찌어찌 다 내려가니 조금 트인 돌밭이 나왔다.

뭐지, 이건? 수직으로 뻗어 있는 바위 벽. 이런 데가 있었나?

그런가, 남쪽 봉우리에서 이 벽을 내려가서 북쪽 봉우리에 올랐던 감각이 새우 꼬리의 이미지와 겹쳐지면서 감이 왔다.

하지만 그렇게 귀여운 문제가 아니다. 여기를 올라간다고? 올려다보면 올려다볼수록 무릎에서 힘이 빠진다. 일단 앉자. 배낭을 내려놓고 에너지와 수분을 보충했다.

말린 과일 외에 어제 뜯지 않은 아몬드 초콜릿과 밀크캐러멜을 각각 두 개씩 먹었다. 물을 마시고 수분 보충용 레몬사탕도 두 개 먹었다.

그런데도 허리에 힘이 들어가지 않는다. 일어나는 방법을 모르겠다. 조금 더 쉴까? 하지만 벌써 4시다. 하늘을 우러러봤다. 온통 흰색이다. 파란 부분은 어디에도 없다. 강수 확률 십 퍼센트. 나를 구해줄 주문은 이것밖에 생각나지 않는다.

스마트폰이 터지지 않는 구역이다. 하다못해 다른 등산객이 있으면 산막에 도착하는 것이 늦어진다고 전해달라고 할 수 있는데. 있다. 뛰다시피 한 스피드로 성큼성큼 이쪽을 향해 누군가 다가온다. 아……

"다행이다, 코스 위에 있어서."

"왜."

"다친 데는?"

"없어."

"체력의 한계를 넘었는데 깨닫지 못하고 기력만으로 하치미네 기렛토를 건너서 맥이 빠진 시점에서 이 오르막이 보였지? 우선 이거."

아미노바이탈이라 쓰여 있는 스틱을 준다.

"이걸로 마셔."

경구보수액* 페트병.

그것들을 입에 흘려 넣고 있으니 발밑에 둔 배낭을 가져간다. 자기 배낭에 내 배낭을 업듯이 포개고 두 개가 떨어지지 않게끔 가느다란 로프를 감아서 고정하고 있다.

"잠깐만. 나, 직접 메고 갈 수 있어. 쉬고 있었을 뿐이야."

"지금이 아직 1시면 네가 배낭을 메고 걸을 수 있게 될 때까지 같이 여기 앉아서 기다려줄 거야. 남에게 배낭을 맡기고 등정해 봤자 기쁘기는커녕 분해서 못 견딘다는 것도 알아. 그런 모습을 가장 보이고 싶지 않은 사람이 누구인지도. 하지만 잘 들어. 앞으로 두 시간 안에 경보 수준의 비가 올 거야."

그렇다면 반드시 온다. 등산 스승님에게 뭘 배웠는지 한번 물어본 적이 있다. 대답해준 몇 개 중에 하늘과 기상도를 읽는 방법이라는 것이 있었다.

—일기예보보다 스승님 해석이 더 잘 맞아. 하늘을 잘 보니까.

맑은 날의 고류다케를 못 본다는 걸 아야코 씨가 아쉽게 여기지 않게끔 니시토미 산에 도착하는 시간도 조정하면서 걸었을 것이다. 그것도 그런 타이밍으로.

"부탁합니다."

* 물과 염분 및 당질이 소량 배합된 음료로, 탈수증의 치료에 이용된다

가쿠토가 싱긋 웃고 배낭을 짊어졌다.

"이럴 때의 안정감도 뛰어난데. 보고서에 써야지. 실험에 협조한다고 생각해주면 돼."

내 앞에 선다.

"자, 무릎에 힘을 집중시키고 천천히 일어나."

시키는 대로 일어날 수 있었다.

"한 걸음을 크게 떼려고 생각하니까 되레 못 움직이는 거야. 몇 센티미터라도 좋아. 앞으로 움직일 만큼만 떼서 지면에 디뎌. 그걸 좌우 번갈아가며 반복해. 그렇게 하면 자연히 앞으로 나아가. 걱정하지 마. 내가 가장 안전하고 걷기 쉬운 코스로 갈 테니까. 쓸데없는 신경 쓰지 말고, 뒤를 따라오면 돼. 목표 지점까지 꼭 데려가줄게."

발이 움직였다. 앞뒤로 벌려서 좌우 아킬레스건을 폈다. 하는 김에 노 젓기도 해둔다. 좋아, 하고 가쿠토도 노 젓기를 한다.

"가자, 마미코."

다리만이 아니다. 몸이 자연스럽게 앞으로 나간다. 이 등을 따라가는 법을 나는 알고 있다. 수직으로 보이던 암릉도 막상 발을 붙여보니 이족 보행이 가능한 경사가 있음을 깨닫는다. 가쿠토가 손을 댄 곳에 손을 댄다. 가쿠토가 발을 올린 곳에 발을 올린다.

G4, G5에 수직의 기억이 없는 것은 거기도 이렇게 올랐기 때문이다.

먼 곳을 올려다보지 않는다, 암릉의 위협에 위축되지 않도록. 그저 눈앞에 있는 등을 쫓아간다. 넘칠 것 같은 눈물은 마지막 남은 고집으로 틀어막는다.

마지막 한 걸음. 다 올라왔다.

가쿠토는 돌아보고 나를 확인하자 다시금 앞을 보며 걷기 시작했다.

가시마야리가타케, 남쪽 봉우리에 도착했다.

기쁘지 않다. 전혀 기쁘지 않다. 그냥 지나치고 싶다. 이대로 산에서 내려가고 싶다……. 하지만 가쿠토는 걸음을 멈추었다. 배낭을 내려놓는다.

"여기서부터는 메고 갈 수 있을 것 같네."

이렇게 말하고 로프를 풀었다. 암릉을 다 올라온 곳에서 배낭을 내려놓고 '자, 여기서부터는 네가 메고 남쪽 봉우리 정상에 서봐' 같은 말을 하지 않아서 다행이다.

"저기…… 미안해요. 관두라고 일러줬는데 하지도 못하면서 갈 수 있다느니 과신해서……. 산에 와버려서 미안해요."

머리를 숙였다. 얼굴을 보는 게 무섭다. 헬멧에 두 손이 얹혔다. 흔들흔들 흔들다가 멈춘다. 뭐지, 하고 고개를 들었다. 난처한 얼굴이 기다리고 있었다.

"산에 온 걸 사과하게 만들다니 가이드 실격이네."

"그런 의미가……."

84

"하지만 아직 목표 지점이 아니야. 만회할 기회는 있어. 옅은 핑크색 꽃이 보고 싶잖아."

사진을 쳐다보고 있는 것을 봤구나.

"동철쭉 아냐?"

"그 이름은 안 가르쳐줬잖아."

"하지만 사방이 하얘서 아무것도 안 보여."

안개가 발밑까지 내려왔다. 산기슭에서 보면 구름 속일지도 모른다.

"그 사진을 찍은 건 내일 갈 코스에서야."

"고마워……. 기대돼, 요."

가쿠토의 얼굴이 풀어지더니 쓴웃음으로 바뀌었다.

"뭐야, 또 가이드 야마네 씨야? 좋아, 오래 있지는 않을게. 헬멧은 벗어도 돼. 여기서 받을게. 비옷은 위아래 입어두자. 그리고 스틱도 준비해."

네, 대답하고 나서 그제야 조금 입꼬리를 올릴 수 있었다. 하산용 스틱 길이도 배운다. 올라갈 때보다 조금 길다.

하지만 그 시절로 돌아왔다고 착각하면 안 된다.

누노비키 산을 통과해서 쓰메타이케 산장으로 향한다. 시계는 나쁘지만, 폭이 넓고 완만한 내리막은 걷기 쉽다. 스틱을 짚는다. 여름날 저녁, 길에서 주운 나무 막대를 의미도 없이 달칵달칵 끌면서 집에 가던 어린 시절 기분이다.

아아, 엄마가 울고 있지 않으면 좋을 텐데…….

"어디서 왔어?"

등에다 대고 물었다. 그 정도로 회복됐다.

"고토미 산에서."

"하산 도중에? 아야코 씨는?"

"어제 산막에 같이 묵은 두 사람이랑 합류했어."

"그렇게 갑자기 친하지도 않은 사람들이랑."

"아야코 씨가 이쪽 분들이랑 같이 가고 싶다고 했어. 고토미 산에서 가시마야리가타케를 보고 있는데 이제 조금만 가면 맛있는 메밀국수 가게가 있다는 소리가 들리더니 두 사람이 내려왔거든."

아야코 씨는 나를 염려한 것이다. 하지만…….

"왜 와준 거야?"

갈 수 있다는 말을 역시 믿을 수 없었던 건가?

"어제 단계에서 허세 부린다는 걸 알았으니까. ……연초에 어머님이 거미막하출혈로 쓰러지신 뒤에 마비가 조금 남아서 주말마다 시즈오카의 본가로 가서 돌봐드리고 있다며."

설마 이렇게 자세히, 병명까지.

"아야코 씨가 하산하면서 내 개인정보를 마구 퍼뜨린 거네. 처음 보는 가이드한테 어떻게 참…….

한숨이 새어나왔다.

"같은 대학 산악부인 걸 눈치채셨던데."

"뭐?"

"아야코 씨, 내 공식 프로필도 다 체크해놔서, 동급생일 텐데 왜 둘이 모르는 척하는지 되레 신경 쓰였대."

"나, 아야코 씨한테 출신 대학은 말한 적 없는데. 어디서 눈치채신 거지?"

"어제 아침에 역 플랫폼에서 아야코 씨를 기다리는 동안 노 젓기 체조를 했지?"

"그걸 보신 거구나. 그렇다고 부모님 이야기까지 해?"

대꾸가 없다. 안개는 점점 더 짙어진다. 거리를 조금 좁혔다.

"딱히 책망하는 건 아니야. 돌아가서 아야코 씨한테 불평하지도 않을 거고. 감사하는 마음밖에 없으니까. 단지 나에 대해 어떻게 이야기했는지가 신경 쓰일 뿐이야."

뺨에 빗방울이 떨어졌다. 비옷 모자를 덮어썼다.

"이번 등산에서 역시 며느리가 돼주었으면 싶으셨대. 그래서 아무리 그래도 무리죠 했지. 왜냐면 너는 성이 가와시마라서 가와였잖아. 그랬더니 어머, 마미코 씨는 독신이야, 마미야는 어머니 성, 그 부근 사정을 깊이 알지는 못하지만 하다가 병 이야기까지 나왔어."

그래서 자기소개가 싫다. 명함을 준다. 상대방이 고개를 갸웃한다. 어머니의 결혼 전 성이에요 하고 재미도 없는데 웃어 보인다. 가이드 야마네 씨한테는 하지 않았지만.

"마미야 마미코. 딸 이름을 지을 때는 훗날 자기 성씨를 쓰게 될지도 모른다는 상상은 하지 않았겠지. 아아, 나도 결혼한 걸로 해두고 싶었는데."

"나……도?"

길 폭이 한층 더 넓어졌기 때문인지 가쿠토가 옆에 나란히 섰다. 빗방울이 커지고 바람이 불기 시작했다. 목소리가 잘 들리지 않아서 옆으로 왔겠지만, 이 타이밍에.

"부인 예쁜 사람이더라. 밝고, 상냥하고, 사진에 대해서도 해박하고……. 네 작품을 자랑스럽게 여기는 최고의 사람, 게다가 젊고."

"누구 이야기야?"

"왜 그래, 시치미 떼기는. 황금연휴에 했던 사진전. 접수대에 있던 여자분에게 아야코 씨가 오늘은 야마네 가쿠토 선생님은 안 계시냐고 물었더니 미팅이 있어서 나갔대. 사인을 받고 싶었다고 아쉬워하는 아야코 씨한테 사인된 사진집도 안내해주고, 고류다케가 보고 싶다는 아야코 씨를 사진 있는 데까지 데려가서 촬영 장소랑 계절도 설명해주고. 아야코 씨, 브로켄 현상까지 알아. 접수대에 다른 스태프도 있기는 했지만 바쁠 것 같은데 줄곧 웃는 얼굴로 대해 주더라. 목에 걸고 있는 뒤집어진 이름표를 바로 고쳤더니 야마네 아카리라고 쓰여 있는 걸 보고 부인이구나 알았지."

그리고 혼란스러워졌다.

"그러면 올라가는 도중에 아야코 씨가 그 얘기는 안 했어?"

확실히…….

"아마 인터넷에서 검색하셨겠지. 그래서 아카리가 내 여동생인 걸 알았고. 걔는 지방 방송국을 중심으로 프리랜서 아나운서를 하고 있으니까 어느 정도의 정보는 공개돼 있어서 굳이 나한테 물어볼 필요도 없어."

빗방울이 본격적인 빗줄기가 된 바람에 잘못 들은 걸까?

"여동생……."

"있다고 말하지 않았나?"

"외아들이라는 말밖에 못 들었는데."

"뭐, 일남일녀에 여덟 살 터울이니까……."

딸이니까 부모도 오빠에게 기대를 걸었겠지.

"검색을 아예 안 했구나."

"애초에 인터넷을 안 해. 그런 건 일에 관한 것만으로 충분하거든."

"그래서 페이스북도, 트위터도 못 찾은 거구나. 애초에 가와시마 마미코로 넣으니까 매해 중3 육상부 현 대회 높이뛰기 3위 입상밖에 안 걸리고."

"무섭네, 인터넷 세계. 아니 근데, 검색을 했구나."

"이십 년 동안 매일 생각난 건 아니야. 오히려 거의 생각나지 않았어. 하지만 일 년에 한 번 잘 지내고 있을까 생각하는 날이 있어서 검색을 해버리지."

그날이 언제인가는 추측할 수 있다. 하지만 묻지 않는다.

"마미야 마미코로 검색해도 아무것도 안 나와. 내가 대학에서 졸업하는 동시에 부모님이 이혼해서 입사하는 날에 성씨가 바뀌었다고 회사에 보고했더니 벌써 명함을 발주했다고 화내더라고. 거기에도 꺾이지 않고 열심히 일했는데 상사의 성희롱을 고발했더니 웬걸 내가 자회사로 발령 났어."

마흔 넘어서 독신이라니 외롭지 않아? 애인으로 삼아줄까? 떠올리기만 해도 역겹다.

"프로젝트가 성공해서 계장 직함이 붙은 명함이 막 인쇄된 참이었는데. 그때는 별말 없이 바로 새 명함을 준비해줬어. 홋코쿠 유업 서비스라는 자회사에서 우리 유제품을 써달라며 무작정 찾아가는 영업도 해야 하니까."

이런 이야기를 왜 하고 있지?

"뭐, 그래서 아야코 씨를 만났으니까 잘된 건가."

"그…… 아야코 씨 아드님은? 의사라는. 어디 레스토랑에서 같이 식사하는 자리라도 만들까 신이 나셨던데."

그건 분명 퍼포먼스다. 아야코 씨 나름의 해석에 근거해서 참견쟁이 아주머니를 연기했음이 틀림없다.

"가능성 없어. 다섯 살 연하인 건 신경 안 쓰이지만 여자친구가 셋이나 있는 건 안 돼. 공부하느라 잃어버린 청춘을 되찾겠대. 아웃이잖아. 그걸 아야코 씨는 불륜이라 부르고 있는 거야. 말뜻으로는 틀리지 않지."

"아아, 그래서."

애초에 그 대화를 하던 시점에서 아야코 씨는 떠보고 있었던 것이다. 비가 한층 거세졌다. 비는 싫다. 밖으로 달아날 수 없으니까. 엄마의 우는 얼굴을 못 본 척해야 한다.

"바람둥이는 아버지만으로 충분해. 위세 떠는 남자도. 일을 해본 적이 없는 엄마가 이혼하면 못 산다는 걸 알고 뻔뻔하게 나오는 거야. 경제력이 없는 여자는 비참하구나, 줄곧 생각했어. 고등학교를 졸업하면 일하자 마음먹고, 진로 조사표에도 그렇게 썼지. 그랬더니 삼자면담 마치고 가는 길에 말씀하셨어."

그날도 비가 왔다.

"대학에 가라고. 일류 기업에 취직해서 자립할 수 있는 여자가되는 거야. 그때까지 엄마가 참고 가와시마 성으로 살겠다고. 산악부에 들어간 건 장기 합숙이 있는 점이 좋아서야. 3학년 때 어느 날 밤에 일류 기업이 어디인가 생각하며 냉장고를 열었더니 누군가가 상비해놓는 건포도버터가 눈에 들어왔어. 직원 할인 같은 거 있을까 하면서."

바람이 윙 울렸다. 이런 이야기는 안 들리면 좋겠다. 내 혼잣말

이어도 된다.

"취직이 결정되고 엄마가 울면서 기뻐했어. 나는 이제부터 내가 엄마를 부양하겠다고 다짐했지. 엄마도 그걸 기대하고 참아온 거라고. 도쿄로 나올래? 당연하다는 듯 물었더니 시내에 아파트를 봐두었대. 친구도 있고, 일자리도 정해질 것 같으니까 괜찮다고, 이제껏 본 적도 없는 것 같은 웃음을 지으며 말하는 거야. 게다가 의료사무 자격까지 땄다고. 기쁜 일이기는 하지만 엥 싫기도 했어. 그럼 나 일류 기업이 아니어도 됐던 거 아니야? 지방의 한가로운 회사였어도."

"잠깐만."

가쿠토가 걸음을 멈추었다. 이쪽을 본다. 비가 얼굴을 정면으로 때리자 그 물방울을 큰 손으로 닦는다.

"너는 좋아하는 회사에서 열심히 일하고 싶어서 나한테 나랑 같은 산을 함께 오르면서 응원하지는 못하지만 서로 각자의 산을 목표로 힘내자고 말한 거 아니야? 언젠가 정상에서 마주 보며 손을 흔들자고."

4학년 여름이 끝날 때 취업 활동을 하지 않은 가쿠토에게 웃으며 이 말을 하는 연습을 몇 번이나 반복했을까? 사진이 시야에 들어오면 마음이 흔들리니까 전부 박스에 담아 벽장 안에 치웠다. 그래서 가쿠토는 방에 들어오자마자 먼저 말했다. 그랬을 터다.

─아직 내 스스로 만족할 만한 사진을 못 찍었어. 포기하고 싶지 않아. 고향에 돌아가서 산에 오르면서 처음부터 다시 공부할 생각이야.

그렇게 확실히 선언해준 덕분에 연습했던 말을 비교적 잘 전달하고, 어이없이 막을 내렸다.

"아니다, 계속 가자."

가쿠토는 다시 앞을 향해 걸음을 뗐다. 산길 군데군데 눈이 아직 남아 있어서 사박사박 소리를 낸다. 스틱이 있어서 다행이다.

"잘된 거야, 그걸로. 나는 꿈을 포기하고 홋쿄쿠에 들어간 게 아니니까. 너는 네가 오르고 싶은 산밖에 오르지 않아. 하지만 나는 의외로 어디나 상관없어. 단, 산 앞에 선 이상은 정상을 목표로 해. 홋쿄쿠는 돌밭도 쇠사슬 구간도 많아서 도전하는 보람이 있는 곳이었어. 게다가 어머니가 그렇게 된 지금은 제대로 돌봐드릴 수 있고. 자회사로 발령이 났을 때는 회사를 그만둘까 생각도 했지만, 계속하길 잘했어. 내가 선택한 산에 후회는 없어."

"하지만 비교적 시간이 자유로운 일이나 재택 일도 생각하고 있잖아. 안 그러면 몸이 못 버텨."

아야코 씨는 정말이지 수다쟁이다. 카페라테를 넘치게 담은 그릇을 휘청휘청 옮기려는 것을 도우려고 일어서다 그대로 정신을 잃고 쓰러져버린 적이 있다.

"이제 와서 다른 새로운 산은 무리야. 지금 산에서 되돌아가는 것도 분하고."

좁은 분기점에 산막 안내 간판이 서 있었다. 그쪽으로 꺾었다.

"고류다케나 가시마야리가타케처럼 산 단위로 생각하지 말고 우시로타테야마 연봉이라고 생각해보면 어때?"

중요한 얘기를 해주는 것일 텐데 머릿속에는 카레가 떠올랐다.

오기사와에서 가시와바라 신도新道 끝까지 올라간 다음 다네이케 산장에서 점심으로 카레를 먹었을 때다. 그 카레에는 토핑이 아무것도 없었다. 그러자 야마가 갑자기 깨달음을 얻은 것처럼 말했다.

—평소에는 선택지가 있으니까 커틀릿이랑 새우튀김 중에서 고르지만 둘 다 올린 게 있으면 더 좋지 않아? 두 개를 접시 한복판에 일렬로 늘어세우면 우시로타테야마 연봉 카레잖아. 우아, 엄청 먹고 싶다.

고류다케에서 내려온 뒤에 내 아파트 근처에 있는 슈퍼에서 레토르트카레와 조리해서 파는 포크커틀릿과 새우튀김을 산 뒤 은하수 이야기를 하면서 둘이서 먹었다.

하지만 카레 이야기는 아닐 것이다.

"무슨 뜻이야?"

"홋쿄쿠 유업은 꼭대기를 밟고 잘 통과했어. 계장이 될 만한 일을 한 거잖아. 거기서 내려가는 건 하산이 아니라 다음 산으로 향하는 길이야. 지금은 기렛토를 통과하고 있는 걸지도 몰라. 어머니 일도, 복지나 병원, 어머니 친구에게 더 의지해도 되지 않아? 쇠사슬 구간을 손 놓고 걷는 건 전혀 멋있는 게 아니야. 너라면 할 수 있잖아."

기렛토를 빠져나온 지점에서 못 움직이게 됐는데? 비도 내리고 있어서 주위는 이제 슬슬 전등이 필요할 만큼 어두워졌다. 그대로 아치형 능선에 있었더라면…….

"무리야. 지금의 나로는."

"서두르지 않아도 돼. 산은 변하지 않아."

"하지만 사람은 변해."

"다 변하는 건 아니야. 네 변하지 않은 부분을 말해볼까?"

숨을 삼켰다. 그걸 이 압도적으로 비참한 상태에서 듣고 싶지는 않다. 분명 나는 고집을 피우며 부정할 것이다.

"행동식 봉지."

"뭐?"

예상 밖의 말이 날아왔다.

"건포도만 남아 있어."

"정답."

텐트 치는 곳을 지나 산막으로 향한다. 나는 건포도를 싫어한다. 그런데 말린 과일 혼합을 사는 이유는 대신 먹어주는 사람이 있었기 때문이다. 이번에는 어쩔 생각이었을까?

"봐, 대단하지? 하나 더 있어. 하지만 이제 목표 지점에 다 왔네. 고생했어."

산막 입구 앞에 도착했다. 창에 비치는 오렌지색 불빛이 따뜻하다.

"고마워, 요."

"요……. 뭐, 됐어. 내일 하산해서 오기사와에서 배웅할 때까지는 가이드 야마네 씨니까. 또 하나 변하지 않은 점은 아야코 씨의 가게 'GORYU'에서 말해줄게."

"응, 'GORYU'에서."

산막 문을 열었다. 이런 시간에 도착했는데도 웃는 얼굴로 맞아준다. 현관에서 비스듬하게 안쪽에 있는 식당에서는 카레 냄새가 풍겨왔다.

북알프스 오모테긴자

北アルプス表銀座

첫째 날

산에 오르면 그대로 시간이 멈추면 좋겠다.

그러면 우리는 줄곧 함께 있을 수 있다. 태양이 상공에 있는 동안에는 손을 맞잡고 암릉을 넘고 꽃을 즐긴다. 밤에는 랜턴 불빛 아래 한 손에 따뜻한 와인을 들고 이야기를 나누고, 노래하고, 연주하고, 서로의 심장 소리를 자장가 삼아 기대어 잠든다.

부디, 부디, 꿈에서 깨지 않게 해주세요…….

깼다. 빗소리에. 유리창에 닿는 쪽 귀에 작은 돌이 날아오는 것 같은 소리가 들린다. 한 알, 두 알, 그런 귀여운 소리가 아니다. 양손으로 자갈을 떠서 일제히 집어던지는 듯한 격렬한 소리, 비. 호우.

목적지가 다가옴에 따라 점점 더 거세진다.

조가타케 등산로 입구에서 버스는 정차했다. 어둠 속에 내리는 사람이 있다. 생판 모르는 남인데도 마치 전쟁터에 나가는 연인을 배웅하는 기분으로 그 뒷모습을 염려한다.

부디 무사하길……. 아니, 무모하지 않나.

하지만 종점인 우리의 목적지 나카부사 온천에도 이제 한 시간 반 뒤면 도착한다. 그때까지 그칠 기미는 전혀 없다. 그래도 바깥이 환해지면 그것만으로도 괜찮으려나.

정말로 올라가게? 뭐가 시간이 멈추면 좋겠다는 거야. 오히려 이대로 버스를 계속 타고 도쿄로 돌아가고 싶다. 침대에 누워 뒹굴면서 해외 드라마를 몇 화고 계속 보고 싶다. 하지만 그 옆에 그 애가 있어줄까? 산이 아닌 장소에서 그 심장 소리에 귀를 기울이는 것을 내게 허락해줄까?

옆을 보았다. 뒷사람을 배려해서 의자를 거의 눕히지 않았는데도 안락한 옥좌에라도 기대듯이 사키는 조용히 눈을 감고 있다. 버스 전체에 탄환을 쏘아대는 듯한 빗소리인데 어떻게 계속 잘 수 있지?

그렇다, 귀마개. 그 애는 그 애밖에 존재하지 않는 세계에서 잠들어 있다.

눈을 떴다. 시선이 마주치자 사키는 왜 그러느냐는 얼굴로 귀마개를 뺐다. 그러자 빗소리가 귀에 들어온 모양이다.

"비 오네. 버스에 비옷 상의 정도는 들고 들어올 걸 그랬어."

중지할 생각은 전혀 없는 모양이다.

"갈 거야?"

"일기예보, 내일은 그치지 않아? 야리가타케가 맑으면 되잖아. 앗, 네 목……."

"아니, 괜찮아. 스프레이랑 방한복이랑, 생각나는 대비는 다 해왔으니까."

그렇다. 우리에게는 중요한 미션이 있다. 겁내고 있을 때가 아니다.

나카부사 온천에 도착했다. 각오를 다지기는 했지만 창밖을 보고 망연할 수밖에 없었다. 버스가 멈춘 것은 비포장된 벌판이다. 온천이라는 이름이 붙어 있으니까, 아무리 비가 억수같이 내려도 하차한 뒤에는 우선 비를 피할 수 있는 장소로 이동해서 거기서 채비를 하고 기합을 다시 넣은 다음 출발하면 되리라고 마음대로 믿고 있었다.

하지만 눈으로 확인할 수 있는 범위 내에 그런 곳은 아무 데도 보이지 않는다. 그래서인지 운전기사님의 후의로 승객들은 전부 버스 안에서 복장을 갖출 수 있게 됐다. 전원이 짐칸에 실은 배낭을 가지러 가면 혼잡하기 때문에 앞좌석 사람들 대여섯 명이 밖으로 나가 누구 것인지 상관없이 내려놓은 순서대로 뒷사람에게 전달해서 버스 안으로 옮기기로 했다.

사키가 아무 말 없이 일어나서 급히 그 사람들 뒤를 따라간다.

어쩔 수 없다. 사키의 배낭에는 그 애의 목숨이라고도 할 만한 것이 들어 있으니까. 나간 지 삼 분도 지나지 않았을 텐데 저 위에 비옷을 입을 의미가 있을까 싶을 정도로 온몸에서 물을 뚝뚝 흘리면서 배낭을 껴안고 돌아왔다.

"괜찮아?"

"방수 주머니를 이중으로 씌웠으니까 괜찮아."

자기 자신은 아무래도 상관없는 모양이다.

버스는 만원이기 때문에 자기 좌석의 공간만 써서 힘겹게 비옷 상하의를 몸에 걸치고 배낭에도 방수 커버를 씌웠다. 신발 끈도 이 단계에서 단단히 묶는다. 스틱을 펴고 주위 사람에게 부딪히지 않게끔 가슴 한복판에 두 개를 모아서 안는다.

그리고 준비를 마친 사람부터 버스에서 뛰어나가는 모습은 흡사 스카이다이빙이나 번지점프를 보는 것 같다. 둘 다 경험해본 적이 없는 나도 이얍 하고 버스에서 내려 쏜살같이 등산로 입구가 있는 쪽으로 내달렸다. 사키도 곧장 내 뒤를 쫓아와서 우선 온천 건물 처마 밑에 들어갔지만, 비를 피하기는커녕 물받이에서 넘친 비가 폭포처럼 흘러 떨어지는 판국이라 의미가 없다.

출발하는 사람들을 보면서 둘이서 얼굴을 마주 보고 고개를 끄덕였다.

처마 밑에서 뛰쳐나간다. 그리고 일 분도 지나지 않아 온몸이 흠뻑 젖고 나니 어쩐지 아무래도 좋아졌다. 저항할 수 없는 일이라고 뇌가 판단하여 사고를 멈춰버린 것처럼. 정글에서 호랑이와 마주치면 똑같은 심경이 될지 모른다.

"갈까?"

사키가 말했다. 나는 고개를 크게 끄덕였다.

어쩌면 마지막이 될지도 모르는 우리의 여행…….

쓰바쿠로다케로 이어지는 갓센 능선은 에보시다케로 이어지는 부나타테 능선, 쓰루기다케로 이어지는 하야쓰키 능선과 더불어 '북알프스 3대 급경사'라고 불린다고 한다. 다른 두 곳에 가본 적이 없기 때문에 어느 정도의 급경사인지 예상도 가지 않지만, 애초에 이것은 고개가 아니다.

탁류가 점벙점벙 흐르는 강이다. 당연하게 나는 강도 탄 적이 없다.

무슨 짓을 하고 있는 거지? 마음이 또다시 흔들린다.

산악부원도 아닌데. 체육 계열 부 활동에 한 번도 참여한 적이 없고 운동은 체육 수업 때만 했던 내가 대학생이 되고 나서 왜 이런 수행 같은 일을 하는 처지가 되었나? 게다가 음대에서.

나는 그저 반주자를 찾고 있었을 뿐인데.

지방 동네의 노래 자랑 대회에서 트로피를 휩쓸고 다니던 내 장래 희망은 당연히 가수였다. 하지만 가수가 되는 방법을 알지 못했다. 게다가 노래 자랑 대회에서 우승하면 몹시 기뻐하던 부모님에게 오디션을 받고 싶다고 이야기했더니 웃음을 샀다. 더

견실한 장래 설계를 하라고 화를 내거나 우는 편이 차라리 낫다.

　—무리야, 무리. 이런 촌구석에서 노래 조금 잘한다고 할 수 있는 만만한 세계가 아니야.

본 적도 없으면서. 도전하려고 해본 적도 없으면서.

다만 이런 말도 해주었다.

　—그렇게 노래가 좋으면 음악 선생님을 하면 돼. 음대에 갈 비용 정도는 대주마.

이번에는 이쪽이 기가 막힐 차례다. 그것이야말로 무모하지 않나? 성악은커녕 피아노조차 배운 적이 없는데. 하지만 도쿄로 나가면 기회가 많아질 것이다. 아이돌이 목표가 아니다. 그렇다면 서두를 필요는 없다. 노래를 공부할 수 있으면 그보다 더 좋을 수 없다.

다행히 고등학교 음악 선생님이 방과 후에 레슨을 해주기로 했다. 생긴 것도 목소리도 천사 같은, 아름다운 선생님이었다. 혼자서는 낼 수 없는 소리도 선생님이 희고 부드러운 손으로 내 두 뺨을 감싸주면 머리 꼭대기의 뚜껑이 열리는 것 같은 감각이 솟아오르면서 낼 수 있게 됐다.

선생님은 그 손으로 목을 여는 방법이나 목소리를 내는 법, 울리는 법도 가르쳐주었다. 내가 선생님의 이상대로 노래할 때는 나긋나긋하고 부드러운 팔을 내 몸에 꼭 두르며 힘껏 안아주었다.

그리고 기적의 합격. 가장 먼저 선생님에게 알렸더니 선생님은 더 행복한 얼굴로 결혼한다고 말해주었다.

그때 내 몸속을 지나간 흙탕물처럼 거슬거슬한 감정의 정체를 당시의 나는 몰랐다. 단지 그 뒤로 머리 뚜껑이 열리는 일은 없었다.

흙탕물도 이만큼 기세 좋게 흐르면 그건 그것대로 깨끗해 보인다. 이 기회에 내 몸속의 흙탕물도 함께 흘려보내줄 것 같은 사랑스러움까지 솟아났다. 대체 뇌에서 무슨 현상이 일어나고 있는지.

성악과에 들어간 내가 맨 처음에 해야만 했던 일이 반주자 찾기였다. 부속 고등학교에서 진학하지 않은 나는 어디서부터 시작해야 하는지도 알지 못했다. 하지만 그런 학생을 위해 대학 측에서 준비한 전용 웹 사이트가 있었다.

요는 음대판 매칭 앱 같은 것이다. 자기 노래를 녹음한 걸 등록하고 피아노 반주자 모집란에 올린다. 프로필 시트에 수상 이력이라는 항목도 있었기 때문에 고향 노래 자랑 대회를 규모가 큰 순으로 세 개 써 넣었다. 사랑 고백도 아닌데, 이런 자리에서도 내가 먼저 적극적으로 상대를 찾아서 부탁한다는 말은 못한다.

그래서 눈치채는 것이 늦어졌다. 나에 대해 쓸 때 다른 사람을 참고하면 좋았을 텐데 훔쳐보는 것 같아서 주저한 것이 좋지 않았다. 같은 성악과 애가 노가미 유이, 너 재미있는 애구나 하고 키득키득 웃으면서 말하고, 다른 친절한 애가 노래 자랑 같은 건 쓰지 않는 편이 좋다고 살짝 귀띔해주었다. 클래식 수상 이력을 쓰는 거라고.

—없으면 공란으로 두면 되지만, 우리 대학에 왔으니까 지방 신문사 주최 콩쿠르 정도에는 입상한 적 있지……?

그런 수상 이력은 없다. 서둘러 지워야겠다고 점심시간에 중정에서 남몰래 스마트폰을 꺼냈더니, 웬걸 한번 만나서 맞춰보지 않겠느냐는 메시지가 와 있었다.

피아노과 1학년 이와타 유타로岩田勇太郎.

힘찬 연주를 할 것 같은 이름이군, 하고 생각하면서 노래 자랑 대회를 보고도 말을 걸어준 이 사람은 분명 나를 바보 취급하지 않을 거라는 바람이 섞인 신뢰감을 품고 잘 부탁한다고 답장을 보냈다.

다음 날, 지정된 연습실로 가자 피아노 의자에 요정을 떠올리게 하는, 피부가 희고 선이 가느다란 예쁘장한 얼굴의 남자애가 앉아 있었다.

그리고 또 한 사람, 바이올린을 든 키가 크고 나긋한 몸과 생김새를 한 여자애와 함께.

그 애는 마에다 미사키라는 이름을 말했고, 남자애는 "사키라고 부르면 되지?" 하고 웃었다.

—나는 유. 너는 유이. 어쩐지 트리오 같네.

사키는 점벙점벙 흐르는 흙탕물 따위는 개의치도 않는 눈치로 긴 다리를 가볍게 움직이면서 급경사를 올라간다.

고양잇과 동물 같다. 흑표범……. 파란 비옷인데 그런 이미지가 떠오르는 것은 처음 만난 날에 입은 의상이 검은 셔츠에 검은 바지였기 때문임이 분명하다.

유는 흰 티셔츠에 양쪽 무릎이 찢어진 청바지를 입고 있었다. 나는 핑크색 팔랑팔랑한 원피스라서 복장 면에서는 셋이 합이 맞지 않는 듯한 느낌이 들었다.

바이올린과인 사키도 피아노 반주자를 찾고 있었는지 유는 두 사람을 다 맡을 생각이라고 말했다. 그러면 유 자신의 피아노 연습 시간이 줄어들지 않나 싶어 혹시 나중에 말을 건 사람이 나라면 물러날까 생각했다.

—나는 작곡을 하고 싶어. 사키의 소리에도, 유이의 목소리에도 공감을 느꼈어. 그러니까 반주를 맡는 대신 내 곡 작업에도 함께해줘.

애당초 나는 유이라 불린 것이 기뻤다. 노가미 씨, 유이짱이라고는 불려도 이름만 편하게 불러주는 친구는 없었다. 친구가 됐다, 더 친해지고 싶다. 이렇게 바라면 왜인지 모두가 멀어져간다.

동료와 곡 작업. 유이, 이 부분 한번 불러봐, 이런 말을 듣게 되는 걸까?

두근두근하면서 대학 생활의 즐거운 장면을 그려보기는 했지만, 설마 거기에 등산이 등장할 줄이야.

그런 내가 북알프스 3대 급경사에 도전하고 있다. 게다가 빗속에서. 하지만 아직 숨은 전혀 가쁘지 않다.

조금 트인 곳으로 나왔다. 제1벤치라고 쓰여 있다. 사키가 걸음을 멈추고 돌아보았다.

"쉬다 갈래?"

나는 고개를 옆으로 저었다. 흠뻑 젖은 상태에는 변함이 없지만 멈추면 머리 바로 위에서 더 많은 빗물을 맞게 된다. 다행히 비옷 안의 티셔츠나 속옷이 젖었다는 감각은 없다.

"그럼 물만 마시자."

사키가 말했다. 벤치에 앉을 기분도 들지 않는다. 배낭에 씌운 방수 커버 틈으로 옆주머니에 손을 뻗어 물통을 꺼낸 다음, 서로 마주 보고 거의 아무 말 없이 서서 물을 마셨다.

힘들지 않아? 내가 묻고 사키가 괜찮다고 대답한다.

그것만 확인하고 출발했다.

—산에 오르자.

셋이서 얼굴을 맞댄 횟수가 아직 한 손으로 셀 수 있을 정도일 때 유가 불쑥 말을 꺼냈다. 유와 산이 전혀 연결되지 않았다. 애초에 내게 산은 초등학교 소풍으로 밀감을 따러 갔던 이미지밖에 없다.

—알프스라든지.

덧붙인 말에 "스위스 여행?"이라고 비약했지만, 일본의 나가노 현 쪽이라는 보충 설명이 바로 따라 나왔다.

─무리야. 십팔 년 동안 스포츠랑은 완전히 담 쌓고 살았는데.

─나도 자신 없어.

사키와 얼굴을 마주 보고 고개를 끄덕였다. 처음 생긴 공통점에 가슴이 뛰었다. 같은 음대생이니까 그것이 큰 공통점이기는 하지만, 우리의 경력은 완전히 달랐다.

시골의 평범한 월급쟁이 가정에다 클래식 연주회에 다니기는커녕 클래식 CD조차 한 장 집에 없었던 나와 달리, 사키는 도시의 이른바 음악 엘리트 집안의 자제였다. 아버지가 바이올리니스트고 어머니가…… 하면서 나열해가면 오빠와 언니처럼 가족 안에서만 끝나지 않고 사촌오빠랑 조부모가 다 훌륭한 음악가 직함을 가진 모양이다. 그렇다고 같은 과 애에게 들었다.

다만 미안하게도 그 훌륭한 음악가들의 이름을 나는 아무도 모른다. 물론 사키에게 그런 말을 할 수 있을 리도 없어서 유와 둘이 있을 때 물어보았다.

─너도 사키 가족에 대해 알고 반주자가 되겠다고 나선 거야?

─전혀. 개인의 재능과 부모는 관계없어. 게다가…….

반주자가 돼달라고 사키가 먼저 유에게 부탁했다고 한다. 사키의 반주자가 되고 싶다고 나서는 애들은 많이 있었던 모양이다. 하지만 사키가 직접 제의했다.

─뭐야, 우리 완전 삼각관계잖아.

그런 대사를 잘도 웃으며 했구나 싶다.

제2벤치에 도착했다. 빗발은 여전히 거세다.

괜찮아? 내가 묻자 사키가 괜찮다고 대답하고, 그냥 계속 가기로 했다. 휴식을 취하지 않는 건 우리만이 아니다. 앞쪽에 컬러풀한 비옷이 보인다. 어디 사는 누구인지는 전혀 모르지만 생각하는 건 다들 똑같지 않을까?

빗속에서 무사히 등반을 마친다. 그 뒤에 있는 목적을 위해. 오늘 비가 그치기보다 내일 맑기를 기도하며.

사키가 괜찮다면 안심이다. 그렇다고 내가 늘 사키를 걱정하는 입장인 것도 아니다.

등산이라니. 주저하는 우리에게 유가 말했다.

—유이의 폐활량과 사키의 몸통은 운동선수 급이야.

확실히 사키는 오랫동안 발레를 하지 않았나 싶을 정도로 나긋함과 강한 코어가 균형 있게 배합된 방식으로 움직였다.

하지만 내 폐활량은 내 몸속에서 메아리치고 있을 뿐이다.

그보다 등산은 누구에게 배우겠다는 거지? 부 활동이나 동호회가 우리 대학에 있었나? 아니면 스포츠클럽에 그런 코스라도 있는 걸까? 사키도 똑같은 의문을 품고 있었다.

등산에 관해서는 사키와 내 입장은 동등한 데다 의견도 똑같다. 그 자리에서 바로 거절할 안건을 일축하지 않은 이유는 내게는 거기에 있었다.

110

—안내는 내가 할게.

우리는 유도 초심자인 줄 알았다. 대학생이 되어 뭔가 새로운 일에 도전하고 싶은 가운데 등산이 생각났다, 자연의 아우라나 영감을 얻기 위해. 하지만 전혀 아니었다.

—등산은 중학생일 때 할아버지한테 배웠어. 둘이 함께 일본 100대 명산을 제패해서 지방 신문에 난 적도 있으니까 거짓말이 아니야.

왜인지 흰 수염이 난 할아버지가 머릿속에 떠올랐다. 하지만 그보다 눈에 비치는 모습에 당황한다. 등산은 근골이 울끈불끈한 남자가 하는 것이라고 생각했다. 키가 크고 볕에 타서 자못 억세 보이는 사람처럼.

유는 그 이미지에 하나도 들어맞지 않는다. 유의 희고 가느다란 다리로 올라갈 수 있다면 나도 갈 수 있지 않을까? 사키도 물론이고.

시험 삼아 한번 올라가보기로 했다.

후지미 벤치에 도착했다. 사키가 걸음을 멈추고 트인 쪽으로 몸을 돌렸다.

"후지미富士見라고 할 정도니까 맑으면 후지 산이 보였겠지?"

같은 쪽을 보지 않아도 아무것도 보이지 않는 것쯤은 알고 있지만 나도 몸을 돌렸다. 후지 산처럼 멀리 있는 것이 보이냐 마느냐의 문제가 아니다. 몇 미터 앞의 지면이 끊어진 곳 뒤쪽이 골짜기인지 사면인지 전혀 분간이 되지 않는다.

보이는 것은 흰 안개와 굵은 선을 그리는 빗줄기뿐이다.

"보여봤자 '아, 후지 산이다' 싶은 정도일 거야. 후지 산에 감지덕지하는 건 산 이름을 후지 산밖에 모르는 사람들뿐이잖아."

사키가 훗 웃었다. 귀중한 웃음이 무엇을 의미하는지 안다.

딱 한 번 올라본 주제에 뻐기기는.

"가자."

그래서 뻐기는 웃음을 지으며 자신만만하게 말했다. 비에 지지 않게.

이런 큰비 속에서 걷는 방법은 유에게 배우지 못했다. 기술이 아니라 마음가짐을. 이 노래를, 그 멜로디를 떠올리면 된다는.

후지 산 등산은 쾌청했다.

처음이자 마지막이 될지도 모르니까 후지 산이 좋겠다. 이렇게 말한 사람은 나다. 다른 산을 모르니까 하고 사키가 동의하고, 가고 싶은 곳에 가는 게 제일이라며 유도 동의해주었다.

귀중한 한 번을.

하늘에 가까이 감에 따라 몸이 가벼워진다. 무슨 동화를 떠올리고 어떤 환상을 품었던가? 계단을 올라갈 때마다, 표고가 높아질 때마다, 쓸데없는 기념품으로 쇠 족쇄를 하나씩 채우듯 다리가 무거워졌다. 족쇄를 채울 부분이 없어지면 이번에는 허리나 등에 돌이라도 동여매는 것 같다.

그래도 숨이 턱에 차는 일은 없이 앞뒤 양옆 사람들의 산소까지 빼앗을 기세로 깊이 호흡하면서 정상에 도착할 수 있었다.

사키는 중간부터 유가 준비해온 휴대용 산소통을 썼다. 몸은 아무 데도 아프지 않지만 어쨌든 숨이 막힌다며. 그래도 정상을 밟았다.

─물이 맛있어.

전세계 그 어떤 아름다운 장소의 천연수보다 사키가 지금 마시고 있는 물이 가장 맛있는 것이 아닐까? 나도 같은 물을 샀는데, 이런 얼굴을 하고 있지는 않을 것이다. 사키의 입이 더 고급일 텐데. 지상에서는 무엇을 먹어도 맛있다고 하기는커녕 표정이 풀어지는 일도 없었건만. 사키는 주먹밥이 맛있다고도 덧붙였다.

나는 체내로 들어오는 것에 대한 감동보다, 기분 좋은 바람을 맞으면서 하늘을 향해 기지개를 펴자 오는 길에 얻은 기념품이 전부 떨어져 나가는 듯한 감각에서 쾌감을 느꼈다.

도시로 나와 빌딩을 올려다본다. 나보다 재능 있는 사람들, 유복한 사람들을 올려다본다. 시골에서도 하늘과 나 사이에는 여러 가지 것들이 있었다.

하지만 내 위는 바로 하늘이다. 그러자 뇌에서 쩍 소리가 났다. 야호, 외쳐보았다. 소리는 머리의 갈라진 틈에서 하늘을 향해 올라갔다.

갓센 산막에 도착했다. 먼저 출발한 사람들이 쉬고 있다. 우리도 배낭을 내려놓고 지붕이 있는 자리에 마주 보고 앉았다.

"수박이 먹고 싶은데 어쩌지?"

갓센 산막의 명물이다. 유가 있었을 때는 코스 위에 있는 볼거리나 산막의 명물을 조사한 적이 없다. 아마 3대 급경사라는 것도. 하지만 이번에는 유가 없다.

처음으로 등산 잡지를 사봤더니 뜻밖에 재미있는 정보가 가득했다. 특히 먹거리 계열이. 이곳 수박이 하여튼 달다고 쓰여 있었다.

"먹으면 되잖아."

사키 본인은 관심이 없어 보인다. 다른 손님이 주문한 따뜻한 커피 잔의 받침에 초콜릿이 놓여 있는 것을 보며 눈을 반짝이고 있다.

"8분의 1 사이즈 먹을 수 있을까?"

맑았다면 최고의 디저트가 됐을 것이다. 하지만 오늘은 비가 내리고 있을 뿐만 아니라 기온도 낮다. 걸음을 멈춘 순간 그것이 강하게 느껴진다. 몸을 너무 차게 하는 것은 내키지 않는다. 하지만……. 비가 내린다고 해서 보상까지 없으면 이중으로 운이 나쁜 것이 된다.

"반 나눌까?"

사키가 선뜻 해주는 말에 찡해진다.

"그럼 사 올게."

신나게 주문 카운터에 가서 새빨간 수박이 올라간 커다란 접시를 두 손으로 들고 자리로 돌아왔다. 앉은 다음에 깨달았다. 반으로 잘라달라고 할 걸 그랬다. 붐비지 않으니까 그 정도는 민폐가 아니었을 텐데. 칼은 가지고 있지 않다. 그런 물건은 유에게 맡기고 있었다는 것도 새삼 떠오른다.

일어섰다.

"왜?"

"잘라달라고 할까?"

그러고 있는데 다른 단체가 도착했다.

"괜찮지 않아? 같이 끝에서부터 먹자."

사키는 배낭에서 스푼을 꺼냈다. 그 정도는 나도 가지고 있다.

마주 앉아서 각자 오른쪽 끄트머리의 빨간 과실을 떴다.

"달다!"

두 사람의 목소리가 포개진다. 이어서 세 입 먹었다. 사키가 황홀한 표정을 하고 스푼을 들고 있지 않은 손으로 한쪽 뺨을 감싼다.

"수박이 이렇게 맛있다니. 호텔 조식에서 먹은 것과는 완전 다르다. 다음부터 누가 좋아하는 음식이 뭐냐고 물어보면 수박이라고 해야지."

"독일에도 수박이 있어?"

사키는 졸업까지 기다리지 않고 이번 가을부터 독일로 유학을 가게 되었다.

"이렇게 맛있는 건 없을지도 몰라. 하지만 좋아하는 음식은 맨날 먹는 음식이어야 된다는 법은 없잖아. 인생에서 한 번밖에 먹은 적이 없는 음식을 대답해도 돼. 그러니까 현시점에서는 수박이야."

아아, 그러면 나도다. 온 얼굴로 웃어 보였다.

"그런데 사키. 바로 경신될 수도 있어. 그 정도로 오모테긴자_表銀座_*에는 산막마다 맛있는 것이 넘치니까."

유가 구워주는 프렌치토스트가 없어도 괜찮아.

두 사람의 한 스푼은 서서히 커지면서 중심으로 향해 간다. 내가 파낸 바로 옆에 사키의 스푼이 꽂힌다. 그 빨간 과실을 입으로 가져간다. 떨어지는 과즙은 손끝으로 닦는다.

사키가 좋아하는 음식이 경신되어도 나는 계속 수박이라고 해야지.

산막에서 나왔다. 기분 탓인지 비가 조금 잦아들고 밝아진 느낌이 든다. 길도 질퍽거리기는 하지만 흙탕물이 첨벙첨벙 흘러가는 곳은 보이지 않는다. 먼 경치는 변함없이 하얀 연무에 덮여 있어도 가까운 경치는 보인다.

---

* 나카부사 온천을 기점으로 쓰바쿠로다케, 오텐쇼다케를 거쳐 야리가타케에 이르는 북알프스의 인기 있는 종주 코스

완만한 꽃밭이 이어져 있다.

"저거."

배낭을 메고 하늘을 본 사키가 손가락으로 가리켰다. 화물을 끌어올리는 활차가 보인다.

"태워주면 좋겠다."

수박이 된 기분으로 말해본다. 등산 잡지를 사보고 생각보다 곤돌라로 고도를 벌 수 있는 산이 많다는 것을 알았다. 후지 산 이후로 행선지는 유에게 맡겼다. 그 애는 일부러 그런 곳을 고르지 않은 건가? 아니면 그 애가 우리를 안내하고 싶다고 생각한 산에 때마침 그런 게 없었던 건가?

확인할 수도 없다.

"그 바보한테 끌어달라고 해야 되는데."

웃으면서 말하고 금세 후회한다. 사키가 난처한 얼굴로 고개를 숙이니까.

"하지만 여기서부터는 꽃길이야. 갓센 능선을 제패했단 뜻이겠지. 그럼 이제 천천히 걸어가기만 하면 되잖아. 가자."

스틱을 든 한 손으로 승리 포즈를 취하자 이번에는 사키의 웃는 얼굴을 볼 수 있었다.

유는 꽃 이름도 잘 알았다. 그렇다고 해서 먼저 발걸음을 멈추고 꽃에 대해 설명하지는 않았다. 길이 완만해져도 셋이서 이야기를 하면서 오르는 일은 거의 없다. 산에서 무엇을 느끼는지는 개인의 자유다. 하지만 질문을 하면 뭐든지 성심껏 대답해주었다.

산에 대해서라면 뭐든지. 하지만 유 자신에 대해서는 아무것도 말하지 않는다. 그건 사키도 마찬가지여서 산에서 내려가면 친구라기보다는 지인 정도의 관계가 돼버린다. 그래도 그나마 유는 반주자였기 때문에 음악 이야기는 곧잘 했다.

그것을 사키가 부러워하는 줄은 몰랐다.

셋이서 있을 때 유의 시선 끝에는 늘 사키가 있었으니까.

우리가 오른 산⋯⋯. 센조가타케, 가이코마가타케, 다테시나산, 조가타케에서 조넨다케, 야케다케, 가라사와에서 오쿠호타카다케, 마에호타카다케, 다케사와까지. 눈 쌓인 이오다케.

산에 갈 때마다 머리 뚜껑이 점점 더 많이 열렸다. 목소리가 바깥으로, 높이, 멀리 날아간다. 내 마음을 싣고.

하지만 지상으로 돌아오면 뚜껑은 다시 단단히 닫혀서 열기 어려워진다. 사랑하는 사람에게 마음을 전하는 건 고사하고 숨겨야만 하는 내가 사랑 노래를 부를 수 있을 리 없다.

그럴 때는 산을 떠올린다. 내 천川 자로 나란히 누워 있었는데 정신이 들어보니 강에 떠 있는 통나무 세 개로 된 뗏목처럼 몸을 맞붙이고 잠의 바다를 떠다니고 있었던 일. 그 체온, 그 심장 소리. 컵 하나에 든 커피를 셋이서 돌려가며 마실 때의 온도 변화. 입술이 빨아들이는 온도만큼 커피는 식는다. 아니, 입술이 따뜻해진다.

좁은 정상에서 셋이서 원형으로 부둥켜안았을 때 저마다의 손바닥 감촉.

체온을 떠올려.

나를 받아주는 동료가 있다는 자신감이 목소리를 더 멀리까지 실어준다.

산막이 보이기 시작했다. 오늘 숙박지인 엔잔소다.

빗발이 다시 거세졌다.

원래대로라면 산막에 짐을 두고 쓰바쿠로다케 산정까지 왕복할 예정이었지만, 지금 가봤자 북알프스의 웅대한 경치는 고사하고 발밑에 펼쳐져 있을 망아지풀 군락이 보일지 말지도 알 수 없다.

산막에서 천천히 쉬어가기로 했다. 이렇게 흠뻑 젖어서 산막에 도착한 것은 처음이다. 깨끗하게 닦여 있는 바닥에 올라가는 것이 미안해서 비옷을 벗자마자 건조실까지 뛰었다.

방에서 옷을 갈아입고 그것들도 말리러 간다.

그러고 나서야 점심용 컵라면과 뜨거운 물이 담긴 물통을 들고 사키와 둘이 식당으로 향했다.

"마지막 컵라면이 되는 거 아냐?"

"뭐든지 마지막으로 만들지 마."

사키가 웃어도 나는 다음을 예감할 수 없다. 독일에 컵라면이 있느냐 없느냐가 아니다. 인스턴트 라면을 일상적으로 먹는 세계로 돌아오느냐 마느냐다.

후지 산 다음으로 간 센조가타케에서 유는 삿포로 이치반* 소금라면을 끓여주었다. 수란까지 만들어서. 할아버지 특제 요리라며. 우리 집에서는 토요일 점심이면 먹는 메뉴였다. 물론 계란을 넣고. 참고로 일요일에는 된장라면이었는데, 이쪽은 양배추랑 소시지가 들어 있었다. 유의 할아버지는 된장라면에는 콩나물을 넣었다고 한다.

조리중에 하는 그런 이야기에 사키는 전혀 끼어들지 않았다. 혹시 하는 예감은 있었다. 하지만 그건 도시전설 같은 거라고 생각했다.

부잣집 따님은 인스턴트 라면을 먹은 적이 없다. 정말 그러냐고 직접 물어볼 수는 없어서 사키는 무슨 맛을 좋아하느냐고 물어보았다. 이런 건 에두른 질문도 뭣도 아니다.

아니나 다를까 먹은 적이 없다는 대답이었다. 라면은 먹은 적 있지만 인스턴트는 없다고.

그 외에도 주먹밥이랑 빵이 있어서 코펠 하나로 포크만 자기 것을 쓰며 나눠 먹었다. 당연히 사키부터.

한입 작게 후루룩거린다. 옆으로 긴 눈이 두 배로 활짝 커졌다. 그리고 반짝인다.

* 인스턴트 라면의 상표

—일주일 만에 밥 먹는 사람 같은 얼굴이네.

유가 웃으니까 사키는 부끄러운 듯 고개를 숙였다.

—다 먹어도 돼. 그렇지, 유이?

나는 고개를 크게 끄덕였다. 진심이 담긴 선물을 주고 싶다는 표정으로.

—마음은 고맙지만 그럼 세 입 만에 질려버릴 거야.

이렇게 말하고 사키는 내게 코펠을 넘겨주었다. 토요일 점심 보다 백배 맛있다. 그리고 유에게 넘긴다. 이렇게 해서 국물 마지 막 한 방울까지 마셔버렸다.

컵라면은 각자 먹는다. 종류가 다르니까 한입 교환하겠느냐고 물으면 사키는 기꺼이 응할 것이다. 하지만 말하지 않는다. 수박 은 둘이서 나눠 먹었는데.

분명 수박에는 유의 추억이 없기 때문이다.

차가워진 몸은 눈 깜짝할 사이에 라면을 먹어치워버리고, 국 물도 다 들이켜면서 점심이 끝났다. 버스에서 잘 못 잤기 때문에 낮잠도 가능하다. 하지만 그런 데에 귀중한 시간을 써도 될까?

그래, 여기는……. 식당 안을 둘러봤더니 안내판이 보였다.

"케이크 세트 먹을 여유 있어?"

"산막에 카페 같은 메뉴가 있어?"

사키는 예스 노를 확실히 말하지 않는다. 하지만 그 말이 예스 를 가리키는지 노를 가리키는지 산에서만큼은 표정으로 이해할 수 있다. 이건 예스다.

블루베리 레어치즈 케이크와 따뜻한 커피로 된 세트를 창가 자리로 가져갔다.

한 입 먹고 사키의 얼굴이 풀어진다. 이런 인테리어의 카페라면 대학 주위에도 있다. 비슷한 케이크를 먹을 수도 있다. 하지만 사키는 이런 표정을 짓지 않을 것이다. 그래도 평소보다는 어색하다.

역시 유가 없으니까.

하지만 그건 사키 때문일 터.

"있잖아…… 유랑 마지막으로 만난 날에 대해 물어봐도 돼?"

사키가 포크를 놓고 나와 시선을 맞추었다. 이 이야기가 나오는 건 내일 능선 위를 천천히 걸을 때라고 생각했는데 기습 공격이다. 게다가 질문하는 건 내가 먼저라는 데 의심도 품지 않았다.

마지막으로 만난 건 한 달 전인 6월 마지막 일요일이다.

"둘이서 노인 요양원에 갔어."

처음에는 교직과정 음악치료 수업에서 각 수강자들이 대학과 계약한 시설을 실습으로 방문해 노래를 선보이거나 입소자의 노래 지도를 해주었다. 그 뒤에 나를 마음에 들어한 시설에서 개별 의뢰가 왔는데, 대학 측에 확인해봤더니 문제가 없다고 하기에 수락하기로 했다. 아르바이트비도 받을 수 있다.

어르신들을 좋아한다며 유가 같이 가고 싶다고 해서 피아노 반주를 부탁하기로 했다. 당연히 유는 반응이 좋아서 두 번째 이후로는 둘이 세트로 의뢰가 들어왔기 때문에 우리는 유닛 이름까지 생각했다. Y'Z(와이즈). 인기 밴드의 표절 같다.

사키에게도 권했지만 그런 건 잘 못한다며 거절했다. 사키가 목표하는 무대는 다르다는 것도 알고 있었다.

"이번에는 직원분이 옛날풍 무드 가요를 부탁하셨어. 춤을 추고 싶다는 입소자분들의 요청이 있었다면서."

"가요곡으로 춤을 춰?"

"나도 퍼뜩 감이 오지는 않았지만 우선 무드 가요라 불리는 곡을 연습하면 되지 않을까 싶었어. 이시하라 유지로나 덩리쥔 같은."

사키도 감이 오지 않는 모양이다. 애초에 사교댄스를 떠올리고 있을 게다.

"다목적실이라는 이름의 오락실 같은 곳에 가니까 벽 쪽에 의자를 늘어세워놓고 할아버지, 할머니들이 거기에 앉아 계시는데, 다들 평소보다 좀 멋을 부리고 있어. 턱시도나 드레스는 아니지만. 그래서 유가 전주를 치기 시작했더니 앉아 있던 분들이 중앙으로 나와서…… 둘씩 쌍을 이루어 서로 안고 노래에 맞춰 흔들흔들 몸을 흔들어대는 거야. 후렴 부분에서 빙글빙글 돌기도 하고. 정해진 안무 같은 건 없는데 어쩐지 다들 리듬을 타고 있어서 즐거워 보였어."

"짝이 되는 건 부부끼리?"

"아니. 처음에는 부부였을지 몰라도 곡이 바뀌면 멤버를 바꾸기도 했고, 혼자 입소한 사람도 많거든. 곡 끝날 즈음에 눈이 마주친 사람이랑 자연스럽게 다음 곡을 추는 느낌이려나?"

사키는 무슨 생각에 잠긴 표정이다. 멋있다는 말을 조금 기대했는데. 내가 전달을 잘 못한 걸까? 나는 노래하면서 감동했다. 부부도 아니고 아마 연애 감정도 없을 사람들이 노래와 춤을 즐긴다는 목적으로 몸을 맞대고 서로 마주 보며 음악에 몸을 맡긴다.

강제 참가가 아니다. 추고 싶은 곡일 때만 중앙으로 나간다. 지치면 자리로 돌아온다. 여성 입소자가 많기도 해서 여성들끼리 춤추는 사람들도 있었다. 두 손을 손깍지로 맞잡고, 멀어졌다가 다가붙었다가. 뺨이 닿으면 서로 미소를 짓는다.

망측하다거나 기분 나쁘다고 생각하는 사람은 어디에도 없다.

아아, 산뿐만이 아니었구나 하고 눈물이 날 것 같았다. 게다가 이쪽이 내 주전장이다.

"그렇게 몇 곡인가 부르고 나니까 신청곡 타임이 됐어."

모르는 곡도 스마트폰으로 동영상을 한번 보면 유는 연주할 수 있었고 나도 가사를 보면서 부를 수 있다.

"그런 가운데 고바야시 아키라의 〈뜨거운 마음에〉를 불러달라는 신청이 들어왔을 때는 당황했지. 〈옛날 이름으로 나가고 있어요〉는 춤추기 좋지만 이건 좀 아니지 않나 하고."

나는 사키를 위해 〈뜨거운 마음에〉를 한 구절 불러주었다.

"그러네……."

"그치? 노래를 시작하고 얼마 지나기도 전에 춤추기 어렵다면서 움직임을 멈춘 사람도 있었거든. 그랬더니 신청한 사람이 미안한 얼굴로 이제 됐다는 거야. 어떻게 하지, 하고 유를 봤더니 조금 웃으면서 고개를 옆으로 젓고 촉촉한 곡조로 편곡하기 시작하잖아. 그래서 나도 거기에 맞춰서 불렀어."

"유답다."

산과 지상, 어느 쪽의 유냐고는 묻지 않는다. 유는 어느 쪽이든 똑같았으니까.

"끝난 뒤에 다들 멋있는 춤을 출 수 있었다고 하는 거야. 신청한 사람도 기뻐 보였고, 무엇보다 춤추기 어렵다고 했던 사람의 말이 감동이었어."

"뭐랬는데?"

"춤추기 쉬운 곡이 아니라 좋아하는 곡을 신청하면 되는구나. 내가 선별하지 않아도 음악의 프로가 가장 좋은 형태로 편곡을 해주니까."

음악의 프로로서 좋아하는 곡을 일임받는다. 중요한 것을 맡길 수 있다는 신뢰라고 하면 너무 거창한가?

"그 뒤에는?"

"편곡하기 어려운 곡도 있었지만 무사히 다 성공했어. 웃는 얼굴로 배웅을 받고 술집에서 유랑 뒤풀이를 한 다음에 해산했지."

"그것뿐이야? 술집에서는 무슨 이야기를 했는데?"

"다른 시설에도 영업해볼까, 그런 이야기. 그날이 마지막이 되리라고는 어디를 어떻게 잘라서 봐도 예상할 수 없는 이야기뿐이야. 아니…… 마지막이라고는 생각하지 않아."

사키는 입을 꾹 다물고 힘차게 고개를 끄덕였다.

"맞다, 〈뜨거운 마음에〉 무드 가요 버전 들어볼래?"

포크를 놓고 일어나서 후렴 부분부터 부르기 시작했다.

유는 언제부터 그런 결의를 했을까…….

그때 등 뒤에서 박수 소리가 들렸다. 부모님이랑 비슷한 나이대의 부부가 식당에 들어온 참이었다. 둘이 색깔만 다른 다운재킷을 입고 있다.

"당신이 손뼉을 치는 바람에 방해가 됐잖아."

아내분이 남편분을 팔꿈치로 찌르고 있다.

"아니, 너무 잘 불러서 그만."

그런 두 사람의 대화에 혈액이 단숨에 상승하여 얼굴로 모였다. 실례했습니다, 하고 머리를 긁적이며 앉았다. 사람들 앞에서 노래하는 것은 부끄럽지 않다. 하지만 산에서 노래하는 건 주눅이 든다. 특히 다른 등산객이 있을 때는.

내 목소리가 신성한 산의 공기를 더럽힐 것만 같다, 그런 기분이 들어서.

—마음껏 부르면 되잖아. 네 목소리 때문에 불쾌해지는 사람도 없고, 산의 신도 기뻐할 거야.

　—아니, 안 돼. 쾌청한 하늘에 단숨에 암운이 드리울 거야.

　유와 그런 이야기를 한 곳이 조넨다케였던가.

　등산객이 차츰 늘어나서 사키와 함께 방으로 돌아가 낮잠을 자기로 했다.

　저녁식사 때는 식당이 만석인 것을 보고 이 빗속에 이렇게도 많은 사람들이 여기를 목표하고 왔다는 데 놀랐다. 게다가 대부분의 사람들이 온화하게 미소 지으며 맛있게 밥을 먹고 있다. 오텐쇼다케 쪽에서 넘어온 사람도 있겠지만, 적어도 반 정도는 갓센 능선을 올라왔을 텐데.

　식후에는 산막 주인의 알펜호른 연주도 있었다. 산막에서 음악을 듣는 것도 처음이다. 소리에 몸을 맡기고 있으니 오늘 걸어온 길이 떠올랐다. 발밑의 탁류만 눈에 들어온 줄 알았더니 그러고 보니 꽃이 많이 피어 있었네 하고 고산식물의 모습이 머리에 떠오르기도 해서 이런 것도 머릿속 서랍에 살짝 넣어두었구나, 평온한 기분이 들었다.

　행복한 기억을 상기시키는 소리, 음악. 가령 우리 셋이서 산막을 경영한다면 줄곧 사이좋게 지낼 수 있을까? 아니, 무리다. 겨우 찾아낸 피난처에 일상생활을 가지고 들어오면 이제 어디로도 달아날 수 없어진다.

사키에게 알펜호른에 대한 감상은 묻지 않았다. 몸 전체로 그 소리를 흡수하여 소리가 그 애 음악의 살과 피가 되고 있음을 느끼니까.

내 자취방보다 더 부드러운 이불에 싸여 눈을 감았더니 자장가처럼 알펜호른 소리가 머릿속에서 조용히 흘렀다.

둘째 날

동틀 녘, 세찬 빗소리에 눈을 떴다. 오늘부터 갠다고 하지 않았나? 다시 눈을 감고 비가 아니라 몇십 센티미터 앞에서 들려오는 사키의 규칙 바른 숨소리에 귀를 기울였다. 따뜻한 체온까지 전해질 것만 같은 거리. 아니, 따뜻하다고 느끼는 이유는 내 혈류가 빨라졌기 때문인가?

빗소리가 숨소리를 지워버리고 머릿속에는 갓센 능선의 탁류가 펼쳐졌다.

산에서는 늦잠이라고 할 수 있는 아침 7시에 기상했다. 쓰바쿠로다케 산정 왕복이 오늘로 미뤄졌다고는 해도 목적지는 오텐쇼다케이기 때문에 그렇게 서두를 필요는 없다.

잠꾸러기는 우리만이 아니었다. 식사를 마치고 산막을 체크아웃한 사람들이 가볍게 줄을 지어 산정으로 향하는 모습이다.

비는 그치고 가스가 희미하게 깔려 있다.

진행 방향 왼쪽, 골짜기로 이어지는 사면에는 망아지풀이 당당히 자리 잡고 앉아서 아름다운 자주색 꽃을 피우고 있었다.

아래를 보고 있는 하트 모양이 가운데를 떡 차지하고 있는 꽃이 고산식물의 여왕이라 불리는 것도 수긍이 간다. 《이상한 나라의 앨리스》에 나오는 트럼프 여왕처럼 보인다.

전방에 보이는 조금 높은 바위의 표면은 하얀 화강암을 바탕으로 회색 농담이 무작위하게 펼쳐지는 그러데이션이 아름답다. 신비로운 기색이 떠도는 것처럼 느껴지는 이유는 아직 사악한 존재가 눈을 뜨지 않은 아침이기 때문일까, 희미하게 흘러가는 하얀 가스 때문일까?

매끄러운 곡선으로 예각을 그리는 바위가 하늘을 향해 포개져 있는 모습은 공룡 화석처럼 보이기도 하고, 그 뒤편에 우뚝 솟은 산정은 요정이 살던 저택의 폐허처럼 보이기도 한다.

폐허? 잠들어 있을 뿐이다. 이윽고 요정들이 깨어나 바위 그늘에서 모습을 드러낸다. 그 속에…… 유의 모습이 있어도 꿈이라고는 생각하지 않는다.

유는 어떤 산길도 가볍게 뛰어오르듯이 오르곤 했다.

희고 하늘하늘한 옷을 몸에 걸치고 등에 투명한 날개가 돋은 유는 장난치다 들킨 아이처럼 미소 지으면서 이렇게 말한다.

이게 내 정체야. 우리 집에 잘 왔어.

본가로 돌아갈 거면 한마디 연락이라도 해. 나는 이렇게 말하며 약간 진심으로 화를 내겠지. 사키는 그 옆에서 유를 바라보며 조용히 중얼거릴 것이다. 무사해서 다행이라고.

하지만 정상에 도착해도 요정의 모습은 하나도 보이지 않았다.

"이 시간에 산정에 도착한 건 처음 아니야?"

싸늘한 바위를 손으로 쓰다듬으면서 사키가 말했다.

"그러게."

음악 분야에서 다소 길러둔 기초 체력이 있다고는 해도 어차피 우리는 문과 인간이다. 본인은 척척 걷고 있다고 생각해도 단련된 등산객이 보면 젊은 사람이 느릿느릿 힘겹게 나아가고 있는 것처럼 보일지도 모른다.

그래서 산정에 도착하는 시간은 늦다. 특히 그날 숙박이 산정 바로 밑에 있는 산막일 경우 대개 4시쯤, 여름 산에서는 해 질 녘이라고 불리는 시간에 정상을 밟는다.

어두워지기 전에 도착해서 다행이다. 그런 안도와 함께 눈앞의 경치를 바라보며 느긋하게 쉴 틈도 없이 산막으로 향한다. 그러다 보니 정상에서 뭔가를 한 경험이 없다. 물론 사진은 찍는다. 만세도 외쳐본다. 내 경우에는 야호, 라고도 말해본다. 그 정도다. 일 분도 안 걸리는 일이다.

커피를 내리기는커녕 사온 주먹밥을 먹은 적도 없다.

"생명의 탄생을 느껴. 모든 생명이 이 정상에서 터져 나오는 것 같은."

사키가 말했다. 그 생명의 원천을 몸속에 집어넣듯 심호흡을 하고 있다. 나도 따라했다.

자, 출발하자. 여기가 오모테긴자의 출발점이다.

엔잔소에서 배낭을 멨다. 산막과 정상은 붐볐는데 같은 방향으로 향하는 사람은 적다. 갓센 능선을 왕복하는 사람이 대부분이었던 모양이다.

구름이 높이 떠 있고, 파란 하늘이 펼쳐진다. 그렇다 해도 이 해방감은 무엇일까? 산의 꼭대기와 꼭대기를 연결하는 능선은 다른 데서도 걸어본 적이 있다. 그때마다 힘든 등반은 이곳을 걷기 위해 존재하는구나, 하고 후지 산 정상에서도 느낀 족쇄가 하나씩 풀어지는 감각을 맛보았다.

하지만 그보다 더 큰 해방감이다. 어제와 날씨가 워낙 다르기 때문일까? 아니, 단순히 넓다. 내 시각이 이 정도의 공간을 포착할 수 있었구나 깨닫게 되는 높이, 폭, 깊이. 줄지어 서 있는 산에 끝이 없다.

이번에는 여기를 걸어봐. 가까운 산도, 먼 산도 명랑하게 말을 건다.

이게 마지막 등산이 되지는 않겠지? 걷기 시작하고 채 한 시간도 지나지 않았는데 손에 다 들지 못할 정도의 초대장을 받았다.

길은 폭이 넓고 완만하다. 아래쪽에 펼쳐지는 사면에는 이렇게 많은가 눈을 휘둥그레 뜰 정도의 망아지풀 군락이 있다.

사키가 걸음을 멈추고 쪼그려 앉았다. 눈을 감고 있다.

"왜 그래? 어디 안 좋아……?"

쉿. 사키가 집게손가락을 세워 내 입술에 댄다.

"망아지풀의 심장 소리가 들려. 심장에 새빨간 피가 흐르는 팔딱팔딱 소리가. 정열의 멜로디를 연주하고 있어."

그 심장 소리에 내 고동 소리가 섞이지 않게 숨을 멈추었다. 사키는 다시 눈을 감고 그 멜로디에 귀를 기울이더니 충분히 느꼈다는 듯이 깊게 고개를 끄덕인 다음 일어섰다.

"이제 가자."

여왕의 미소다.

"동물한테 생명이 있는 건 알아."

걸으면서 사키가 입을 열었다. 드문 일이다. 하지만 알 수 있다. 뭔가를 이야기하고 싶어지게 만드는 넓은 하늘, 기분 좋은 바람, 눈을 씻어주는 초록……. 나는 고개를 그냥 한 번 끄덕였다.

"새도, 곤충도, 파충류도. 하지만 식물에 생명이 있다는 말은 들어도 이해할 수 없었어. 밥 먹을 때 생명을 받아서 먹는 거라고 하는데, 고기나 생선의 경우에는 그런가 싶지만 채소에 생명이 있다니 안 남기고 먹게 하려는 방편 아닌가 했지. 그래도 먹는 쪽은 그 덕분에 건강하게 살아갈 수 있으니까 그런 의미에서는 생명이 있고, 그걸 나눠 받는다는 뜻일까? 이게 내 상상력의 한계였어. 게다가 엄청난 노력을 한 결과였지. 그런데도 콩쿠르 심사평 같은 데서 내가 연주하는 소리는 무기질이라는 말을 들으면 부아가 났어. 의미도 몰랐어. 제일 심할 때는 생명에 대한 감사나 존경이 없대."

사키와 만난 날에 반주자 모집 사이트에 등록되어 있는 사키의 프로필을 확인했다. 그야 내 노래 자랑 대회가 웃음거리가 되는 것도 당연하다 싶을 정도로 나조차 아는 콩쿠르 이름이 줄줄이 쓰여 있었다. 하지만 거기에 우승같이 가장 높은 등수를 표시하는 말은 어디에도 보이지 않았다.

"그럼 나보다 좋은 상을 받은 사람 연주에는 그런 게 있어? 그 사람들 연주 녹음을 몇 번이나 들어봤지만 채소보다도 생명이 느껴지지 않았어. 어쩐지 머리 나빠 보이는 비유네. 이런 게 표현력 부족이랑 이어져 있다는 걸 이제는 알지만. 내가 존경하는 건 확실한 기술력에 근거한 연주뿐이야. 기술력이 쫓아가지 못해서 생긴 흔들림을 표현력이라느니 개성이라느니 바꿔 말하는 사람들은 지긋지긋해. 높은 기술력을 가진 반주자를 찾자. 이런 생각으로 교내 사이트에 등록된 음원을 듣고 있다가 눈앞에 등불이 켜진 것 같은 소리랑 만났어."

"유?"

"응. 물론 이게 생명이다 하고 전류가 흐른 건 아니야. '뭐지,

이건' 싶었던 정도. 꽃이 예쁘다는 건 알아. 하지만 언제나 거기 있는 것에 대해 예쁘다고 느끼는 일은 없었어. 하물며 생명이라니. 먹을 수도 없는데. 감사? 존경? 꽃이 나한테 뭘 해주는데? 뭐 이런. 그랬는데 지금은 꽃에서 심장 소리를 느껴. 꽃만이 아니야. 나무도 풀도, 돌도 흙도. 그 생명을 나 같은 인간에게도 나눠주고 있어."

그것을 소리에 실어, 음악가를 목표로 하는 많은 학생들이 동경하는, 좁은 문으로 유명한 독일 학교에 특대생으로 초빙되었다.

"유 덕분이야."

사키는 걸음을 멈추고 배낭에서 물통을 꺼냈다. 나도 물을 마셨다.

"미안. 이런 멋진 곳에서 유이 널 방해해서."

"아니, 나한테는 망아지풀 심장 소리까지는 안 들렸으니까. 여기서부터 귀를 기울여볼게."

이렇게 말하자 사키는 쑥스럽게 미소 짓고는 몸을 죽 펴고 하늘을 올려다보았다. 이번에는 무슨 소리가 들리는 걸까?

발걸음은 발레리나처럼 가볍다.

망아지풀 심장 소리 같은 건 들리지 않는다.

유 덕분이야. 그 말을 유한테는 하지 않은 걸까? 꽃의 생명은 느낄 수 있으면서 유의 마음속 소리는 듣지 못한 걸까?

유는 잘못 고른 것이다. 마음을 전하는 장소를. 지상이 아니라 산에서 털어놓았다면 지금 이곳을 함께 걷고 있었을지도 모른다. 그리고 나는 없었을지 모른다.

아아, 산에서 고백하면 안 된다. 유는 산에서의 관계를 지상에서도 바랐으니까.

서로 목숨을 맡길 수 있는 관계를. 하지만 산과 지상은 그 관계에 수반되는 행위가 다르다.

유와 만난 마지막 날, 무드 가요에 대해 이야기하다 헤어진 것이 아니다.

—보는 눈이 없는 데서 둘이서 천천히 이야기 좀 하지 않을래? 아마 길어질 것 같아.

유의 말에 우리는 러브호텔에 들어갔다.

어느 한쪽이 그리로 가자고 제안한 건 아니다. 술집에서 역으로 가는 길에 유가 그렇게 말했을 때, 시야 끄트머리에 간판이 있었을 뿐이다. 유가 그 간판을 보고 꺼낸 말인지 모른다는 생각도 했다.

나를 시험하기 위해.

하지만 유는 나에 대해서는 진작 눈치챈 상태에서 자신의 마음을 토로해주었다.

—사키를 안고 싶어.

좋아한다고 고백하겠다거나 사랑하는 마음을 전하고 싶다는 것이 아니다.

─이 마음을 걔한테 전할 거야.

─응, 알았어.

시트가 흐트러지지 않은 방을 둘이 함께 뒤로하고 역으로 향한 다음 각자 첫차에 타기 위해 플랫폼에서 마주 보고 섰다. 먼저 전철에 탄 사람은 나고, 유는 작게 한 손을 들어 배웅해주었다.

하산한 뒤에 각자 집으로 돌아갈 때와 똑같은 얼굴로. 그게 정말로 마지막……이라고는 생각하고 싶지 않다.

골짜기 건너편 오른쪽에 보이는 능선은 우라긴자裏銀座*다. 양팔을 벌려 빙글빙글 돌면서 달릴 수 있을 것 같은 완만한 초록색 사면은 〈사운드 오브 뮤직〉의 세계처럼 보인다. 유가 있었다면 다음에는 저기로 가자고 할지도 모른다.

저기서는 머리를 다 열고 노래할 수 있지 않겠느냐며.

그 뒤에는 야리가타케. 이렇게 날씨가 좋은데 봉우리 끝에는 구름이 걸려 있다. 쉽게 전모를 보여주는 산이 아니라는 뜻인가.

길은 거의 똑바르다. 때때로 큰 바위가 나타나서 좌우 한쪽으로 가볍게 우회할 뿐. 그럼에도 큰 차이가 있다는 것을 깨닫는다. 온도계 같은 것은 없다. 피부로 느낄 뿐이다. 그런데도 명백하게 온도차가 있음을 알 수 있다.

진행 방향 오른쪽은 춥다. 왼쪽은 덥다. 태양은 왼쪽 거의 바로

* 부나타테 능선 등산로 입구를 기점으로 해서 야리가타케에 이르는 북알프스의 종주 코스로 오모테긴자보다 길고 등산객이 적어 조용하다

136

위에 있다. 그러니까 그쪽이 더운 건 당연하지만 1미터도 떨어져 있지 않으면서 이렇게 온도가 다른 장소를 나는 여기밖에 모른다. 여름 햇살이 강한 날에 그늘에 들어가면 시원해진다. 그 정도의 차이가 아니다.

잘 보니 식물의 키 높이도 전혀 다르다. 오른쪽에는 나무도 무릎 높이보다 큰 것이 보이지 않는데, 왼쪽에는 내 키만 한 줄기가 있는 꽃이 피어 있다.

커다란 바위를 돌아간다.

넓은 외가닥 길, 시야를 가로막는 것은 없다. 눈앞에는 공기의 경계선이 생겨 있었다. 오른쪽에서 오는 공기, 왼쪽에서 오는 공기가 맞부딪치는 선은 직선이 아니라 구불텅한 곡선이다. 그걸 시각으로 포착할 수 있는 이유는 왼쪽 공기 속에만 작은 날벌레가 은색 가루를 뿌린 것처럼 무수히 날아다니고 있기 때문이다.

저쪽과 이쪽을 가르는 경계선. 외가닥 길을 같은 방향으로 나란히 걷고 있는데도 서로 섞이지 않는 세계. 사키와 나의 세계……

"이쪽은 뜨끈뜨끈은."

큰 목소리로 말해보았다. 엇, 하더니 사키가 발을 멈추고 돌아보았다.

"그치. 나도 눈치채고 있었어. 이런 일이 가능해?"

마주 본 사키가 왼쪽(내 쪽에서 보면 오른쪽)으로 크게 한 걸음을 떼어 몸을 천천히 이동시킨다.

"싸늘해."

이번에는 반대 방향으로 한 걸음.

"뜨거워. 뜨끈뜨끈?"

한 번 더 반대 방향으로 한 걸음.

"쌀랑쌀랑."

반복 옆 뛰기를 하듯 좌우로 이동하는 모양이 웃겨서 나도 따라했다. 저쪽으로든 이쪽으로든 간단히 오갈 수 있지 않은가.

다시 진행 방향을 보며 둘이서 "뜨끈뜨끈"과 "쌀랑쌀랑"을 되풀이하며 걸었다.

그런 지대도 끝나고, 주먹 크기만 한 돌이 깔린 길을 자그락자그락 소리를 내면서 걷다 보니 다이텐소에 도착했다.

오후 1시 전. 오늘은 여기에 묵는다. 점심으로 산막 명물 카레를 먹으면서 지도를 펼쳐보고 내일 코스가 꽤 길다는 것을 깨달았다. 오늘 안에 니시다케까지 가는 편이 좋았던 것 아닐까? 시간에도, 체력에도 여유가 있다.

하지만 이건 유가 정한 코스다.

대학생활 마지막, 어쩌면 셋이서 하는 등산은 인생에서 마지막일 텐데. 거기에 걸맞은 장소가 있다. 유가 그렇게 말했으니까 우리는 믿고 따를 뿐이다.

설사 계획한 본인이 부재해도. 그 애가 보여주고 싶었던 건 거기에 있을 테니까.

오텐쇼다케 정상은 산막에서 도보 십 분쯤 되는 거리에 있다. 거의 평탄한 돌밭을 걸을 뿐이다. 산정에서 커피를 마시고 싶다. 하지만 요청에 응해줄 유는 없다. 포기하려고 하다가 산막에서 종이컵에 든 드립커피를 팔고 있는 것을 발견했다.

사키는 지금은 몸이 뜨거운 것을 원하지 않는다며 물을 보충한 물통만 들고 먼저 나갔다.

따뜻한 종이컵을 두 손으로 감싸듯이 쥐고 살금살금 걸어가는데 사키가 멈춰 서 있는 것이 보였다. 나를 기다리고 있……지는 않은 것 같다. 걸어온 방향, 쓰바쿠로다케 쪽 골짜기를 들여다보고 있다.

따라잡았다.

"동그란 무지개 속에 내 그림자가 비치고 있었어."

"그거 아마 브로켄 현상일 거야. 등산 잡지에 나와 있었어."

나도 급히 아래를 들여다보았다. 하지만 무지개 편린도 남아 있지 않다.

"나중에 또 보일 수도 있어."

사키는 마음을 써주지만 그런 일은 없을 것이다. 같은 코스를 걷고 있어도 볼 수 있는 사람과 볼 수 없는 사람이 있다. 그건 그냥 그런 별 아래에서 태어났다고 받아들일 수밖에 없다. 둘이서 터벅터벅 산정으로 향했다.

"무지개 속에 있었지? 그건 가까운 장래의 성공에 대한 암시

같은 거잖아. 독일에 가서 많은 사람들의 상찬을 받는 바이올리
니스트가 될 수 있다는 뜻이야."

비꼬는 것이 아니다. 나는 갈채를 받는 사키의 모습을 상상할
수 있다.

산정에 도착해 가까운 돌에 걸터앉았다. 설탕과 크림을 넣은
미지근한 커피는 뇌에 서서히 스며들어서 마음을 평온하게 만들
어준다.

"채용시험 안 쳤다고 들었어."

"입이 가벼운 애가 있네. 뭔가 구실을 만들어서 사키랑 이야기
하고 싶었나봐. 역시 가수가 되고 싶었거든. 고향에서 시험을 치
려고 본가에는 갔어."

내 결의를 부추긴 건 노인 요양원에서 있었던 일이었나, 그 뒤
에 러브호텔에서 있었던 일이었나?

"시험 전날 저녁에 부모님한테 무릎 꿇고 빌어서 앞으로 삼 년
의 유예를 얻었어. 정기적으로 노래할 수 있는 라이브하우스도
있고, 음악치료 일을 제의해준 시설도 있어. 뭐, 아르바이트는 필
요하지만. 그래서 지금, 올가을에 시작되는 텔레비전 오디션 방
송에 동영상을 보내서 최종심사 답을 기다리는 중이야."

뮤지컬 〈레 미제라블〉의 넘버 〈나는 꿈을 꾸었네〉를 불렀다.

"대단하잖아. 꼭 붙을 거야. 방송 출연이 아니라, 그 방송에서
하는 오디션에서."

"나는 브로켄 현상을 못 봤단 말이지."

골짜기 쪽으로 눈길을 던졌다. 무지개가 생길 만한 구름까지 없어졌다. 사키의 얼굴이 흐려진다.

"농담이야, 농담. 벌써 본선에 입고 갈 옷도 샀어."

이건 정말이다. 언제까지나 이쪽을 보고 있으니까 안 되는 거다. 일어나서 한 바퀴, 180도 회전했다.

"야리가타케가 보여."

"정말이네. 오전에는 숨어 있었는데."

사키도 눈치채고 있었나.

"내일 이 시간에는 저 정상에 서 있을까?"

"서 있어야지."

사키가 힘주어 말했다.

그러기 위해서 왔으니까.

산막으로 돌아가서 방에서 옷을 갈아입고 쉬다가 저녁에 다시 밖으로 나갔다.

야리가타케로 향하는 오모테긴자와 조넨다케로 향하는 파노라마긴자의 분기점에 있는 다이텐소 산막은 북알프스를 3등분 하듯 지나가는 능선 위에 지어져 있다. 서쪽을 바라보고 서 있다. 시야 가득 오렌지색으로 물든 하늘이 펼쳐져 있다. 어슴푸레하게 떠 있는 구름도 아름답다. 하지만 그 아름다운 비단 직물 같은 막이 야리가타케의 정상을 가리고 있다.

"예쁜 저녁노을이네."

뒤에서 목소리가 들렸다. 돌아보니 엔잔소의 식당에서 노래하는 내게 박수를 보내준 부부가 나란히 서 있었다.

"고생하셨어요."

같은 코스를 걸어왔을 것이다.

"내일은 학생들도 야리가타케까지 가요?"

아내분이 물었다.

"네."

"그럼 피차 중요한 고비겠네. 일출과 동시에 출발해야 하니까 오늘 밤에는 천천히 쉬자고요. 내일은 쾌청할 거야."

남편분이 말했다. 오모테긴자의 최대 난관 히가시카마 능선을 유 없이 갈 수 있을지 불안하기는 하지만 같은 루트를 걷는 사람이 있으면 든든하다.

식당은 내일 조넨다케로 향한다는 단체객으로 붐볐다. 다들 조부모 세대 사람들이라 웃는 얼굴이 춤추던 어르신들과 겹쳐 보였다. 여기서 무드 가요를 한 곡 선보이면 춤추기 시작하지 않을까? 이런 생각도.

빨리 쉬는 게 제일이다. 하지만 이 산막에는 어제의 케이크 세트나 알펜호른에 비견할 만한 매력적인 것이 있었다.

해가 완전히 넘어간 뒤에 사키랑 같이 식당으로 갔다. 몇 시간 전만큼 붐비지는 않는다. 실내를 밝게 비추던 조명은 꺼지고 대신 램프가 켜져 있었다.

특제 상그리아를 두 잔, 치즈케이크 한 접시에 포크를 두 개 달라고 해서 커다란 유리창을 면한 카운터 테이블에 둘이 나란히 앉았다.

아래쪽에서 깜빡깜빡 반짝이고 있는 건 거리의 불빛이다. 여기는 천상의 이세계가 아니라 일상생활을 보내는 세계와 연속해 있는 곳이라고 느낄 수도 있고, 어둠 속에 떠 있는 불빛이 과연 정말로 우리가 아는 세계에 속한 것일지 경계선을 모호하게 만든다고 받아들일 수도 있다.

나는 지금 어느 쪽을 바라는 걸까?

만일 여기 앉아 있는 것이 여성과 남성의 커플인데 저 불빛 속으로 돌아가고 싶지 않다고 바란다면 두 사람은 세간에서…… 일본 사회에서는 허용되지 않는 관계일 것이다. 하지만 여기 있는 동안에는 그런 걸 신경 쓰지 않아도 되는 두 사람만의 세계다. 이 덧없는 불빛 속에서라면 입을 맞추어도 아무도 눈치채지 못할지 모른다. 아니, 설사 다른 등산객이 있어서 그런 두 사람을 목격하더라도 기이한 눈으로 보지는 않을 것이다.

여기서는 저렇게 되겠지 하고, 가령 단독 산행중인 사람이라면 다음에는 사랑하는 사람을 데려와야겠다면서 그 사람의 얼굴을 창문 너머에 떠올려볼지 모른다.

포크와 포크가 부딪친다. 수박이랑 똑같이 우리는 치즈케이크

하나를 가장자리에서부터 파먹고 있었다. 둘 다 포크를 놓고 잔을 입으로 가져간다.

"상그리아 맛있다. 처음 마셔봐."

사키가 잔 안을 들여다보면서 말했다.

"나는 가끔 마셔. 탄산을 싫어하니까 술을 먹고 싶을 때는 저렴한 와인을 사와서 집에서 보내준 네이블오렌지나 귤 설탕절임을 띄워서 마시거든."

"맛있겠다."

"응. 맛있어."

돌아가면 만들어줄게. 목구멍까지 올라온 그 말을 감귤뿐 아니라 베리 맛도 배어나온 상그리아와 함께 삼켰다.

이번에는 다른 말이 떠오른다.

알코올의 힘을 빌려, 희미한 불빛 속 지상이 보이는 천상계에서 만일 가슴이 찢어질 듯한 대답이 돌아온다 해도 꿈이었다고 스스로를 속일 수 있는 질문이.

"뭐라고 하면서 유를 거절했어?"

알고 있었느냐는 듯이 사키의 눈이 커지더니 그렇겠지 하듯이 숨을 내쉬었다.

"나는 너를 받아들일 수 없어."

"그랬구나."

지상의 나는 이 전개를 기대하지 않았던가. 그런데도 심장에

144

서 피가 흘러넘치고 있었다. 망아지풀이 시들어간다. 이렇게 괴로운 건 유가 나고 내가 유이기 때문인지도 모른다.

유 같은 건 처음부터 내 마음이 만들어낸 존재고 실재하지 않는 것 아닌가.

단체 손님의 일원인 것처럼 잘 수 있는 방으로 돌아온 덕분에 치밀어 오르는 눈물을 막을 수 있었다.

셋째 날

아직 어두울 때에 일어나서 짐을 챙겨 밖으로 나갔다.

짐은 어젯밤에 싸두었다. 하지만 얇은 나일론 재킷 너머의 냉기에 떨며 다운재킷을 꺼내서 걸쳤다. 춥다 하고 사키에게 말을 걸었다. 사키도 윗옷에 팔을 꿰는 중이다. 목소리를 최대한 낮추기는 했지만 그 정도로 신경 쓸 필요는 없을지도 모르겠다는 생각이 드는 이유는 산막 앞의 능선을 따라 이미 스무 명 넘는 등산객들이 동쪽을 향해 서 있었기 때문이다. 산막 직원분의 모습도 있다.

이제부터 발성 연습이라도 하나? 그 줄 끝에 우리도 가세해서 하늘을 올려다보았다.

짙은 감색 천막 같은 하늘, 상공에는 아직 별 몇 개가 반짝이고 있다. 하지만 그 막의 끝자락 부근에 시선을 떨구면 진주색으로 반짝이는 액체를 빨아들인 듯한 빛이 옆으로 가늘고 길게 퍼져 있다.

진주색이 서서히 퍼져 나간다. 동시에 막 아래에는 운해가 펼쳐져 있었음을 알게 된다. 이윽고 진주색 자락과 함께 막이 올라가고 그 틈으로 오렌지색 구체가 얼굴을 살짝 내밀었다. 그 순간 바다와 천막은 색깔을 바꾼다. 무지개 색깔 중 따뜻한 색깔만 섞어서 만들어지는 갖가지 색들이 바다의 파도 사이를 표류해 눈앞까지 닥쳐온다. 가장 짙은 오렌지색만이 막으로 빨려 올라간다.

따뜻하다. 구체는 아직 반도 모습을 드러내지 않았는데.

이런 하루의 시작이 있을까?

직원분이 종종걸음으로 산막에 가더니 훌륭한 카메라를 가지고 돌아왔다.

오늘 일출은 특별한지도 모른다.

태양이 전모를 보였다. 나도 빛을 받아 풍경의 일부가 된다. 그리고…… 돌아본다.

야리가타케도 창끝*까지 뚜렷이 모습을 드러내고 황금빛으로 빛나고 있다.

자, 여기까지 오렴.

---

* 야리가타케(槍ヶ岳)는 이름처럼 산정이 창(槍)끝처럼 솟아 있어 그 꼭대기를 창끝(穂先)이라 부르기도 한다

출발 준비를 했다. 다운재킷은 챙겨 넣었다. 시린 손을 지키기 위해 장갑을 꼈다. 사키는 늘 낀다. 스틱을 펴고 신발 끈을 묶고 배낭을 짊어지고 벨트를 조정한다. 바람이 세기 때문에 모자 끈도 단단히 조였다. 모자 위에 장착한 헤드라이트의 스위치도 켰다.

오늘은 내가 앞에서 걷는다. 돌아보고 사키를 확인한다. 사키가 고개를 끄덕였다.

자, 출발이다.

우선은 오텐쇼 휘테가 목표다. 서쪽 사면을 조금 내려가기만 했는데 밤 같은 어둠으로 되돌아와버렸다. 골짜기에서 불어 올라오는 바람에 뺨이 저리다. 하지만 길은 걷기 쉽다. 휘테에 도착하면 이번에는 사면을 올라간다.

기사쿠 신도라 불리는 능선 위로 나왔을 때는 바람도 잦아들고 헤드라이트도 필요 없는 밝기가 되었다. 조금 트인 길가에서 장갑을 챙겨 넣고 주먹밥을 다 먹었을 즈음에는 머리 위에 파란 하늘도 펼쳐져 있었다. 그리고……

"사키, 봐봐."

오른쪽으로 몸을 돌리자 눈앞에 야리가타케의 창끝이 보였다. 구름은 걸려 있지 않다. 파란 하늘을 거느리고 있다. 끄트머리에 서 있는 사람의 모습도 보였다. 이렇게 가까이까지 왔다니. 프로야구선수가 호쾌하게 때린 홈런 공이 닿지 않을까?

시선을 아래로 쭉 내리니 수면이 파랗게 반짝이는 연못 같은 것이 작게 보였다.

창에서 눈을 떼기는 아깝지만 왼쪽에도 눈을 돌린다. 조넨다
케, 그 뒤에 보이는 건…….

"후지 산."

사키가 말했다. 우리의 첫 번째 산까지 보인다.

"갓센 능선에서는 센 척해봤지만 역시 반갑네."

아무리 멀리 있어도.

앞으로 나아간다. 길 폭이나 경사는 그다지 달라지지 않지만
능선의 표정은 서서히 변화해간다.

희끄무레했던 돌이나 바위는 서서히 색깔이 진해지더니 갈색
을 띠기 시작했다. 동그스름하고 주먹만 했던 모양이 전체적으로
크고 울퉁불퉁해져서 모서리에 부딪히면 피가 날 것처럼 직선에
가까워졌다. 오른쪽에 있는 식물도 키가 커지고, 표피가 딱딱할
것 같은 몸통에서 뻗은 굵은 가지에 짙은 초록 잎이 무성하다.

과연, 쓰바쿠로다케가 북알프스의 여왕이라 불리는 까닭이다.

나는 저쪽이 더 좋아.

여성스러운 분위기가 근사하니까. 산에 대한 이 표현에 이의
를 제기하는 사람은 없을까?

희고 부드러운 곡선을 그리는 산. 이게 여성스럽다고 누가 정
했지? 나보다 유가 더 어울리는 그 산을. 하지만 여성스럽다고 한
들 그것을 좋아한다고 남성이 말하든 여성이 말하든 타박하는

사람은 없을 것이다.

인형이 좋다. 하늘하늘한 치마가 좋다. 귀여운 리본이 좋다. 그게 여성임을 보여주는 잣대라면 나는 완전히 여자다. 외견과 내면의 성은 일치한다. 하지만 왜 인형이나 치마, 리본이 어울리는, 내가 좋아하는 요소를 전부 갖춘 사람을 좋아한다고 하면 눈살을 찌푸릴까?

차라리 인형을 좋아하는 인간이 자동차를 좋아하는 인간을 좋아할 수 있는 원리를 가르쳐주면 좋겠다.

쓰바쿠로다케를 좋아한다고 말하듯이 사키를 좋아한다고 말하면 왜 안 되는 걸까?

아니, 아무도 부정하지는 않았다. 분위기를 느끼고 멀리하는 경우는 있어도. 그것 또한 본능일 테니까 나를 거절한 사람을 탓할 수는 없다.

직접 몸을 접촉하는 것만 바라지 않으면 나와 사키는 친구로서 줄곧 함께 있을 수 있다. 설사 떨어져서 살게 되어도 그 관계를 더듬어서 연락을 취할 수는 있다. 그러니까 절대로 들키면 안 된다.

그런데도 유는 눈치채고 있었다.

니시다케를 통과하여 휘테 니시다케에 도착했다. 사키를 한 번도 돌아보지 않고.

"파운드케이크를 먹을 수 있다니."

오모테긴자는 디저트 거리다.

"버터 맛이 그리웠던 참이야."

사키가 미소 지었다. 산막에서 물을 끓여 물통에 넣어왔기 때문에 지참한 티백으로 홍차를 우렸다. 휘테 니시다케의 야외 테이블을 빌리기로 했다.

숲을 개간한 약간 높은 장소처럼 보였는데, 사면 쪽을 가로막는 것이 아무것도 없어서 눈앞에는 야리가타케의 창끝이 떡하니 자리하고 있었다. 여기에서는 내가 친 공도 닿을 것 같다.

"특등석이네."

정상에 오르고 있는 사람들의 모습까지 포함해 야리가타케를 독차지하고 있는 기분이다. 잘 조정하면 손바닥에 올라가 있는 것처럼 보인다. 미리 축하파티라도 하듯 케이크의 녹아내리는 달콤함을 만끽했다.

아아, 이대로 여기서 낮잠을 자고 싶다. 엉덩이에 뿌리가 내리기 전에 영차 일어났다. 산막까지 돌아오니 전에 만난 그 부부가 있었다. 벌써 헬멧을 장착하고 있다.

"슬슬 히가시카마 능선이네요. 조심해서 갑시다."

남편분이 말하고 아내분이 먼저 간다며 한 손을 들었다. 뒷모습을 눈으로 배웅하고 우리도 준비를 시작한다. 스틱을 접어서 수납 주머니에 넣는다. 모자를 벗는다. 배낭을 열어 헬멧을 두 개 꺼냈다. 파란 쪽을 사키에게 주고 핑크색을 내가 쓴다.

"사키, 스틱."

"이 정도는 들어가."

"괜찮아. 중요한 물건을 목적지에 데려가는 것만 생각해."

사키에게 스틱 주머니를 받았다. 옆주머니에 넣어둔 물통도 배낭에 집어넣는다. 여기서부터는 사다리나 쇠사슬 구간이 이어지기 때문에 배낭 바깥쪽에 불필요한 것은 달아놓지 않는다.

준비 완료.

"좋아, 가자."

"천천히 가도 돼."

사키가 마음을 써준다. 단순한 오르막은 내가 척척 더 잘 올라가지만 암릉을 걷는 건 사키가 더 잘한다.

잘 있어라, 능선아! 거의 수직으로 깎아지른 사면에 설치된 긴 사다리를 내려간다. 내려간다, 내려간다……. 다음 사다리를 내려간다, 내려간다, 내려간다……. 대체 어디까지 내려가는 거지?

갓센 능선에서 쌓아올린 고도가 젠가처럼 와르르 무너지는 이미지가 머릿속에 펼쳐졌다. 이대로 하산하면 그래도 좋다. 사다리라니 편하기 짝이 없다. 하지만 목표는 눈앞 혹은 그보다 더 높은 위치에 있던 야리가타케의 창끝이고, 지금 내려가는 만큼 올라가야만 하는 것 아닌가.

마지막 사다리를 내려간다. 나무가 크다. 울창하게 번성한 정글, 완전 저지대의 풍경 아닌가. 원숭이까지 있다. 살을 깎아가며 한 푼 득도 되지 않는 일에 도전하는 어리석은 인간들이 또 왔다. 아니, 원숭이에게 돈이라는 개념은 없다.

사키도 내려왔다.

"물소리가 들려."

어째서 눈치채지 못했을까 신기할 만큼, 의식하고 보니 졸졸 흐르는 물소리가 비교적 가까운 곳에서부터 숲에 울리고 있음을 알 수 있었다. 이런 소리가 들릴 만한 물가가 있었나?

연못 같은 것을 떠올렸다. 야리가타케의 창끝에서 시선을 쭉 내리면 저 아래에 작게 보였던……. 그 위치까지 내려온 건가? 실이 하나씩 끊기는 꼭두각시 인형처럼 몸에서 힘이 빠진다.

"괜찮아? 이대로 가미코치까지 내려갈 수 있는 길도 있는 모양이던데."

사키는 전혀 좌절하지 않은 모양이다. 오히려 물소리가 울리는 숲속에서 음이온을 흡수해서 활력을 얻은 것처럼 보인다.

"문제없어. 이제부터 올라가기만 하면 돼! 그건 내 주특기 분야니까."

소리 내어 말하자 힘이 솟아났다.

좌우 어느 쪽으로 굴러 떨어져도 이상하지 않은 암릉의 좁은 능선 길을 오른다. 커다란 돌에 발을 얹고 몸을 들어올린다. 울퉁불퉁한 바위를 붙잡고 몸을 앞으로 내민다. 한 걸음마다 족쇄가 채워지는 것 같다.

그래도 눈앞의 정상까지 다 올라왔다. 응, 내리막? 올라온 것과 같은 정도의 내리막길이다. 게다가 바위밭이어서 뛰어 내려갈 수도 없다. 신중하게 다 내려간 다음 다시 올라간다.

이곳이 오늘 최대의 난관이다. 자, 힘내자. 스스로를 고무하며 올라간다. 도착했다고 안도하고 다음 오르막으로 향하기 위해 커다란 바위를 돌면 또 내리막…….

올라갔다 내려갔다 올라갔다 내려갔다…….. 창끝에는 영원히 도착하지 못하는 것 아닌가?

등산이 이렇게 힘들었나? 눈물이 차오른다. 꾹 참는다.

진정해, 진정해, 이제까지 걸어온 길을 떠올려봐. 정말로 여기가 가장 힘든 장소일까? 더는 못 걷겠다고 생각할 정도로…….

가라사와에서 오쿠호타카, 마에호타카, 다케사와까지 걸었을 때도 힘들었지. 인간이 이렇게 하루 종일 걸을 수 있구나 뭔가 깨달음을 얻은 듯한 기분을 느꼈고, 쇠사슬 구간의 수도 이 정도가 아니었다는 느낌이 든다. 지친다, 고되다는 생각은 했다.

하지만 지금처럼 괴롭다고 느끼지는 않았다.

유가 있었기 때문이다.

힘내라. 유는 이렇게 격려하지 않는다. 유이라면 할 수 있다고 고무하지도 않는다. 이쪽이 약한 소리를 뱉어도 싱글싱글 웃고 있다. 속도를 맞추어서 걸어준다. "거기를 잡아"라는 조언이 아니라 "어디에 손을 놓으면 편할 것 같아?"라는 힌트를 준다. 정답을 맞히면 칭찬해준다. 답을 거의 가르쳐준 것이나 매한가지면서 "센스 좋다, 역시 산에 재능이 있는 거야" 하며 치켜세운다.

그런데 왜 여기에 없니. 가장 있어주었으면 하는 때에…….

해저 같은 방이 머리에 떠오른다. 유와 들어간 러브호텔은 어두운 방 네 구석에 파란 간접조명이 켜져 있었다. 중앙에 있는 큰 침대에 기가 죽어 벽 쪽의 2인용 소파 끝에 앉았더니 유도 옆에 앉았다.

—유이 너한테는 아무 짓도 하지 않아. 네가 누구를 좋아하는지 알고 있고, 나도 같은 사람을 좋아하니까. 멀리 가버리기 전에 그 애한테 전하고 싶은 게 있어. 하지만 너한테 말하지 않고 그렇게 하는 건 불공평해.

—처음부터 사키만 반주자로 받고 산에도 사키만 데려갔으면 지금쯤 벌써 사귀고 있었던 거 아냐?

—그렇게 생각하지도 않으면서. 오늘만큼은 속내로 이야기하자. 너는 필요한 사람이었어. 고2 때 할아버지가 돌아가신 뒤로 나는 산에 같이 갈 사람을 찾고 있었거든.

—너라면 단독으로도 문제없잖아.

—등산이라는 행위뿐이라면 그렇지. 하지만 나는 파트너가 필요했어. 로프 한 줄로 목숨을 맡길 수 있을 만큼 신뢰할 수 있는, 감동을 나눌 수 있는. 하지만 이 사람이다 싶은 상대를 만나지 못했지. 그럴 때 유이가 노래하는 목소리를 들었어. 거기에 무슨 인

154

간성 같은 게 보였던 건 아니야. 이 사람이 산에서 노래하는 걸 들어보고 싶다, 그것뿐이야.

—산에서 노래해달라고 한 적 없잖아.

—자발적으로 불러주지 않으면 의미가 없어. 당장 반주자로 나섰지. 그 직후에 사키의 의뢰를 받았어. 나는 엘리트를 싫어해서 거절하려고 했는데, 소리를 듣고 생각을 바꾸었어. 이 사람을 산에 데려가야만 한다는 생각이 들었거든. 나처럼 효과가 있을지는 모르지만, 나는 그 방법밖에 모르니까.

—너한테 산은 뭐야?

—재생의 장소.

우선 눈앞의 고개는 다 올라왔다. 길이 조금 트여 있다. 거기에 예의 부부가 있었다. 휴식을 취하고 있었던지 배낭에 짐을 챙기고 있다.

"고생 많네요. 이제 반쯤 온 셈이려나."

아직, 이라는 말이 새어나올 뻔했다.

"천천히 가봅시다. 이거 괜찮으면 먹어요."

아내분이 개별 포장된 미니 양갱을 세 개 주었다. 마지막 하나를 가지고 남편과 다투지 않기 위해서일까? 아니, 1그램이라도 배낭을 가볍게 하고 싶은 것이다, 분명.

"그럼 이따가 또."

남편분의 말에 두 사람을 눈으로 배웅했다. 이따가. 여행의 동료다.

"쉴까?"

사키에게 말하고 배낭을 내려놓았다.

"짐 괜찮아?"

자기가 떠맡을 여유도 없으면서 묻는 건 약았다.

"응. 이것만큼은 몸의 일부 같은 거니까."

여력이 있어 보이는 표정에 안도한다. 받은 양갱 하나를 사키에게 건넸다. 남은 하나는 사코슈* 주머니에 넣어둔다.

"무슨 생각하면서 걸었어?"

짙은 녹음은 있지만 꽃은 보이지 않는다.

"바위의 메시지 전달 게임."

엉뚱한 방향에서 돌이 날아왔다. 그게 뭐야, 하고 웃고 만다. 하지만 사키는 웃지 않는다.

"사다리를 내려간 곳에 커다란 바위가 있었잖아? 바위는 야리가타케에 전하고 싶은 말이 있어. 하지만 둘 다 움직이지를 못하지. 그래서 히가시카마 능선의 바위가 서로서로 협력해서 메시지를 전달하기로 했어. 하지만 바위는 한 글자씩 잊어버려. '야리가타케'였다면 다음 바위는 '야리가타'밖에 전하지 못해. '야리가' '야리' '야', 거기서 소멸이지. 말이 사라져버리지 않게끔 첫 번째

---

* 어깨에 걸 수 있는 긴 끈이 달린 큰 가방

156

바위는 긴 문장을 생각해보지만, 그녀는 그걸 잘 못하는 데다 히가시카마 능선은 상상 이상으로 멀어서 내 발밑의 바위에서 늘 소멸하는 거야."

그녀……

"전부 다 전하지 못하는 건 사키 너만이 아니야. 나를 메시지 전달 게임을 하는 바위 중 하나라고 생각하고 들어. 유는 초등학생 때 아버지한테…… 성적인 학대를 받았어. 마음이 죽었다고 유는 말했어. 중학생이 되자 어머니가 겨우 그 일을 눈치채서 이혼하고 본가로 돌아갔어. 하지만 유는 학교를 못 다녀. 사람이 무서우니까. 그런 유를 할아버지가 산으로 데려가줬어. 어떤 등산이었는지는 몰라. 하지만 유는 재생했어. 산에서는 사람이 무섭지 않아. 그런 유가 지상에서도 사람과 이어지고 싶다고 바랐어."

"그런 이야기, 유는 나한테는 해주지 않았어."

"동정받고 싶지 않아서야. 그래도 유가 너를 소중하게 여긴다는 건 전해졌지 않아? 그런데 왜 받아들이지 않았어?"

산에서 키운 것이 지상에서는 이다지도 무로 돌아가버리는가? 눈물을 삼키듯 양갱을 베어 물었다. 물도 꿀꺽꿀꺽 마신다.

"받아들인다는 말의 해석이 틀렸어. 나, 유랑 섹스했어. 내 방에서."

안면을 강타당한 듯한 현기증을 느꼈다.

"하지만 내 몸은 아무 반응도 안 해. 그래서 사과했어. 미안해.

157

나는 너를 받아들일 수 없어."

"유는?"

"미안하다고. 이런 짓 하지 말고 유이랑 셋이서 오모테긴자를 즐겁게 걷고 나서 독일 가는 걸 배웅할 걸 그랬다, 이렇게 말하고 돌아갔어."

그 뒤로 유는 자취를 감추었다. 예약해둔 레슨실에 시간이 되어도 나타나지 않아서 혹시 안 좋은 일이라도 생긴 게 아닌가 싶어 황급히 유의 아파트로 갔다. 경찰이 입회한 가운데 관리인에게 문을 따달라고 했더니 피아노 위에 '유이에게'라고 쓰인 갈색 봉투가 놓여 있었다.

안에 편지 같은 것은 들어 있지 않았고 대신 오모테긴자의 지도와 일정표 그리고 스코어북이 나왔다. 거기에 무슨 메시지가 없는지 넘겨봤지만 악보만 그려져 있었다. 댄스용으로 편곡된 옛날 가요곡.

경찰이 움직일 만한 물건이 아니다.

유가 남긴 뜻을 따르려면 오모테긴자 등산을 결행할 수밖에 없다.

─나도 갈게.

사키의 한마디가 용기를 북돋아주었다. 설마 유가 이번 생의 작별 인사로 내게 사키와 단둘만의 등산을 선물해준 것은 아니리라.

사키를 부탁한 것이다. 이대로 독일에 보낼 수는 없다고.

"나는 유를 좋아했어."

사키가 발밑의 돌을 주우며 툭 중얼거렸다. 마음을 전하지 못한 건 너 때문이 아니라며 돌을 위로하듯.

"너도 좋아해. 생명도 감사도 존경도 모르던 내가 두 사람과 등산을 하면서 하나하나의 사물에 영혼이 깃들어 있음을 느낄 수 있게 됐어. 그걸 소리에 실을 수도 있고. 하지만 몸은 바뀌지 않아. 아무것도 느끼지 못해. 산에서라면 키스하거나 섹스하거나 하지 않아도 서로 목숨을 맡겨도 될 만큼 신뢰할 수 있고, 고독하지 않다고 생각할 수 있고, 이 관계는 영원하다고 믿을 수 있는데. 몸이 반응하지 않는 나를 유가 사랑해줄 리 없어. 이제 산에 가자고도 해주지 않을 거야. 왜 산에서의 관계를 지상에서 계속할 수 없지? 잇닿은 장소일 텐데 어디에 경계선이 있는 걸까?"

산에서의 관계를 지상에서도……. 그걸 바란 건 사키도 마찬가지였다.

"최소한 그런 생각을 유에게 잘 전달할 수 있었다면 함께 이 오모테긴자를 걷고 산의 동료로서 헤어질 수 있었을지도 모르는데."

사키의 눈물을 보는 것은 처음이다. 서글픈가? 아니, 몹시 화가 난다.

내 소중한 사키를 울리다니!

"사키, 넌 아무 잘못도 없어. 나쁜 건 유야. 네가 말주변이 없는 건 다 알잖아. 게다가 지상에서. 그런 상황인데, 열 글자 넘는 말을 들었다는 데에 감사해야만 할 정도야. 얼굴을 마주하기가 어색하더라도 널 산으로 이끈 건 유니까 마지막 등산도 같이 왔어야지. 이렇게 고생스러운 코스인데. 그렇기 때문에 네 오감이 풀가동되고, 코스의 가장 힘든 곳에서 소중한 마음을 전부 말로 해주잖아. 이미 아는 거 아니었느냐고. 정말 유도 바보라니까."

"그런……."

욕이 지나쳤나 보다. 하지만 욕은 힘이 되기도 한다. 아니, 양갱 효과인가? 기세를 몰아서 일어섰다.

"하는 수 없지. 이제까지에 대한 감사 인사야."

"그러게."

사키도 일어섰다. 배낭을 멘다. 한 걸음을 내딛는다.

내리막이 보여도 이제 기죽지 않는다. 얼마든지 덤벼. 이렇게 결의했을 때는 언제나 그렇지만 대개 마지막 남은 하나다.

히가시카마 능선을 빠져나왔다. 이 뒤로는 야리가타케의 어깨까지 오르막길이 잔뜩 이어져 있는 것이 보인다. 스틱을 꺼냈다. 울퉁불퉁한 능선 길을 통과한 뒤니까 울퉁불퉁한 돌밭도 포장된 돌길이나 매한가지다. 이건 좀 과장인가?

―사키가 너한테 반주를 부탁하지 않아서 나랑 너 둘이 등산하게 됐다면 피차 괴로워질 일도 없었을까?

─아마. 즐겁기만 한 등산이겠지. 하지만 사키가 있었기 때문에 행복했던 일이 많았어.

─나도. 모르는 꽃을 만나면 사키는 어떻게 표현할까 이런 생각도 하고.

─예쁘다, 귀엽다부터 표현력이 진짜 빠르게 진화했으니까.

─나는 어떻게 표현되고 있을까 두근두근했어.

─나도 다 이해하지 못하는 내 진짜 모습을 사키가 발견해주면 좋겠다, 뭐 이런.

─연인 사이가 되지는 못한다 해도 나한텐 그런 기대 안 해?

─너랑은 생각하는 게 똑같으니까. 전생에 동일 인물이었던 거 아니야?

그럼 지금 내 기분도 상상해보라고.

돌아보지 않는다. 똑바로 앞을 보며 올라간다. 커다란 바위를 돈다. 창끝이 떡 나타난다. 공이 날아갈 거리 정도가 아니다. 눈싸움도 가능한 거리다. 하지만 이걸로 가까이 다가갔다고 생각하지는 않는다. 다가갔다고 생각하면 냉담하게 밀쳐내니까.

야리가타케가 인간이라면 상대방의 마음을 가지고 노는 아주 몹쓸 놈이다. 그런데 인기는 엄청 많다. 사랑에 애가 탄 사람들은 받아줄 거라고 믿고 돌진한다. 나도 그중 한 사람이다. 어제 모습을 봤을 뿐인데. 아니다. 오래전에 어딘가 먼 발치에서 봤을 뿐인데 신경이 쓰여서 견딜 수 없었다.

그랬는데 드디어. 어깨까지 앞으로 백 걸음. 아마 대략…… 백 걸음이라면 갈 수 있다.

한 걸음씩 머릿속에서 센다. 오십 걸음으로 여기라면, 정말로 앞으로 오십 걸음일지도.

열 걸음 남았다. 마지막 세 걸음은 큰 보폭으로 걷는다.

도착했다! 스틱 끈을 손목에 건 채 사키와 두 손을 맞잡는다. 앗. 눈치챈 듯 사키가 장갑을 벗었다. 그 애의 희고 긴 손가락이 내 포동포동한 손가락과 얽힌다.

이 이상 무엇을 바라겠는가?

감동에 젖어 있을 때가 아니다. 아직 끝나지 않았으니까. 오히려 여기서부터가 진짜다. 시계를 확인한다. 오후 3시 50분. 서둘러야 해!

어깨에 세워져 있는 야리가타케 산장에 짐을 두고 창끝으로 향한다. 나는 사코슈만 들고, 사키는 불필요한 물건을 뺀 배낭을 메고 있다.

창끝에 들어섰다. 이제 백 걸음밖에 못 걷겠다며 마지막 남은 힘을 짜냈는데 어깨에 도착했다는 성취감이 새로운 에너지가 되어 쌓일 대로 쌓인 족쇄와 누름돌을 치워주었다.

바위에 신중하게 손을 올린다.

유가 남긴 악보를 보다 보니 마지막에 전혀 모르는 곡이 등장했다. '노을'이라는 제목의 그 곡은 인터넷에 검색해도 전혀 걸리지 않아서 어쩌면 이건 유가 작곡한 게 아닌가 하고 사키에게 보여주었다.

그리고 사키가 연주하는 것을 듣고 역시 그렇다고 확신했다. 가사도 없는데 그 멜로디만으로 이제까지 셋이서 갔던 산의 풍경이 순서대로 떠올랐다. 곡보다 먼저 머릿속 앨범이 끝났다. 영상이 떠오르지 않는 여기서부터는 앞으로 걸어갈 길을 표현하고 있는 것 아닌가?

오늘을 돌아보고 다시금 그렇게 확신한다. 지금, 바로 이 순간에도.

마지막 사다리에 손을 올렸다. 봐, 곡의 종반이랑 딱 겹쳐지지.

그리고 지면에 한 걸음을 내딛는다. 도착이다.

뒤따라 올라온 사키와 다시금 악수를 나눈다.

360도, 시야를 가로막는 건 아무것도 없다. 저물녘을 느낄 수 있는 어슴푸레한 빛 아래, 쓰바쿠로다케에서부터 걸어온 길을 전부 내다볼 수 있다. 히가시카마 능선은 저렇게 공룡 등 같은 모양을 하고 있었나. 저러니 업다운이 이어질 만도 하다.

오늘 출발은 오텐쇼다케에서부터. 이렇게 많이, 이렇게 많이 걸어왔구나.

좋아, 됐다.

"사키, 시작하자."

사키가 고개를 끄덕이고 배낭을 내려놓았다. 여기에 있는 건 우리와 일흔 살쯤 되는 할아버지 한 분이다.

"죄송합니다, 오 분 동안 소란 좀 피울게요."

"이런, 뭔가 시작되는 건가? 기대되는데."

할아버지가 웃는 얼굴로 고개를 끄덕였다.

사키가 배낭에서 바이올린을 꺼냈다. 나는 사코슈에서 셀카봉을 꺼내 최대 길이까지 펴고 가까운 바위에 고정했다. 둘이 서는 위치를 정한다. 모든 경치가 장대하고 아름답지만, 우리가 걸어온 길을 배경으로 하고 싶다.

사키가 소리를 낸다. 거기에 맞추어 나도 목소리를 낸다. 상태가 좋다.

둘이서 마주 보고 고개를 끄덕였다.

"아아, 다 왔다, 다 왔어."

그 부부가 올라왔다. 산막에서 휴식하고 있었던 걸까? 우리를 보고 눈치를 챘는지 둘이서 얼굴을 마주 보고는 발소리를 죽여 할아버지 옆에 가서 한 사람 분의 공간을 띄우고 조용히 앉았다.

스마트폰 녹화 버튼을 누른다. 정해진 위치로 돌아가서 다시 한번 사키와 마주 보고 고개를 끄덕인다.

바이올린의 부드러운 멜로디가 흘러나왔다. 숨을 들이쉰다.

"도착은 늘 해 질 녘……."

머리 꼭대기에서 소리가 어디까지나 뻗어나간다. 다 열렸다.

내게 악보를 맡길 거면 작사도 해주지. 하지만 내가 쓰는 가사니까 유에게 메시지를 보낼 수가 있다.

사키에게 마음을 전할 수가 있다.

산에서 내려가도 유대는 바뀌지 않는다. 그것을 우리는 사랑이라 불러도 되지 않을까?

'노을' 같은 제목을 붙여서 즐거웠던 대학 시절을 매듭지을 거라면 너도 와.

둘째 날 숙박을 다이텐소로 잡은 이유가 여기에 서는 시간이 저녁 무렵이 되게 하기 위해서라면 넌 정말 지독한 놈이야.

하지만 우리는 여기까지 잘 올라왔어.

게다가 네가 만든 곡까지 연주하고 있어.

세계 제일의 무대에서.

어때, 부럽지? 너도 여기에 끼고 싶지?

그걸 바란다면 돌아와.

우리 곁으로.

그리고 이번에는 셋이서 연주하자.

함께 걸어온 산의 음악을.

전부 토해냈다.

박수가 터져 나왔다. 할아버지와 부부 세 사람 분의. 나와 사키는 나란히 고개를 숙였다.

자, 정리해야지.

"정말 굉장했어요. 설마 마지막에 이런 상이 기다리고 있었을 줄이야."

남편분이 말했다.

"정말이야. 녹화하는 것 같던데 우리가 그 영상을 얻을 수는 없을까요?"

아내분이 물었다.

"유튜브에 업로드할 거니까 괜찮으시면 많이 재생해주세요."

"그거 좋네. 뭐라고 검색하면 되지? 그래, 곡 제목은?"

"노을…… 진 산정에서요."

엇, 하고 사키가 이쪽을 본다. 헤어짐이 다가오는 가운데 즐거웠던 추억을 돌아보기만 하는 가사로 부르지는 않았다. 오늘 하루, 그리고 대학 시절의 즐거웠던 등산이 끝나는 그때를 사랑하는 사람과 함께 불타는 산정에서 맞이할 수 있다. 그 행복을 노래한 가사다.

유가 그 산정에 같이 있지 않았던 것을 실컷 후회하게끔.

"〈노을 진 산정에서〉, 이거 말고는 없겠다 싶은 제목이군. 내가 이렇게나 나이 먹어서 그런지 인생과 겹쳐지는 느낌이야."

"정말, 이만큼 충실한 날이 인생에 앞으로 몇 번 찾아올지."

부부는 이렇게 말하고 오늘 자신들이 걸어온 코스를 돌아보았다. 빨리 단둘이 있게 해주고 싶다.

"좋구먼, 젊은 사람들. 저물녘에 산 정상에 서서 걸어온 길을 돌아보고. 자, 내일은 어디를 목표로 하나?"

할아버지의 말에 다들 고개를 끄덕이며 마지막으로 360도의 경치를 뇌리에 새기듯 고개를 이리저리 돌리고는 소중한 사람과 마주 보고 고개를 끄덕였다.

영원을 약속하듯.

넷째 날

야리사와의 길을 가미코치까지 단숨에 내려간다.

정상에서 불렀던 노랫소리는 산막에 도착해서 밖에 나와 쉬고 있던 사람들에게도 들렸는지 창끝에서 내려오자마자 많은 등산객들의 박수를 받았다. 꼭 유튜브 재생횟수로 반영해주었으면 좋겠다.

머리 위의 흐린 하늘에 근심은 없다. 전부 해냈다.

야리사와 로지lodge 앞에서 쉬기로 했다. 배낭을 내려놓는데 고생했다며 누가 말을 건다. 가까운 벤치에 그 부부가 앉아 있었다.

"어? 다른 한 사람은?"

아내분의 말에 사키를 보았다.

"너희 줄곧 셋이 같이 다녔잖아."

오모테긴자 코스 위에서 단독 산행을 하는 사람을 본 기억은 없는데.

"있잖아, 남자애."

정말이지 무슨 소리를 하는 건가.

"그 남자애가 정상에도 있었나요?"

사키가 물었다.

"있었지. 할아버지 옆에서 양갱을 먹으면서 행복한 얼굴로 듣고 있었잖아."

양갱? 황급히 사코슈 지퍼를 열어봤지만 없다. 어디서 떨어뜨렸나?

"그 애가 〈노을 진 산정에서〉를 작곡했어요."

"어머, 그래?"

사키의 해석이 뭔지는 안다. 거기에 있던 사람은 유라고. 하지만 그럼 유는 이 세상에······.

"안심해. 처는 유령을 못 보니까."

남편분이 다정하게 웃으며 아내분의 어깨에 손을 올렸다.

"맞아. 안 그러면 무서워서 산에는 못 와."

두 사람은 출발 준비를 했다. 이따가 또 보자며 내리막길을 내려간다.

"어떻게 생각해?"

사키에게 물었다.

"유라면 유체 이탈이라고 할까, 영혼만 이동할 수 있을 것 같은데. 지금 없는 건 어째서라고 생각해?"

"그건⋯⋯."

유라면 어떻게 할까?

"아마 연주에 끼지 못한 게 분했을 거야. 그래서 다이기렛토에
라도 간 거 아냐? 너희한테는 아직 여기는 무리지 하면서."

"상상이 된다. 하지만 좀 열 받는데. 다이기렛토는 나도 가보고
싶단 말이야."

내일은 어느 산정을 목표로 할까⋯⋯?

"그럼 다음에는 다이기렛토에 가자. 내가 바위 타는 연습을 열
심히 해둘 테니까."

"응, 꼭이야."

"셋이서."

사키가 장갑을 벗었다. 우리는 오른손 새끼손가락을 마주 걸
고서⋯⋯.

그날을 기도한다.

다테야마·쓰루기다케

立山·劍岳

딸

"산에 가기 위해서라면 일찍 일어날 수 있네."

동트기 전 비즈니스호텔 로비에서 야유를 받은 뒤로 아직 고작 몇 시간밖에 지나지 않았다는 것이 믿기지 않을 정도로 주위 풍경이 완만하게 하늘로 다가가고 있었다. 건물이 줄어들면서 짙은 초록색 나무가 늘고 그 나무가 점점 작아지더니 시야에 들어오는 하늘의 면적이 한껏 넓어진다. 구름 한 점 없는 파란 하늘, 쾌청하다.

게다가 내 다리를 거의 쓰지 않고 전철, 케이블카, 버스 등 탈 것을 좋아하는 어린이가 아니어도 가슴이 뛸 만한 풀코스로 이동하고 있으니 이렇게 쾌적할 수가 없다.

호텔을 나왔을 때는 일출 전이었는데도 배낭을 메고 역까지

173

오 분쯤 걸은 것만으로 등줄기에 땀이 났다. 하지만 그랬던 늦더위의 습기는 어디로 간 걸까. 활짝 열어놓은 버스 창으로 들어오는 바람이 가슴에 웅어리져 있던 것을 전부 날려 보낼 정도로 기분이 좋다.

좌석에 여유가 있어서 엄마와는 통로를 사이에 두고 2인용 좌석에 한 사람씩 따로 앉았다. 엄마는 바람을 받으면서 줄곧 창밖을 바라보고 있다.

산의 경치를 즐기고 있는 것 같아서 다행이다. 애초에 다테야마를 찾는 사람은 등산객만이 아니다. 오히려 다테야마 구로베 알펜루트* 산책이 목적인 관광객이 더 많을 터다.

그렇다 쳐도 메신저로 쓰루기다케에 간다고 건성으로 보고했다가 '나도 데려가줘'라는 답장이 왔을 때는 눈을 의심했다.

소방관이었던 아빠는 내가 두 살 때 사고로 돌아가셨다고만 들었다. 영정 속의 아빠는 아직 십대라고 해도 통할 것처럼 젊음이 넘치는 용감한 웃음을 짓고 있다. 틀림없이 운동신경이 발군이었을 거라는 생각이 드는.

그 뒤로 엄마는 간호사로 일하면서 혼자 나를 키웠다.

그런 엄마에게 내 대학 입학은 곧 아이 키우기에서 졸업하는 것이었다.

---

* 북알프스를 관통해 도야마 현의 다테야마 역과 나가노 현의 오기자와 역을 잇는 산악 관광 루트

국공립이든 사립이든, 간토 지역이든 간사이 지역이든, 무슨 학부든 학과든 상관없어. 네 미래에 필요하다고 생각하는 것을 배워. 그런 식으로 내게 선택권을 맡기고 나서는 내가 수험생으로서 건강하고 쾌적하게 지낼 수 있게끔 주로 식사 등을 뒷바라지해주었다.

바쁘니까 야식은 컵라면이면 된다고 했더니 아이 키우기 졸업까지 이제 몇 달 안 남았으니까 챙기게 해달라고 활짝 웃는 얼굴로 대답하는 것을 보고 그런 거구나 수긍이 갔다. 금전적인 원조는 받겠지만 자립을 향해 스타트를 끊는 거구나 하고.

이제부터는 스스로 판단하고 행동해야만 한다.

장래에는 신문기자가 되고 싶다고 막연히 생각하고 있었다. 운동은 차치하고 공부도 그냥저냥 하는 수준이라 특별히 잘하는 과목은 없었다. 초등학교 6학년 때 소풍을 주제로 글짓기했을 때 담임선생님에게 "나쓰키는 자기 경험을 글로 쓰는 걸 잘하네"라는 말을 들은 뒤로 그게 내 특기라고 생각하게 됐다.

이 풍경을, 이 경험을, 전혀 모르는 사람들에게 글로 전달한다면? 어디를 가든, 무엇을 하든 그런 생각을 하는 버릇이 생겼는데 중학교 사회 선생님에게 "나가미네 나쓰키는 관찰력이 뛰어나고 글도 잘 쓰니까 신문기자를 하면 되지 않을까"라는 말을 듣고는 그때부터 누가 장래의 꿈을 물으면 '신문기자'라고 대답하기로 했다.

엄마한테 말했더니 멋있네 하면서 마치 이미 신문기자가 된 것처럼 기쁘다는 듯이 머리를 마구 쓰다듬어주었다.

그렇게 해서 무사히 도쿄의 사립대학 사회학부에 합격하고 미야자키에서 상경했지만, 엄마는 아이 키우기를 졸업하지 못했다. 내가 새로운 걱정의 씨앗을 뿌렸기 때문이다.

산악부에 들어간다는…….

무로도에 도착했다.

여름 하늘 아래인데도 바람은 다정하고 공기는 서늘하게 기분이 좋다.

"나쓰키, 터미널 로커에 엄마 짐 맡기고 올게."

버스 짐칸에서 꺼낸 배낭을 발밑에 두고 심호흡을 하고 있었더니 뒤에서 엄마가 말했다. 벌써 배낭을 메고 있다.

도야마 역 앞 호텔은 엄마가 예약해주었다. 각자의 산막 예약은 내가 하고, 하산한 뒤의 숙박은 엄마한테 맡겼다. 어젯밤에는 싱글룸 두 개밖에 비어 있지 않다고 해서 따로따로 묵었는데, 나는 안도했고 어쩌면 엄마가 일부러 방을 두 개 잡은 것 아닐까 의심했다. 본격적인 산행이 시작되기도 전에 싸우지 않게끔.

그래서 아침에 로비에서 엄마의 짐을 보고는 깜짝 놀랐다.

뭐야, 그 엄청난 짐은? 게다가 등산용품은 새로운 것으로 다 장만했다고 들었는데, 배낭은 새것으로 보이지도 않을뿐더러 산막에서는 1박밖에 하지 않건만 3박에 걸쳐 종주할 수도 있을 만한 크기다. 소재도 텐트 천 같은 두꺼운 베이지색 천으로 밀레의 로고는 들어 있지만 등산에 적합해 보이지는 않는다.

그렇기는 해도 덮개랑 주머니에 오렌지색이나 보라색 같은 컬러풀한 포인트 컬러로 테두리를 넣은 디자인은 예쁘다. 인터넷 중고품 쇼핑몰에서 사이즈나 용도는 딱히 확인하지 않고 평소에 들고 다닐 가방을 구입했는지도 모른다.

게다가 짐이 빵빵하게 차 있다. 미야자키에서 왔으니까 하는 수 없다. 필요 없는 것도 '혹시 모르니까' 넣어왔겠지.

소풍이나 수학여행 때 엄마는 위장약이나 소독약, 반창고 따위를 넣은 커다란 파우치를 늘 챙겨주었다. 그것들을 사용할 기회가 한 번도 없었다고 매번 알려줬지만, 산이니까 분명히 자신을 위해 이것저것 담아왔을 것이다.

그러고 보니 하산한 뒤에는 힐튼에 묵는다느니, 오늘 아침에 역 편의점에서 주먹밥을 사면서 가볍게 말하지 않았나? 다테야마에 힐튼이 있었던가? 나가노 시내? 힐튼이라면 나름 옷도 필요하겠지. 나는 어떡하지? 뭐 됐다, 신경 쓰지 말자.

그런 생각을 하며 오늘만큼은 내 배낭이랑 바꿔줄까 했는데, 코인로커에 맡길 셈이었구나. 어쩌면 등산용 배낭은 따로 준비했는지 모른다.

"그럼 나도. 어제 입은 옷이랑 하산한 뒤에 갈아입을 옷을 가지고 다니려고 했는데, 로커에 넣을 거면 같이 갈게."

"넣어줄 테니까 여기서 꺼내."

어쩐지 엄마는 내가 따라오기를 원하지 않는 투다. 이번에 나는 엄마한테 허락을 받는 입장이라, 본론에 들어가기 전부터 엄마의 심기를 거스르는 짓은 하고 싶지 않다.

"이거 부탁해요."

산에서 쓰지 않는 물건은 주머니에 따로 모아두기 때문에 배낭에서 바로 꺼내 엄마에게 건넸다.

"커피라도 마시면서 기다리고 있어."

엄마는 내가 배낭을 여는 사이에 자기 사코슈에서 동전을 꺼내고 있었는지 내게 백 엔 동전을 두 개 들려주었다. 완전 어린애 취급이다.

엄마의 마음을 도통 읽을 수가 없다. 자매 같다는 말을 들으면 친구라고 둘이서 웃으며 정정할 정도로 엄마와 나는 마음이 잘 맞아서 나는 늘 손바닥 보듯이 엄마 기분을 알 수 있었는데, 오늘은 전혀 모르겠다.

아니, 그렇게 된 건 어제오늘 일이 아니다.

산악부에 들어가면서부터다.

처음 와보는 장소에 엄마를 혼자 두는 건 그렇게 걱정되는 일이 아니다.

시키는 대로 터미널 안의 자동판매기에서 캔 커피를 사서 다테야마 연봉을 한눈에 볼 수 있는 덱으로 나가 가까운 벤치에 걸터앉았다. 당연하다는 듯 뜨거운 음료 버튼을 눌렀지만, 그게 마시기 어렵지는 않은 온도다.

덱에서는 이제부터 오야마 부근으로 향하는 것 아닌가 싶은 당일치기 등산 차림을 한 아주머니 네 명이 스틱을 사용한 스트레칭을 하고 있었다. 아마 엄마랑 동년배일 것이다.

내가 산악부에 들어갔다는 사실을 알면 엄마도 부러워하면서 등산을 시작하지 않을까? 그런 기대까지 했는데.

엄마는 운동신경이 좋다.

초등학교 1학년 때 운동회의 보호자 경기 안내문을 가지고 돌아간 나는 "○○는 아빠가 릴레이에 나온대"라고 말해버렸다. 영정 사진을 떠올리며 아빠가 살아있었다면 하고 반쯤은 분한 마음으로, 반쯤은 슬픈 마음으로 하교했는데, 그날따라 근무 시간대가 빨랐던 엄마가 현관문을 열어주었기 때문에 감정을 새로 고칠 틈이 없었다.

그랬더니 엄마가 다음 날 아침에 릴레이 항목에 동그라미를 친 신청서를 내게 주었다.

줄곧 기대했지만 경기 직전이 되자 불안이 치솟았다. 공 넣기나 단체 이인삼각 같은 건 여성 참가자가 많았지만, 그냥 누가 발이 빠른지만 겨루는 릴레이는 엄마를 제외한 참가자가 전부 남자였기 때문이다.

오전 중 마지막으로 열리는 그 릴레이는 보호자 경기 중에서 인기 종목인지 각 학급 네 명씩의 주자가 입장하자 아이들뿐 아니라 보호자석에서도 환호성이 일었다. 엄마는 첫 번째 주자였다. 한 학년에 세 반, 두 학년씩 예선을 해서 1위와 2위 반이 결승에 진출한다.

꼴찌여도 상관없다. 부디 차이가 너무 벌어지지 않기를.

두 손을 모아 기도하는 가운데 출발 총소리가 울렸다. 그 직후 떠들썩해졌다. 그런데 웬걸, 시원하게 선두를 달리는 사람은 엄마였다. 현립 병원에 근무하는 엄마를 아는 사람들이 많다 보니 "나가미네 씨!" 하면서 성원이 날아들었다.

엄마는 선두로 바통을 넘기고 최종 결과도 1위였기 때문에 결승에 진출하게 됐다. 두 번째 출발은 2위로, 최종 결과도 2위였다. 하지만 주역은 엄마였다.

그날 하루, 나는 반 아이들이나 담임선생님에게 대단하다며 칭찬을 받았다. 내가 반 전체 릴레이에서 두 명을 제친 것보다 더 기뻤다. 엄마는 중고등학교 때 육상부 단거리 선수였다고 한다.

엄마의 쾌주는 육 년 동안 계속되었다.

나는 초등학교 4학년부터 동네 스포츠 소년단 육상부에 들어가 활동했다. 중학생이 되고는 여학생 부 활동 가운데 가장 활약이 돋보이는 농구부에 들어갔다. 엄마는 육상을 계속하기를 바란 게 아닐까 조마조마하면서 보고하자 "멋있잖아"라고 한마디 하더니 머리를 마구 쓰다듬어주었다.

시합이나 원정이 있으면 바쁜 가운데 짬을 내어 차로 태워주었다. 우리 차에는 내비게이션이 달려 있지 않다. 하지만 다른 지역의 처음 가는 장소에서도 엄마가 길을 헤매는 법은 없었다.

고등학생이 된 뒤에도 농구를 계속했는데, 준결승까지 진출할 수 있었던 현 대회 때는 친척에게 빌린 대형차로 다른 보호자들을 데리고 왔다. 우리가 경기장에 들어갔을 때는 이미 번듯한 플래카드를 설치한 뒤였다.

스마트폰이 울렸다. '어디야?' 엄마의 메시지다. 방향감각은 좋지만 초능력자는 아닌 모양이다. '덱'이라고 보냈더니 곧장 엄마의 모습이 보였다.

한 손에는 캔 커피를 들고서, 그리고 정면에서 봐서는 단정하기 어려웠지만 배낭은 바뀌지 않은 것 같다. 밀레의 커다란 천 배낭 그대로다.

"기다렸지?"

엄마는 배낭을 발밑에 놓고 캔을 땄다. 빵빵하던 배낭은 내용물을 전부 꺼내놓고 왔나 싶을 정도로 납작해져 있었다.

"우구 넣었어?"

필요한 것은 사전에 일러두었다. 짐 체크를 할 생각은 없지만 이것만큼은 확인해야 한다. 지금 파란 하늘을 보고 필요 없다고 판단하고 로커에 두고 왔을지도 모른다. 산의 날씨는 쉽게 변하고, 우구는 방한구가 되기도 한다.

"당연하지."

엄마는 캔을 들지 않은 손의 엄지손가락을 세웠다. 물은 호텔에서 보충해두었다. 도착하고 나서 알았는데 도야마의 수돗물은 맛있기로 유명하다고 한다. 몽드 셀렉션*에 수돗물 부문이 있다는 것을 처음 알았다.

엄마가 커피를 다 마시기를 기다렸다가 캔을 받아서 버린 다음 나는 스트레칭을 시작했다. 엄마가 나를 따라한다. 동작 하나하나가 어디에 효과가 있는지 아는 사람의 움직임이다.

"참, 구급 세트 같은 건 들어 있어? 수학여행 때처럼."

아킬레스건을 늘이면서 물었다.

"그런 건 네가 준비해주는 거 아냐?"

시치미를 뗀 대답에 덜컹했다.

나는 오늘 하루에 걸쳐 행동으로 보여주면서 엄마를 설득할 작정으로 여기에 왔는데, 엄마도 나를 시험하고 합격 불합격 판정을 내리려고 하는지도 모른다.

"응. 엄마는 빈손이어도 괜찮을 정도로 필요한 최소한의 건 챙겼어. 그리고 그 배낭 무겁지 않아? 내 거랑 바꿀래?"

"괜찮아. 하나도 안 무거워."

엄마는 소중한 물건을 지키듯 두 손으로 배낭 위쪽을 잡았다.

---

* 브뤼셀에 위치한 민간기관으로 식품, 건강 제품, 주류, 화장품 등의 품질을 심사한다

"흔하지 않은 스타일인데 어디서 샀어?"

"빌려왔어."

이렇게 말하고 재빨리 배낭을 멘다. 내게 빼앗기지 않으려고. 본인이 메고 싶다면 어쩔 수 없다. 나도 내 배낭을 멨다. 같은 밀레, 연두색 고어텍스 재질, 50리터다.

"그럼 갈까?"

"부탁해요! 가이드님."

엄마 얼굴을 보지 않고 진행 방향으로 몸을 돌렸다. 무서워서 엄마 얼굴을 볼 수가 없다. 어조는 밝지만 눈은 웃고 있지 않을 것 같다.

가이드님이라니, 갑자기 그런 말을?

일부러 집에 가서 산악 가이드가 되고 싶다고 털어놓자마자 지금 당장 도쿄로 돌아가라고 쫓겨난 뒤로 반년 동안 연락이 끊긴 상태가 계속되다가 재회한 딸에게.

판정 개시라는 공이 울린 것이다. 어느 쪽이 자신의 바람을 관철시킬지, 엄마와 딸의 대결이 시작되었습니다, 뭐 이런?

"다테야마라는 산은 없습니다."

납작한 돌을 깔아서 정비한 보도를 앞을 보고 걸으며 뒤에서 따라오는 엄마에게 설명한다. 웬 존댓말? 마음속으로 스스로에게 지적을 해보지만 현 상황의 내 위치를 잘 모르겠으니 상관없겠지 싶었다. 엄마는 아무 말도 하지 않는다. 농담으로 받아치지도 않는다. 오, 하는 맞장구가 돌아온다. 그래서 계속했다.

"오늘 여정은 먼저 이 표고 2450미터의 무로도 평지에서 이치노코시 산장까지 올라간 다음 거기서부터 본격적으로 3003미터의 오야마, 다테야마 연봉 최고봉인 3015미터의 오난지 산, 2999미터의 후지노오리타테, 2861미터의 마사고다케, 2880미터의 벳 산까지 종주합니다."

"대단하네. 숫자를 외워서 말할 수 있다니. 뭐, 맞는지 아닌지 나는 모르지만."

"맞아. 그런 고로 느닷없는 오르막이 되겠지만 힘내."

일찌감치 존댓말은 끝이다.

"그런데 평상복인 사람이 많네? 저 사람은 심지어 크록스인데!"

엄마는 발길을 멈추고 주위를 돌아보았다. 엄마 말대로 등산로에 보이는 사람들의 절반은 옷이나 신발이 등산용이 아니다. 움직이기 편해 보이기는 하지만, 그 차림 그대로 호텔 레스토랑에도 들어갈 수 있을 만큼 소재나 디자인이 세련된 복장이다. 배낭 같은 건 메지 않고 크로스보디백이나 파우치 같은 작은 가방을 들고 있다.

무로도 평지에 있는 호텔을 거점으로 산책을 즐기기 위해 찾아온 사람들이다. 이치노코시 산장까지 가지 않고 적당한 곳에서 돌아오는 사람들의 모습도 보인다.

이 단계에서는 엄마의 배낭을 제외하더라도 산에 올라갈 차림을 단단히 한 우리 쪽이 더 소수파다. 이십 퍼센트 정도일까.

경계선이 다소 모호해서, 남은 삼십 퍼센트는 등산 스타일이기는 하지만 배낭이 작다. 신발도 운동화나 하이킹에 적합한 로커트 등산화가 많다. 아마 무로도에서 오야마까지 같은 코스를 왕복하는 사람들이다.

그런 내용을 엄마한테 가볍게 설명했다.

"그러니까 목표 지점이 각자 다른데 우리 목표는 꽤 머니까 괜한 체력을 쓰지 말고 말없이 휙 올라가자."

"네."

엄마가 경례한다. 그 동작을 아무리 해도 긍정적으로 받아들일 수 없어서 이번에도 외면하듯 진행 방향으로 몸을 다시 돌리고 걸음을 옮겼다.

어쨌든 목표는 산은 즐거운 곳이고 등산은 규칙을 지키면 안전하다는 사실을 엄마한테 조금이라도 알리는 것이다.

침착하게 생각해보니 날씨는 이미 내 편이다. 주위 사람들의 웃는 얼굴도 파란 하늘이 이끌어낸 측면이 크지 않은가? 기분 좋다, 날씨 정말 좋아 같은 말이 도처에서 들리는 것이 그 증거다.

초원 같은 초록색과 눈 덮인 골짜기의 흰색이 이루는 대비가 아름다운, 완만한 곡선을 그리는 빙하 지형의 산릉은 마음을 정화해주는 듯하다. 이런 것을 지금까지는 엄마한테 사진이나 글로 보고하곤 했다.

그것이 산악부를 계속하기 위한 조건이기라도 되는 양······.

대학 1학년 4월 말, 황금연휴 전반에 엄마는 도쿄에 왔다.

엄마 말로는 쿠데타 같은 간호사들의 집단 이직 때문에 4월 초
중반에는 휴가를 내지 못해서 내 입학식에 참석할 수 없었기 때
문이다.

다행히 엄마의 언니인 이모가 도쿄에 있었기 때문에 방을 구
하고 이사하는 것도 이모네 식구가 도와주어서 엄마를 번거롭게
하지 않고 새로운 생활을 시작할 수 있었다.

딱 한 달밖에 살지 않았고 새로 사귄 친구랑 걸을 때는 뒤를 따
라가곤 했는데, 시골에서 올라온 엄마한테 특히 교내를 안내할
때는 마치 내 영역이라는 양 데리고 다녔다.

고향의 간호학교를 나온 엄마는 "요즘 대학은 이렇구나, 편의
점이 다 있네" 하면서 흐뭇하게 웃으며 주위를 구석구석 돌아보
았다. 그리고 부 활동이나 동아리의 컬러풀한 전단지가 빼곡하게
나붙은 게시판 앞에서 발을 멈추었다.

―재미있어 보이는 게 많네.

엄마라면 어디에 들어갈까 생각하는 눈치였다. 농구부지 하며
유명한 농구 만화의 캐릭터가 그려진 한 장을 가리킨다. 말하려
면 지금이다 싶었다.

―실은 벌써 임시로 들어간 곳이 있어.

어디일 것 같아? 퀴즈를 내는 감각이었다.

ㅡ농구가 아닌가 보네.

말하면서 엄마는 다른 전단지를 응시했다. 내가 완전히 불태
우고 농구부에서 은퇴한 건 엄마도 이해하는 모양이다. 문화부
계열이냐 체육부 계열이냐 하는 범주로 나누면 농구와 같지만
스포츠라고 부를 수는 없다. 그래도 엄마는 어쩌면 맞히지 않을
까 하는 예감이 들었다.

왜일까? 농구부와는 대조적으로 온통 검은색 붓으로 쓴 전단
지에 다른 것보다 더 오래 눈길이 멈추는 것처럼 보였기 때문이
다. 이제까지 했던 부 활동에서는 경험해보지 못한 것, 엄마가 고
른다면 이거라고 생각했기 때문이 아닐까? 하지만 전혀 엉뚱한
대답이 돌아왔다.

ㅡ대학이라고 하면 역시 테니스?

정말로 그런 생각을 한 걸까? 엄마는 성격이 급하다. 스스로
생각하기를 포기하고 빨리 답을 알고 싶은 것 아닌가. 그렇게 해
석하고 정답은…… 하고 뜸을 들이다가 붓으로 쓴 전단지를 가
리켰다.

ㅡ산악부입니다.

ㅡ안 돼.

간발의 틈도 없었다. 엄마의 얼굴에서 표정이 사라지는 것과
이 말이 나온 것, 어느 쪽이 먼저였을까?

—왜?

되묻는 내 목소리도 뾰족해져 있었다.

—죽잖아.

똑바로 날아온 화살이 심장 한가운데에 박힌다. 위험하다, 다칠 수도 있다가 아니라 죽는다니. 현실성이 너무 없어서 몇 초 뒤에는 웃어버렸다.

이건 그거다. 도쿄의 대학에 진학하기로 정해졌을 때 이웃 할머니가 "그렇게 무서운 곳에 여자애가 혼자 간다니" 하며 걱정했던 것과 똑같은 패턴이다. "아이 참, 서스펜스 드라마를 너무 많이 보셨어요"라고 웃으면서 대답했던 그 말과.

엄마도 에베레스트에서 조난당하는 영화를 보고 죽는다고 말한 것이 분명하다. 나한테도 비슷한 불안은 있었다.

뭔가 지금까지 상상도 해본 적 없는 새로운 일에 도전해보자. 신문기자로 이어지는 일이라면 더욱더 좋다. 그런 기분으로 양손 가득한 전단지를 검토해보고 산악부에 흥미가 생기기는 했지만 괜찮을까 싶은 마음도 피어올랐다.

우선 부실을 들여다보러 갔다. 털이 부숭부숭한 사람들을 상상했는데 나긋나긋한 초식동물을 연상시키는 사람들이 웃는 얼굴로 맞아주며 과거에 올랐던 산의 사진을 보여주었다. 안전과 관련해서도 훈련이나 합숙을 통해 지도받을 수 있다는 것을 알고 그날 중에 임시로 가입하게 됐다.

이런 내용을 엄마한테도 설명하면 바로 이해해줄 줄 알았는데, 엄마는 화장실에 갔다 오겠다며 달아나듯 그 자리에서 떠났다가 돌아오더니 급한 환자인지 뭔지 때문에 바로 내려가야 한다는 말을 꺼냈다.

공항 가는 버스에 타려는 찰나, 엄마는 작별 인사도 하는 둥 마는 둥 등산만은 안 된다고 재차 확인했다. 뭐가 뭔지 모르는 채 버스가 멀어지는 것을 바라보며 어떻게 할까 고민한 것도 잠시, 이모와 함께 식사하기로 약속한 것이 생각나서 만나기로 약속한 레스토랑으로 향했다.

엄마는 이모에게 내려간다는 말을 하지 않았다. 놀라는 이모와 둘이서 예약해둔 중화요리 3인분을 먹으면서 엄마한테 산악부 활동을 허락받지 못했음을 불평하듯 이야기했다. 이모가 설득해주리라 기대하며.

그런데 이모한테서도 무정한 한마디가 돌아왔다.

—그건 안 돼. 위험하잖아.

이모에게 설명할 기력은 남아 있지 않았다.

이치노코시 산장에 도착했다.

우선은 리조트 스타일을 한 사람들의 목적지다. 조도 산과 오야마 산간, 지도에서 보면 골짜기에 있지만 시야를 가로막는 키 큰 나무가 없기 때문인지 전망은 좋다. 그리고 통과하는 바람도 강하다.

엄마한테 바람막이 재킷을 입으라고 권하고 나도 배낭을 내려놓았다. 엄마의 커다란 천 배낭에는 우구 외에 얇은 나일론 재킷도 들어 있었던 모양이다. 이건 딱 보기에도 등산용, 몽벨의 신제품으로 엄마가 좋아하는 보라색이다.

재빨리 윗옷을 걸친 엄마는 다음에 향할 오야마와는 반대쪽 능선을 바람에 맞서듯이 바라보기 시작했다.

"야리가타케까지 보여. 봐, 저기 뾰족한 거."

능선 꽤 안쪽, 내가 가리키는 방향으로 엄마가 눈길을 던졌다.

"〈알프스 1만 척〉 노래에 나오는 산이네. 그런데 저거보다 눈앞에 보이는 저 산이 이게 바로 산이다 하는 느낌 아니니? 능선이 좌우대칭으로 아주 예뻐."

이번에는 엄마가 가리키는 방향으로 내가 눈길을 던졌다.

"어디 보자, 저건."

무슨 산을 가리키는지는 알겠다. 하지만 이름이 바로 생각나지 않는다. 배낭 주머니에서 지도를 꺼냈다.

"가사가타케야."

지도를 펼치기 전에 엄마가 말했다. 설마 예습하고 왔나? 내실수를 물고 늘어지려고? 아니, 나쁜 쪽으로 생각하는 건 관두자. 밝게, 즐겁게…….

"대단하네. 산에 관심이 생긴 거야? 혹시 거기 펼쳐진 알프스 초원 같은 곳을 걸어보고 싶다는 생각도 들지 않아? 고시키가하

라. 그 너머가 야쿠시다케, 그 너머에 구모노타이라라는 데가 있는데 일본 최후의 비경이라 불려. 어쩐지 엄마는 높은 곳을 꽉꽉 오르는 것보다는 웅대한 경치를 바라보면서 걷는 코스를 좋아할 것 같은 느낌이 들어."

농구대회에서 원정을 갔을 때 엄마는 운전하면서 경치가 좋다고 곧잘 말했다. 그건 늘 산간이나 해변처럼 시야 가득 자연이 펼쳐진 장소였다.

하지만 엄마는 대꾸하지 않는다. 구모노타이라가 있는 쪽을 지그시 바라보며 코를 훌쩍이더니 이쪽을 돌아보았다.

"생각보다 바람이 차갑네. 휴식은 이제 됐으니까 몸을 움직여보자."

"그럼……."

내 대답을 기다리지 않고 엄마는 배낭을 멨고, 나도 따라 멨다. 슬슬 본격적인 오르막이 시작된다. 리조트 스타일을 한 사람들은 이제 없다.

엄마가 잘 따라오는지 돌아보고 확인한다. 전혀 지친 기색 없이 야무지게 걷고 있다. 몇 미터 간 다음 다시 돌아본다.

"그렇게 자꾸 돌아보지 않아도 돼. 기다려줬으면 싶을 때는 내가 말할게."

어이가 없다는 듯 내뱉는 말에 앞을 보았다. 그렇다 치더라도 아직 초반이기는 하지만 엄마의 체력에 새삼 놀란다. 원래 운동

신경이 좋고 간호사라는 고된 일을 매일 하기는 하는데, 그래도 등산에 필요한 근력은 또 별개 아닌가?

하지만 주위를 둘러보고 생각을 고쳤다. 엄마보다 고령인 할아버지, 할머니뻘 되는 사람들도 씩씩하게 걷고 있다. 다테야마의 호텔에 숙박하고 이른 아침부터 등반했는지, 쓰루기다케 기슭의 산막에서 하산 도중에 다테야마 코스를 택했는지 모르지만 내려오는 사람들과도 스쳐 지나가는데, 그다지 기진맥진한 얼굴을 한 사람은 보이지 않는다.

등산을 하지 않는 같은 세대 동급생들은 쇼핑하러 가서 잠깐만 걸어도 금방 힘들다, 죽겠다 하며 우는소리를 하는데. 애초에 나와 비슷한 나이대의 사람이 눈에 띄지 않는다.

대학 합숙으로 올 만한 장소가 아니기는 해도 말이다.

내가 최연소? 내가 가이드가 되어 안내하는 건 건강한 노인뿐일지도 모른다. 그런 생각을 하면서 걷다 보니 어느새 오야마에 도착했다.

능선 위에 좁고 길게 돌을 깐 결코 넓다고는 할 수 없는 공간에 활기찬 관광지 풍경이 펼쳐져 있다. 바로 앞이 휴게소, 그 안쪽에 사무소, 그리고 조금 뒤쪽의 높은 곳에 작은 신사가 있다. 웅대한 북알프스의 파노라마를 한눈에 내다볼 수 있는 장소에 위치하는 신사, 오야마 신사다.

등산에 그리 익숙하지 않아도 간절한 소원이 있는 사람이라면 찾아오고 싶은 장소 아닐까?

"기도 신청할 거지?"

엄마한테 묻자 당연하다며 고개를 끄덕인다.

"신청하고 올 테니까 휴게소에서 기념품이라도 보고 있어. 손수건 같은 게 있지 않을까? 좋아하잖아."

자못 이 장소에 몇 번이나 온 적이 있는 사람처럼 말했지만, 다테야마를 종주하는 건 실은 나도 처음이었다. 우리 산악부 합숙에서 후지 산이나 다테야마 같은 관광객으로 붐비는 산을 찾는 경우는 없다.

쓰루기다케는 목표한 적이 있다. 불과 한 달 전에.

산악부에서는 합숙 외에 소수의 인원으로 팀을 만들어 등산을 하기도 한다. 취업 활동을 생각하면 산악부로서 등산하는 건 이게 마지막이겠지 하고 팀을 짠 동급생들과 행선지를 결정하는 데에는 전혀 다툴 일이 없었다.

언젠가 쓰루기다케剱岳에 오르고 싶다. 그런 바람은 많은 등산인에게 공통된다. 어려운 산에 덤벼보고 싶다는 도전 정신에서 비롯된 사람도 있겠고, 이름 그대로 검을 포개놓은 듯 험준하면서도 아름다운 산의 모습에 매료된 사람도 분명 있을 것이다.

가라마쓰다케에서 멀리 쓰루기다케를 바라본 적이 있을 뿐인 나는 전자의 마음이 더 강했다.

혼잡한 다테야마는 피해서 라이초자와를 왕복하기로 했다.

하지만 비. 게다가 호우, 홍수, 폭풍 등 알고 있는 모든 경보가 떴다……

기도를 신청하고 나서 방울이 달린 부적을 손에 들고 돌아왔더니 엄마도 휴게소에서 나오는 참이었다. 뭔가 샀는지 배낭 덮개를 닫고 있다. 기념이 될 만한 게 있나 나도 들여다볼 생각이었지만 부적을 받았으니까 충분하다.

기도도 곧 시작된다.

"뭐 샀어?"

"기념품. 사람들한테 말하고 왔거든."

엄마가 웃는다. 사람들의 얼굴이 구체적으로 떠오르지는 않지만, 내가 고향에 돌아가지 않아도 엄마를 걱정할 필요는 없을 것 같다. 산악 가이드가 되든, 안 되든.

"기도가 시작돼."

기도를 받으러 가는 다른 사람들을 따라 휴게소 옆에 배낭을 두고 신사가 있는 오야마 산정으로 향했다.

신사와 마주 보는 다다미 여섯 장쯤 될까 말까 한 공간에 등산객들이 어깨를 맞대고 앉아 있다. 순서대로 앞으로 당겨가서 나와 엄마도 나란히 앉았다. 땅바닥에 직접 엉덩이를 대는 데 거부감은 없지만, 엄마 엉덩이 밑에는 적당히 납작한 돌이 있어서 조금 부러웠다.

지상의 신사와 똑같이 기모노를 입은 신관이 와서 기도가 시작됐다. 모두가 눈을 감고 손을 모았다. 엄마는 무엇을 빌고 있을까? 나는…….

훌륭한 산악 가이드가 될 수 있게 해주세요. 아니, 그 전에 엄마가 저를 이해할 수 있게 해주세요.

기도를 마친 신관이 사람들 쪽으로 몸을 돌렸다.

"여러분, 오늘 오야마 신사에 잘 오셨습니다. 여기는 해발 1만 척 북알프스 다테야마의 주봉 오야마의 꼭대기에 자리 잡은 신사로, 정확히 말씀드리면…… 저기 보라색 재킷을 입으신 분이 앉아 계시는 돌이 최고 지점입니다."

신관이 손을 뻗은 곳에 있는 사람은 엄마다.

"앗, 이 돌은 신성한……."

엄마가 엉덩이를 들고 당황한다.

"그냥 앉아 계십시오. 다른 것과 다르지 않은 돌인데 그냥 제가 표식으로 쓰고 있을 뿐이니까요."

신관의 부드러운 미소에 엄마는 안심한 듯 다시 앉았다. 그 뒤 신사의 역사 등에 대해 간단히 이야기하고 끝났다. 다음 기도를 기다리는 사람들이 대기하고 있었기 때문에 잰걸음으로 휴게소까지 돌아왔다.

"우연히 앉은 장소가 최고 지점이라니, 나 운이 좋네."

엄마는 기분이 매우 좋아 보인다. 부럽기도 하지만 나한테 직접 행운이 생기기보다 엄마 기분이 좋아지는 편이 고맙다. 상공은 어디까지나 파랗고, 내리쬐는 태양의 열기를 바람이 기분 좋게 중화해준다.

옛날에 엄마가 읽어준 동화 〈북풍과 태양〉은 해와 바람이 겨루는 이야기였지만, 사이좋게 지내면 나그네는 더 행복해질 수 있다.

산의 신은 내 편이다.

"그럼 다음으로 갈까?"

오야마를 찾는 사람이 끊이지 않는다. 기도를 마치고 스마트폰으로 기념 촬영을 한 뒤 수분을 조금 보충하고 나면 대부분의 사람들이 배낭을 짊어진다. 단, 대다수는 왔던 길을 돌아간다.

반대 방향, 후지노오리타테 방면으로 향하는 사람은 보이는 범위에서는 두 손으로 너끈히 헤아릴 수 있을 정도다. 그렇기는 해도 길이 험해지는 건 아니다. 완만한 업다운이 이어지는, 개방감으로 넘치는 종주로다.

난코스도 없고 그냥 앞으로 나아가면 된다…….

산악부에 임시 가입했다고 알리자마자 반쯤 도망치듯 내려가버린 엄마가 연락한 건 한 달 뒤였다. 그동안 나도 연락을 하지 않았다.

엄마와 헤어지고 며칠 뒤에 신입생 환영 합숙으로 등반한 미즈가키 산에 대해 이야기하기는커녕 고기감자조림을 만들었는데 간이 잘 맞지 않는 원인이 무엇인지, 엄마는 무슨 조미료를 넣는지조차 묻기를 단념했다. 도쿄 친구가 텔레비전에 소개된 적도 있는 양과자점을 가르쳐주어서 그곳의 인기 바움쿠헨을 어머니날에 선물로 보낼까 생각도 했지만, 산악부에 들어가는 것을 허락받기 위한 뇌물이라고 해석되는 것이 싫어서 결국 아무것도 하지 않았다.

고집 대결이었다.

끈기 싸움에 진 사람은, 아니, 져준 사람은 엄마였다.

아파트 우편함에 편지가 들어 있었다. 네잎 클로버 무늬의 봉투 표면에 내 이름, 뒷면에 엄마 이름, 나가미네 지아키가 쓰여 있었다. 그렇지, 엄마 이름은 '지아키'였지 하고 또박또박 쓰인 글자를 한동안 바라보았다.

대학 합격 통지보다 긴장하면서 열어본 편지지에는 그렇게 많은 글자가 적혀 있지는 않았다.

'산악부, 즐겁게 하렴.'

산에 대해서는 이것뿐, 조심하라고도 다치지 말라고도 쓰여 있지 않았다. 옆집에서 개를 키우기 시작했는데 귀여워서 나도 키우고 싶어졌다든가, 근무하는 병원 앞에 맛있는 우동집이 생겼다든가 하는 그럭저럭 충실한 근황이 쓰여 있을 뿐이었다. 그것뿐인데…….

눈물이 흘러나왔다. 이걸 향수병이라 부른다는 것은 일 년 지나 산악부 후배가 "부모님이 보낸 메일을 읽고 울었어요, 전혀 외롭지 않은데"라고 말했을 때 깨달았다.

지나고 나면 눈물의 이유 따위 아무래도 상관없다. 엄마 편지를 다 읽은 나는 바로 답장을 쓰고 싶어졌다. 하지만 편지지 세트 같은 센스 있는 물건이 내 방에는 없고, 사러 가는 시간도 아까워서 리포트 용지를 책상 위에 펼쳤다.

거기에 쓴 건 신입생 환영 등산에 대해서였다. 엄마 허락을 받지 않고 합숙에 참가한 것에 꽤 죄책감을 느끼고 있었는데, 천연의 조각 같은 바위산을 보자마자 가슴이 터질 듯 두근거려서 모든 부정적인 감정이 날아가버린 일, 선배가 몸의 균형을 잘 잡는다고 칭찬해준 일, 산정에서 먹은 편의점 주먹밥이 맛있었던 일.

실로 등산 리포트였다. 우체국 창구에서 우표를 살 때 기본요금으로는 모자라서 십 엔어치를 추가했다.

거기에 대한 엄마의 대답은 냉담했다, 메신저라서 그런지 몰라도.

'즐거워 보여서 다행이네. 감기 조심하고.'

'산'이라는 말을 꺼내지 않은 것은 엄마의 고집이었을지 모른다. 그래도 나는 산악부에 들어가는 것을 인정받았다 싶었고, 내힘으로 설득했다는 자신감이 생겼다.

다음 산에 올라가면 또 리포트를 써서 엄마한테 보내야지 하고 결심했다.

엄마도 산을 좋아해주면 좋겠다.

보낸 리포트 매수는 내가 이름이 알려진 문필가라면 책을 한 권, 아니 두 권은 낼 수 있지 않을까 싶은 양이다. 그런데도 아직 다 전해지지 않았다.

그야 대학 부 활동이랑 직업은 받아들이는 관점이 많이 다르 겠지만.

엄마

후지노오리타테에 도착했다. 완만하게 일자로 뻗은 길을 그저 걸을 뿐인데, 포인트에 도착하면 조금이지만 성취감을 느낀다.

"아, 배고파. 점심 먹자."

나쓰키가 신난 목소리로 말했다. 집인지. 여름방학인지. 몇 번 이나 거듭해서 들은 말일 텐데, 마지막으로 들은 게 언제였는지 생각나지 않는다.

이정표에서 조금 비껴 난 곳에 배낭을 내려놓았다. 다테야마 는 산이라기보다 들판이다. 행복하디 행복한 미래로 이어지는 산책길……

무로도 평지가 내려다보이는 쪽을 향해 둘이 나란히 앉아서 배낭에서 편의점 봉지를 꺼냈다. 주먹밥 세 개랑 염분 보충을 위 한 매실맛 정제. 나쓰키는 당장 주먹밥 포장을 뜯기 시작했다. 변함없이 매실장아찌를 좋아하는 모양이다.

"맛있다!"

눈을 가늘게 뜨며 웃는 것도 변하지 않았다. 나도 연어 주먹밥을 베어 물었다. 맛있다고 소리 내어 말할 수 없는 것은 역시 내가 즐거워하는 모습을 보이지 않으려 고집 피우고 있다는 증거일까? 줄다리기하는 것은 엄마도 딸도 피차일반일 텐데, 나쓰키는 한 번 더 맛있다고 말했다. 하지만, 하고 덧붙인다.

"이렇게 서늘할 줄 알았으면 어젯밤에 송어 초밥 도시락을 사 놓았어도 됐겠다. 엄마는 어제 점심 지났을 때쯤에는 도착했잖아. 뭔가, 후지 산 명물 같은 거 먹었어?"

"블랙 라면을 먹었어."

동네 친구들이 추천한 음식이다.

"그거 엄청 짜잖아. 염분 과다 섭취야."

설마 내가 이런 지적을 당하다니. 확실히 검은 국물을 한 모금 마시자마자 눈알이 튀어나오는 줄 알았다. 짠 음식만 계속 먹으면 머리가 나빠진다는, 오래전에 엄마한테 들은 말이 먹는 내내 머릿속을 맴돌았다.

이 음식을 먹으면 안 되는 환자의 얼굴도 몇 명 떠올랐다.

전부 다 먹고 나니 배덕감이 치밀어 올라서 나쓰키한테는 비밀로 해야지 생각했는데, 깨끗이 자백해버렸다. 그래서 산이 무서운 거다.

"염분 보충이지. 여기까지 오는 데도 꽤 땀을 흘렸으니까."

거짓말이 아니다. 바람 덕분에 몸이 그렇게 끈적이지 않지만 땀은 꽤 흘렸을 터다.

"뭐, 염분은 필요하지만. 나는 주먹밥으로 충분해. 이제 당분 보충해야지."

나쓰키는 주먹밥 껍데기를 봉지에 다시 넣고 팥빵을 꺼냈다. 이것도 바뀌지 않았다. 농구부 시합 때도 매번 도시락과 함께 팥빵을 하나 준비하곤 했다.

"그런데 왜 팥빵이야?"

불쑥 날아온 질문에 당황했다.

"네가 사달라고 하지 않았어?"

"그건 두 번째부터. 처음에는 초등학교 소풍으로 야외 수련장에 갔을 때 엄마가 도시락이랑 같이 넣어줬잖아. 팥빵은 간식인가 아닌가로 반 친구들이랑 실랑이를 했으니까 똑똑히 기억해. 그때 팥빵 덕분에 기운이 나서 나만 전 코스를 제패할 수 있었거든. 그래서 다음에도 사달라고 부탁했지만, 계기는 엄마야."

그러고 보니 그랬다. 로프타기 같은 거 할 수 있을까 하고 나쓰키가 불안하게 중얼거리는 소리를 듣고, 부적이 되라는 기분으로 팥빵을 들려 보냈다.

"아빠 도시락이 그랬으니까……."

말하자마자 나쓰키의 눈이 휘둥그레진다.

"아빠라니 누구의?"

"당연히 네 아빠지."

"처음이잖아. 엄마가 나한테 아빠 이야기하는 거."

"네가 자립하면 이야기하기로 결심했으니까."

"왜?"

"왜기는, 이야기하면 울잖아. 나는 나쓰키를 번듯하게 키워내기 전까지는 울지 않겠다고 불단 앞에서 맹세했어."

"마음은 알겠지만……. 그럼 내가 팥빵을 좋아하는 건 아빠를 닮은 거네."

"그래. 양과자랑 화과자 중에서는 양과자를 좋아하는데 왠지 빵만큼은 팥빵을 제일 좋아해. 크림이나 초코보다. 팥빵이 아니면 힘이 안 난다면서."

"뭔지 알겠어."

곰곰이 고개를 끄덕이는 나쓰키를 보면서 진작 눈치채고 있었다고 나도 마음속으로 고개를 끄덕였다.

닮았다. 너무 닮았다.

"그보다 안 울잖아. 아빠 이야기를 하는데도."

"아아, 귀염성 없기는. 마음을 단단히 먹었으니까 그렇지. 오늘이 그 이야기를 하는 날이라고. 가자. 아직 반도 못 왔잖아. 안내제대로 해."

"네, 네."

202

어이없다는 듯 일어서면서도 표정은 밝다. 콧노래를 흥얼거리며 쓰레기만 남은 봉지를 배낭에 넣는다. 팥빵 덕분이 아니다. 줄곧 듣고 싶었으리라, 아버지에 대해. 이야기를 했더라면…… 아니, 아무것도 달라지지 않았으려나.

몰랐어도 똑같은 루트를 선택했으니까.

배낭을 멘다. 그리고 내려놓는다.

"저기, 가이드님, 배낭 바꿔주지 않을래? 이거 역시나 무거워서 말이야."

밀레의 천 가방을 가리켰다.

"괴물이네. 효녀라서 바꿔주겠지만 딴 데서는 그러지 마. 내용물도 바꿔 넣을래?"

"그건 됐어."

"그럼 무게는 별로 바뀌지 않을 것 같은데. 뭐, 상관없나. 제대로 된 등산용 배낭이 얼마나 성능이 좋은지 확인해봐."

나쓰키는 이 배낭을 어떻게 해석하고 있을까? 하지만 바꿔준다고 하니까 쓸데없는 말은 하지 않고 따른다. 나쓰키가 내려놓은 배낭을 멨더니 가방끈 같은 것을 꼼꼼하게 조절해준다.

가볍다. 아니, 전체적인 무게는 바뀌지 않았지만 어깨에 부담이 되지 않는 구조인 것이다, 분명. 모든 것이 나날이 진화하고 있다.

이십 년, 아니, 더 됐나? 그런가, 세월이 그렇게나 흘렀구나.

"가자!"

위세 좋은 목소리를 듣고 걸음을 뗀다. 아까까지 내 등에 있던 배낭을 바라보면서. 나쓰키가 여자치고는 키가 큰 편인 건 알았지만, 대학생이 되어 등산을 시작하고 나서 더 큰 것 아닐까? 가냘프다고 생각했던 어깨가 훨씬 늠름해져서 거품경제 때 유행하던 낙낙한 남성용 정장이 어울릴 것 같은 체형이다.

젊은 남자 가이드를 기대하던 등산 투어 아주머님들이 여성인 걸 알고 실망하고 있는 참에 나쓰키가 나타나면 의외로 가슴이 두근거리지 않을까?

뭘 가이드가 된다는 걸 전제로 상상하고 있지?

나쓰키가 발을 멈춘다. 오른쪽을 보며 아래를 가리킨다.

"구로베 댐이 보여."

"정말이네. 이렇게 뚜렷이."

스마트폰을 꺼내서 사진을 찍었다.

"구로베 댐이라고 하면 역시 〈구로베의 태양〉이지."

"뭐야 그게?"

멀뚱한 얼굴로 쳐다본다.

"몰라? 하기야 내 연배에서도 영화는 오래됐다는 인상이 있지만 드라마도 나왔는데. 오야마에 있던 사람들 봤지 않아? 아저씨, 아주머니뿐이잖아. 나만 해도 젊은 편이야. 그 사람들 다 이쪽을 도는 투어에 참가하면 반드시 여기서 〈구로베의 태양〉 이야기를 할걸. 아, 정말이지, 아주머님들이 실망하겠다."

"아주머님? 뭐, 확실히 중요할 수도 있겠다. 〈프로젝트X〉는 체크했는데. 그것도 인터넷에서 봐둘게."

순순히 받아들이고 솔직한 미소를 짓는다. 아주머님들은……〈구로베의 태양〉을 모른다는 나쓰키에게 기꺼이 줄거리나 출연 배우를 가르쳐줄 게 분명하다.

―많은 사람들이 목숨을 걸고 만든 것을 산은 한눈에 볼 수 있게 해줘. 저기에도, 여기에도, 저 너머에도 열심히 살아가고 있는 사람들이 있다는 걸 가르쳐주고. 힘든 건 나만이 아니야. 저 풍경 속으로 돌아가서도 힘내 하며 격려해줘.

―저 풍경이라니, 아무리 그래도 여기에서 미야자키는 안 보이잖아.

―더 높은 곳으로 가면 잇닿아서 보여.

―그런 건 후지 산에서도 무리야.

그런 대화를 하는 바람에 정말로 더 높은 곳으로 가버렸는지도 모른다.

손등으로 눈가를 꾹 닦고 배낭을 쫓아갔다.

"울어?"

돌아보지도 않고 어떻게 알아챈 걸까?

"영화 생각이 나서."

"아빠가 아니라?"

나쓰키의 목소리도 목멘 것처럼 들린다. 우는 건 너잖아.

"정신 차려. 팥빵이 힘을 발휘하는 건 이제부터잖아. 마사고다 케에 도착하면 아빠와 어떻게 만났는지 가르쳐줄 테니까."

"정말!"

터질 것같이 웃는 얼굴이 이쪽을 향한다. 가라앉은 목소리로 들린 건 내 기분 탓이었나? 산이 그런 장소인 건가? 날씨가 바뀌기 쉽다는 말은 곧잘 듣지만, 감정도 때굴때굴 쉽게 바뀌는 걸까? 아니면 내면의 기복이 직접적으로 드러나버리나?

걷는 속도까지 빨라졌다.

그렇다 해도 다음 목적지는 마사고다케다. 표고는 후지노오리타테보다 낮고, 완만하게 내려갔다 완만하게 올라가는 산책길 같은 코스가 이어진다. 스키핑*을 하고 싶다면 하게 두면 된다.

여기서는 어떤 대화를 했지? 그래, 근처 빵집에서 생크림이 든 팥빵을 팔고 있더라는 이야기를 했다. 팥이 든 크림빵이 아니라? 그는 이렇게 말하며 웃었다. 그건 커스터드 크림일 경우 아니야? 굳이 산에서 하지 않아도 되는 그런 이야기를 하는 사이에 나는 숨이 가빠졌다.

거기서부터 그 사람은…….

"잠깐만, 힘들어서 그러니까 노래 한 곡 해봐."

---

* 기본 스텝의 하나로, 한 박자 사이에 오른발을 앞에 내고 가볍게 뛰면서 왼쪽 무릎을 굽혀서 앞으로 올리는 스텝이다

"뭐야, 그 요청은. 전혀 안 힘들어 보이는데."

나쓰키는 걸음도 멈추지 않고 돌아보지도 않는다.

"바보네. 힘이 다 빠지기 전에 기운이 나게 해야지."

"주문이 많은 손님이네. 한 곡만이야."

싫지만은 않은 얼굴로 나쓰키는 크게 숨을 들이쉬었다. 과연 같은 곡은 아니다. 하지만……

"왜 팝송이야?"

그때랑 똑같은 질문을 했다. 똑같은 대답이 돌아온다면 그건 분명 산의 기적이다.

"왜기는, 멋있잖아."

봐, 일어났어. 퀸이 아리아나 그란데로 바뀐 것 정도는 사소한 차이다.

바람이 강해서 다행이다. 나일론 재킷이 미처 흡수하지 못하는 수분까지 말려주니까.

마사고다케에 도착했다.

"커피 내릴까?"

배낭을 내려놓으면서 나쓰키가 말했다. 내일 쓰루기다케에 오르기에는 가벼운 차림으로 보이는 이 배낭에는 그런 도구도 들어 있나?

"아니, 그건 벳 산까지 아껴둘게."

"그렇구나, 그럼 평범하게 과자 먹자."

"그러면."

나쓰키 발밑에 있는 배낭을 끌어당겨서 열었다. 자, 하고 건네주었다.

"치즈 화과자네. 미야자키 명과라고 하면 바로 이거지. 잘 먹겠습니다."

포장을 벗기고 덥석 문다. 나도 내 화과자를 베어 물었다. 각자 물을 마시고 한숨 돌리고 나자 나쓰키가 싱글싱글 웃으면서 "자, 그럼" 하고 돌아앉았다.

"아빠랑 어디서 만났어?"

"고등학교에서. 그쪽이 2학년, 내가 1학년."

"부 활동?"

"아니, 체육대회 준비위원회. 부 활동은 그쪽이 농구부, 내가 육상부."

"아빠 농구부였구나. 나랑 똑같다. 누가 먼저 고백했어?"

"내가."

"좀 멋진데."

"화이트데이보다 밸런타인데이가 먼저였을 뿐이야."

나쓰키는 싱글싱글 웃음이 멈추지 않는 눈치로 오오 하면서 손뼉까지 친다. 조금이라도 옛날 일을 돌아보면 울어버리고 약한 내가 되어 돌이키지 못할까봐 두려웠는데 이상하게 눈물은 나오지 않았다.

왜일까? 산이라서?

"농구하는 아빠, 멋있었어?"

"그야 물론."

"그렇구나. 살아있었으면 같이 연습도 해줬을지 모르고, 신나서 시합도 응원하러 와줬겠지……. 설마 엄마, 아빠 대신 차도 태워주고 한 거야?"

"완전히 내 취미였어. 뭐, 둘이서 시합을 보러 갔다면 아빠가 운전했을지도 모르지만."

"그렇구나, 아빠는 내가 대학에서 농구를 계속하길 바랐을까?"

"그건 아닐걸."

"왜?"

"아빠도…… 산악부에 들어갔거든."

엇 하면서 엉거주춤하게 일어나 자갈밭에 떨어뜨린 콘택트렌즈를 찾듯 황망해하는 나쓰키를 무시하고 일어섰다. 이 이상 말하면 분명 무거운 공기가 흐를 것이다. 게다가 강한 바람 때문에 몸이 차가워지기 시작했다.

나쓰키가 무사히 쓰루기다케에서 하산한 뒤에 해도 되지 않을까? 원래부터 그럴 생각이었으니까.

"목표는 여기가 아니지 않아?"

직장에서 쓰는 목소리로 딱 잘라 말했더니 나쓰키는 쓱 일어나서 손목시계를 확인하고 어깨를 돌렸다. 동점인 상태에서 맞이한 시합 후반전에 임하기 전처럼.

목표하는 곳은 벳 산이다. 표고는 마사고다케와 그리 다르지 않다. 길도 완만하다. 이곳을 말없이 걷는 걸까? 아니면 슬슬 그걸 보고해볼까?

"있잖아……."

"저기……."

두 사람의 목소리가 겹쳐졌다.

"뭔데? 나는 그냥 취미 이야기를 하려고 했을 뿐이야."

역풍에 질세라 조금 큰 목소리를 냈다. 잠깐 틈이 있었다. 속도는 조금 떨어졌지만 나쓰키는 계속 앞을 보고 걷고 있다.

"혹시 아빠가 산에서……."

바람이 목소리를 지운 것이 아니다. 그 단어를 말하지 못했을 뿐이리라.

모르는 사이에 똑같은 인생을 걸고 있었다는 사실을 단순히 기뻐하고 있었던 건 아닌 모양이다. 물론 그렇게 생각하게 만든 사람은 나라는 것도 안다.

크게 숨을 들이쉬었다. 천천히 뱉는다.

"산에서 죽은 건…… 우리 아빠, 네 할아버지야."

밝은 어조로 말해보았다. 이제 그 죽음은 극복했다는 것이 전해지도록.

"그래서 이모도……."

산악부에 들어간다는 말을 듣고 반쯤 공황 상태가 되어 부자연스럽게 내려와버린 뒤에 언니에게서도 연락이 왔다. 자기도 만류는 해봤지만 두 사람 문제니까 차근차근 이야기를 해보라고.

"이모가 너한테 뭐라고 하든?"

"위험하다고."

"그것뿐이야?"

"엄마도 죽는다는 말밖에 안 했잖아."

자매가 똑같이 주장만 세고 설명이 부족하다고 엄마가 줄곧 말했던 기억이 난다. 아니, 언니는 그거면 충분하다. 말을 고르고 고른 뒤의 한마디였는지도 모른다.

"어디 산이었는데?"

"이런 일본 100대 명산 같은 게 아니야. 친척이 소유한 그 지역 산이었는데, 송이버섯을 따오겠다고 나갔다가 발이 미끄러졌어. 언니가 도쿄의 큰 회사에 취직이 정해진 걸 축하한다면서. 앗, 이건 네 이모한테는 비밀이야."

"이모는 모르는구나."

"어쩌면 장례식 때 누가 말하는 걸 들었지만 모르는 척하고 있을 수도 있어. 하지만 확인할 일은 아니잖아."

"그 산에는 갔어?"

"친척 어른이 안내해줘서 엄마랑 언니랑 같이 현장에 헌화하러 갔는데, 그렇게 급사면이 아니었어. 그런 완만한, 몇

백 미터 되는 산에서도 목숨을 잃는데 몇천 미터급에 심지어 바위밭이나 급사면이 있는 산이라니…… 기다리는 사람은 당연히 겁이 나지 않겠어?"

"기다리는 사람."

나쓰키의 목소리 톤이 약간 낮아진 느낌이 든다. 기분 탓인지 배낭을 멘 등도 앞으로 굽은 듯하다.

"아빠가 산악부에 들어갔을 때는?"

"네 아빠가 대학을 도쿄로 가서 황금연휴에 놀러 갔거든. 그 부분은 언니한테 고맙지. 날 대학에 데리고 갔는데, 거기서 네 아빠가 산악부에 들어갔다는 말을 듣고……."

"집에 내려가버렸어?"

그건 나쓰키가 너무나도 그 사람의 인생을 따라가는 것 같아서 두려워졌기 때문이다.

"아니, 울면서 설득했어. 할아버지가 돌아가신 지 아직 삼 년도 지나지 않았으니까."

"아빠는?"

"죽음과 이웃하고 있는 건 산만이 아니다. 그렇다면 아직 내가 본 적 없는 세계를 들여다보고 싶다."

"와……."

"너 지금 좀 멋있다고 생각했지? 그쪽 사람이니까."

"그쪽이라니 어느 쪽."

"다녀오겠습니다 하는 사람, 나는 다녀오세요 하는 사람이고. 그래서 말했어. 반드시 돌아와 다녀왔습니다 하겠다고 약속하라고."

"그랬더니?"

"무사히 돌아왔다는 보고를 착실히 해줬어. 원래 원거리이기도 했고……. 내가 도쿄에 진학하기는 경제적으로 어려웠거든. 전화랑 엽서로."

"그 말은 아빠의 행동 패턴을 자연스럽게 따라가고 있는 나라면 산에 갔다 왔다는 보고를 착실히 해주리라고 믿었으니까 산악부에 들어가는 걸 허락해줬다는 뜻이야?"

미담으로 가져갈 생각은 없다. 솔직히 밝혔다.

"아니, 네 경우는 내가 허락하지 않으면 산악부에 들어가는 걸 단념하는 게 아니라 말없이 가겠구나 생각했기 때문이야."

"너무하다."

"실제로 신입생 환영 합숙에 갔잖아. 그보다는 잘 다녀왔다고 보고해주는 편이 안심이니까. 요는 내가 져준 거야. 관대한 마음으로."

"네네."

"편지는 기뻤어. 산에서의 즐거워 보이는 모습이나 산 자체의 멋있음이 전해져와서 어느새 불안보다는 다음에는 어디에 갈까 하는 마음이 더 커졌지. 산이 얼마나 멋진지를 글로 전한다는 점에서는 네가 이겼어."

앞을 향하고 있는 나쓰키의 표정은 보이지 않는다. 하지만 작문으로 받은 상장이나 농구 시합에서 우승하고 받은 메달을 내게 보여주었을 때와 똑같은 얼굴을 하고 있음이 분명하다.

신문기자가 되고 싶다는 꿈을 응원했는데.

이 말을 여기서 입 밖에 내버리면 웃는 얼굴은 순식간에 무너져 없어질 것이다.

혼자서 엄마와 아빠 두 사람 역할을 하려고 노력해왔다. 운동회 릴레이에서 잘 뛰려고 아침 일찍 달리기를 하러 나갔던 것을 나쓰키는 눈치채고 있을까? 운전도 처음부터 잘했던 건 아니다. 도쿄의 대학에 가고 싶다고 했을 때도, 노려본다고 금액이 늘어나는 것도 아닌 통장을 대체 몇 시간 동안 쳐다보고 있었던가.

그러니까 부모가 바라는 직업을 가져라. 이런 건 틀렸다.

나쓰키의 인생은 나쓰키의 것이다.

나도 간호사가 되겠다고 스스로 결정했다. '다녀왔습니다'는 좋지만, 다쳐서 돌아올지도 모르는 사람을 단단한 마음으로 맞이할 수 있도록.

─누군가의 생명에 다가서는 일을 하고 싶어.

완만한 오르막에 들어섰다. 목적지는 이제 금방이다.

발이 멈추었다. 숨도 차지 않고 피로가 축적됐다는 느낌도 없는데.

"왜 그래?"

나쓰키가 돌아보았다.

"조금 지쳤나봐."

"쉴래?"

"수분이랑 염분을 보충할까?"

이게 원인인지는 모르지만 보충해둬서 나쁠 건 없다. 다행히 통행을 방해받을 만한 사람의 모습도 보이지 않는다. 배낭을 내려놓았더니 잠깐 줘보라며 나쓰키가 끌어당겼다.

"말린 매실장아찌 만들었어. 할머니한테 직접 전수받아서 이모가 담근 맛을 내가 한층 더 업그레이드시켰지."

눈앞에 뚜껑을 연 작은 병을 내민다. 엄마가 담근 매실장아찌를 얹어서 만드는 주먹밥을 나쓰키는 좋아했다. 엄마가 죽고 이제 그것도 못하게 됐다고 생각했는데, 설마 계승자가 있었을 줄이야.

"아우 짜!"

그래, 시다기보다는 짜다. 그걸 언니랑 간식 대신 집어먹고 있으면 으레 머리가 나빠진다는 엄마의 그 대사가 나왔던 것이다.

"이건 염분 과다 섭취 아니야?"

"블랙 라면을 먹고 온 사람이 할 말은 아니지."

나쓰키가 웃는다. 가이드가 되면 이 말린 매실장아찌도 명물 중 하나가 될지 모르겠다.

"있잖아, 나쓰키. 왜 가이드야? 너는 글을 잘 쓰니까 굳이 소수의 사람들을 안내하지 않더라도 신문이나 잡지에서 산의 좋은 점을 많은 사람들한테 소개할 수도 있잖아."

"그럴 생각이었는데⋯⋯. 한 해에 한 번 산악부에서 책자를 만들잖아."

"각자 자기 등산기를 쓴 그거 말이지? 그것도 나쓰키가 쓴 게 제일 좋았어. 고슴도치 엄마라서 그런지 몰라도."

"고마워. 그건 조금이라도 부 활동비에 보탬이 되라고 학교 축제에서 팔기도 하거든. 삼백 엔이지만. 그랬더니 전혀 모르는 사람한테서 내 앞으로 편지가 온 거야. 내가 쓴 산에서 아들을 잃었다, 이런 내용이어서 놀랐어. 아들이 어떤 곳에서 죽었는지 알고 싶지만 등산은 못 한다. 그저 위험한 곳에서 죽었다는 생각만 강해져서 등산을 시작한 걸 알았을 때 더 강하게 말릴 걸 그랬다고 후회했다. 왜 그렇게 무서운 일에 도전하는 애가 돼버렸을까? 현실도피를 하고 싶었다면 그건 내가 잘못 키워서 그런 것 아닐까? 이렇게 스스로를 탓하며 후회만 하고 있었는데 한 친척이 책자를 가져다줘서 내 글을 읽었대. 자신도 그 산에 올라간 것 같은 기분을 느꼈다, 아들이 등산을 좋아하게 된 마음도 이해한 것 같다고. 그래서 이 글을 더 리얼하게 상상할 수 있도록 산악 가이드에게 의뢰해서 자신들이 오를 수 있으면서도 그 산을 가까이서 바라볼 수 있는 산에 안내해달라고 하기 위해 훈련하고 있대. 마지막에 고마워요, 로 끝나는 편지였어."

해주고 싶은 말은 목구멍까지 올라왔지만 응 하고 고개만 끄덕였다.

"내가 쓰는 글이 누군가에게 구원이 되다니, 생각해본 적도 없었어. 재미있게 봐주었으면 좋겠다, 그런 기분밖에 없었으니까. 하지만 그 이상으로 편지에서 인상적이었던 것이 산악 가이드가 이런 사람을 산으로 안내하는 경우도 있구나 하는 거였어. 오히려 산을 좋아하는 사람은 스스로 올라가겠지만, 등산 경험은 많이 없는데 뭔가 사정이 있는 사람 쪽이 가이드한테 의지하지 않을까 생각해. 그럴 때 나라면 그 사람들이 오를 수 없는 산, 그냥 바라보며 상상할 수밖에 없는 산을 더 리얼하게 그려낼 수 있게 도울 수 있지 않을까 하는 생각이 들었어. 주제넘은지 몰라도."

나쓰키가 어깨를 움츠렸다. 부끄러워할 것 없다. 나쓰키라면 전할 수 있을 테니까. 하지만 거기에도 말없이 웃음으로 답했다. 내가 뭔가 말하는 것은 이 산에서 이 애가 속내를 전부 털어놓고 난 뒤다.

"엄마는 간호사잖아. 아빠도 소방관이었고. 나도 사람의 생명에 다가서는 일을 하고 싶어."

덜컹 했다. 아아, 하고 두 손으로 입을 틀어막고 말았다. 그 사람은 줄곧 나쓰키 곁에 있었던 것 아닌가. 그런데 나쓰키는 이해가 안 된다는 표정으로 고개를 갸웃하고 있다.

"이게 아닌가……?"

나쓰키는 하늘을 올려다보았다. 아마 자기 마음을 더 솔직하게 표현하는 말을 찾기 위해. 나는 이제 충분한데. 그거면 됐다고, 그 말을 듣고 싶었다고 말해버리고 싶다.

"그런 일을 하고 싶은 게 아니야. 나 자신이 사람의 생명에 다가설 수 있는 인간이 되고 싶어."

완패다.

그렇게나 치밀어 오르던 말이 조수가 빠지듯 일제히 목에서 내려가 이번에는 아무 말도 나오지 않는다. 대체 나는 무슨 말을 하려고 했지?

"이상, 발표 끝입니다."

나쓰키는 익살을 떨듯이 경례 포즈를 하고 일어났다.

"판정은 벳 산 정상에 도착하고 나서 해주세요."

이렇게 말하자마자 나와 눈을 맞추려고도 하지 않고 서둘러 배낭을 멨고, 나도 따라 멨다.

나쓰키가 오르막을 향해서 한 걸음 내디딘다. 내 발도 앞으로…… 나아갔다. 오히려 오늘 걸어온 어떤 길보다도 몸이 가볍고 자연스럽게 발을 내디딜 수 있다.

눈앞에는 밀레의 천 배낭이 있다. 나는 그것을 따라간다. 나를 끌어당기는 그 등은 이제 그 사람의 것이 아니다. 딸 나쓰키의 등이다.

벳 산 정상에 도착했다.

눈앞에 우뚝 솟아 있는 것은 검은 강철로 만든 요새 같은 산, 쓰루기다케다.

"커피 내릴게."

나쓰키가 말했다. 응 하고 중얼거리기는 했지만 내 눈앞의 광경에서 시선을 뗄 수가 없다. 변하지 않는다. 아무것도 변하지 않았다.

"엄마, 배낭."

"아아, 맞다."

커피를 끓이는 도구는 내가 메고 있는 배낭에 들어 있었다. 급히 벗어서 나쓰키에게 건네고 대신 나쓰키의 배낭을 받았다. 그걸 그대로 끌어안는다.

최신형 버너는 간편하면서도 화력이 센지 두 사람 몫의 물이 눈 깜짝할 사이에 끓었다. 인스턴트커피인 줄 알았더니 융 드리퍼를 꺼낸다. 이것도 간편하게 접을 수 있는 등산용인 모양이다. 기분 좋은 향이 퍼진다.

자, 하면서 손잡이 부분이 빨간 카라비너로 되어 있는 컵을 건넨다. 나쓰키의 컵은 손잡이가 초록색이다.

둘이서 쓰루기다케 쪽을 향해 나란히 앉았다.

"엄마, 혹시 여기에 한 번 온 적 있지 않아?"

불쑥 묻는 말에 덜컥 한다. 이제부터 그걸 털어놓고 놀래주려고 했는데.

"어떻게 알았어?"

"처음에는 열심히 밑조사를 하고 온 줄 알았어. 내 실수를 물고 늘어져서 가이드를 단념하게 할 작전인가, 뭐 이런."

"그렇게까지 성격이 나쁘지는 않아."

"알아. 하지만 걷다 보니 반응이 뭐라고 하지, 여기 한 번 온 적이 있는 사람 같다 싶었어. 다음 오르막이 어느 정도고, 전체 코스를 걷는 데에 시간이 어느 정도 걸리는지 예측하고 있어서 스스로 속도를 배분하고 있지 않나 하고."

"그건 너무 과대평가야. 나는 그냥 따라서 걸었을 뿐인걸. 속도 배분을 잘하는 건 나쓰키고."

"그런가……. 하지만 여기에 와본 건 확실해."

"그래. 조금 기대하고 있겠지만 맞아. 아빠랑 왔어."

"역시!"

"아빠는 대학교 4학년이었고, 나는 간호학교를 나와서 당시에는 간호조무사로 현립 병원에 근무한 지 일 년째였어. 고향에 내려가기 전에 자기가 제일 좋아하는 산을 내가 봐줬으면 좋겠다는 거야."

나쓰키가 눈앞의 산에 쓱 시선을 던진다.

"그래서 여기에……. 하지만 용케 올 결심을 했네. 지금보다 훨

쎈 산이 무서웠던 시기였지 않아?"

"소풍 정도의 코스니까 괜찮대. 그리고 하산하면 힐튼에 묵게 해주겠다고 하잖아."

티파니 목걸이를 받고 힐튼에 묵는다. 지금 생각하면 바보 같지만 그 시절에는 그게 최고급 도시 데이트라고 동경했다.

"맞다, 힐튼. 내일도 거기지? 어디에 있어? 그렇구나, 아빠가 대학생 때니까 도쿄에 돌아가는 선택지도 있네. 거기서 저녁을 먹고 프러포즈 같은."

"바보네. 저녁은 먹었지만 프러포즈를 한다면 더 멋진 장소가 있잖아."

나쓰키는 몇 초 고개를 갸웃거리다 퍼뜩 깨달은 듯 다시금 눈앞의 산에 눈길을 주었다.

"여기서?"

"정답."

"와우!"

외국인 같은 소리를 내며 손뼉을 친다. 뭐라고 하면서? 일어서서? 앉아서? 아니, 쓰루기다케를 배경으로 무릎을 꿇고? 난리가 났다. 아무리 그래도 부끄러워진다.

"여기에 이렇게 나란히 앉아서 커피를 마시면서. 인스턴트였지만. 평범하게, 결혼하자라고."

"오오, 그래서? 오케이예요, 하고 대답했어?"

"그런 전개가 되지 않을까 예상하기도 했으니까 망설이지 않고 대답을 하려 했는데, 막상 이 산이 눈앞에 있으니까 어쩐지 괜찮을까 하는 생각이 들었어. 사실은 도쿄에서 취직해 주말에 등산하는 생활을 하고 싶은데, 나 때문에 고향에 돌아오기로 한 게 아닐까 싶기도 하고."

"그래서?"

"안 되겠다고 말해버렸어. 쓰루기다케, 어쩐지 자석 같지 않아?"

"알 것 같아, 그거."

"첫인상은 사람이 쉽게 다가설 수 없는 난공불락의 요새 같은 느낌이지만, 가만히 바라보고 있으면 엄청나게 강한 힘으로 빨려들어가는 것 같은 기분이 들어. 산을 싫어하는 나도 눈을 뗄 수가 없는데, 산을 좋아하는 하물며 거기에 올라본 적이 있는 사람이라면 간단히 멀어질 수 없지 않을까? 고향에 돌아와도 마음은 줄곧 이 산 쪽을 향하고 있을지도 몰라, 그렇게 말했어."

"아빠는 뭐래?"

땅바닥에 컵을 놓고 일어섰다. 오른손을 심장 위에 댄다.

"여기에 있으니까 괜찮아. 어떤 산에서 했던 경험도, 거기서 느낀 것도, 전부 내 안에 있어. 그걸 가지고 태어난 고향으로 돌아가서 누군가의 생명에 다가서는 일을 하고 싶어."

나쓰키가 자기 가슴에 살짝 한 손을 얹었다.

"하지만 지아키 네가 쓰루기다케를 그렇게 느꼈다니 정말 기뻐. 데려오기를 잘했어. 다음에는 둘이서 쓰루기다케에 올라가자. 내가 안내할게."

"아빠 멋있다. 그래서 이번에야말로 오케이한 거네."

반은 쓴웃음을 지으며 고개를 끄덕이고는 다시 앉았다.

"그런데 쓰루기다케에는 데리고 가주지 않았어. 누군가의 생명과 맞바꿔서 자기 생명을 내놓아버렸으니까. 살아가기 위해서 일을 하는 것일 텐데, 그 일로 목숨을 잃다니. 나도 사람의 생사와 관련된 일을 한다고 할 수 있을지 몰라도, 타인의 생명을 구하기 위해 내 생명을 내놓지는 못해. 이 세상에서 서로가 서로를 가장 잘 안다고 믿었지만, 그 사람의 사생관은 이해하지 못했는지도 모르지. 그 사람과 내 차이는 무엇일까 생각하고 또 생각하다 산이구나 했어. 산에 가면 죽음이 두렵지 않게 되는지도 몰라. 그러니까 네가 산악부에 들어갔다는 걸 알고 두려웠어. 죽음을 겁내지 않는 사람이 돼버리면 어떡하나 하고. 조난당한다거나 그런 거보다 네 사생관이 산에 영향을 받는 게 무서웠어."

"나는…… 죽는 건 무서워."

"응, 알아. 네가 가르쳐줬으니까."

"내가? 무슨 말을 했지?"

정말로 모르는 모양이다.

"누군가의 생명에 다가서는 일이 아니라 다가설 수 있는 인간이 되고 싶다고 했잖아. 그런 거구나 싶었어. 그 사람은 소방관이라서 생명을 내놓은 게 아니고, 산악부였기 때문에 사생관이 바뀐 것도 아니야. 원래 그런 사람이었구나, 그리고 나쓰키도 분명 그렇겠지 하고. 그럼 나는 다녀오라고 하면서 보낼 수밖에 없잖아. 만에 하나의 경우에는 돌봐주겠다고 강한 척하면서 구급상자를 준비하고."

"그럼 가이드가 되어도 돼?"

쓰루기다케를 보고, 밀레의 천 배낭을 보고, 그리고 나쓰키의 얼굴을 보고 천천히 크게 고개를 끄덕였다.

"내가 엄마를 쓰루기다케에 데려가줄게."

나쓰키는 맹세하듯 쓰루기다케에 눈길을 주었다.

"고마워. 그때까지 나도 여러 산을 오르면서 훈련을 해둘게."

"뭐?"

눈이 휘둥그레지고 입을 떡 벌린 나쓰키가 이쪽을 본다.

"지난달부터 지역 등산 동아리에 들어갔거든."

"무슨 생각으로?"

"입원한 환자분이 침대 옆에 산 사진을 걸어놓았어. 할머니라고 말하면 실례가 되겠지만, 그럭저럭 고령인 사람이야. 우리 딸도 등산을 하는데 기다리는 이쪽은 불안할 뿐이라는 이야기를 했더니, 선생님도 한번 해보면 좋을 거래. 따님 마음을 상상만 하기보다는 같은 경험을 한 번이라도 해보는 편이 이해할 수 있지 않겠느냐면서 동아리를 소개해줬어."

"……그래서?"

"아직 일주일에 한 번씩 다 같이 신사 돌계단을 오르락내리락
하면서 체력을 기르고 있을 뿐인데, 다테야마에 간다고 했더니
준비물에 대한 조언도 여러 가지 해줬어. 구로베 댐 사진을 찍어
오라거나 예쁜 수건이 있으면 사오라는 부탁도 받았고."

"그거 재미있겠는데……."

"그래서 다음 달에 드디어 다카치호노미네에 갈 거야. 사카모
토 료마가 신혼여행으로 오른 산이래."

"잠깐만 있어봐. 그건 가이드 자격이 있는 사람이 안내해주는
거 맞아? 자세히 조사해보지 않아서 어렴풋한 기억뿐이지만 분명
화산 지대 중 하나 아니었나? 활화산. 응? 잠깐만, 괜찮은 거야?"

이 허둥대는 모습은 본 기억이 있다. 진통이 시작됐을 때 그 사
람도 꼭 이렇게 안절부절못했지.

"내일 쓰루기다케에 혼자 올라가겠다는 애가 뭘 동네 초심자
용 산에 올라가는 것만으로 엄마를 걱정하고 있어."

"아니, 왜냐하면 엄마는 덤벙대기도 하고 넘어져서 손목이라
도 삐면 밥 먹기도 힘들잖아……. 뭐가 웃겨?"

아차. 웃음을 멈출 수가 없다.

"지금 한 말, 그대로 돌려줄게."

"그, 그렇지……."

"안심해, 꼭 보고할 테니까."

이번에는 나쓰키가 먼저 웃었다.

"하지만 쓰루기다케를 안내하는 건 나야."

"네네, 잘 부탁해요."

결혼을 제2의 인생이라 부른다면 이건 제3의 인생이 시작되는 걸까?

"그럼, 갈까?"

나쓰키는 일어나서 크게 기지개를 켜고 어깨를 돌리더니 밀레의 천 배낭에 손을 뻗었다.

"이제 괜찮아."

그 배낭을 내가 집어 든다.

"산막까지 내가 그거 들게."

"괜찮아. 원래 그렇게 무겁지 않았어."

"뭐야, 그게. 뭐, 엄마의 산막까지는 금방이기는 하니까."

이렇게 말하고 나쓰키는 자기 배낭을 끌어당겼다. 몸에 맞춰서 끈도 조절한다.

오늘은 각자 다른 곳에 묵는다. 나는 벳 산 고갯마루에 있는 쓰루기고젠 산막에, 나쓰키는 쓰루기다케 기슭에 있는 겐잔소에. 산막 앞에서 헤어질 때 건넬 생각이었지만, 지금도 괜찮을지 모른다. 오렌지색 테두리가 달린 배낭 주머니에서 흰 종이봉투를 꺼내 나쓰키에게 내밀었다.

"뭐야, 부적이야?"

"오야마 신사에서 샀어."

나쓰키가 봉투에서 내용물을 꺼냈다.

"대단하다, '등산 부적'이라고 쓰여 있어."

봉투에 다시 넣지 않고 당장 배낭 옆에 달았다. 그걸 메고 부적이 내 쪽을 향하게 선다.

"어때?"

초등학교 입학식 날 아침에 책가방을 멨을 때의 얼굴 아닌가?

"딱 좋은데."

엄지손가락을 들었다.

"그 얼굴이랑 포즈, 운동회 릴레이에서 뛰기 전이랑 완전 똑같잖아."

그런가. 지금의 나는 이제 잘 다녀오라는 얼굴이 아니라 내가 승부에 도전할 때의 표정을 하고 있구나.

"멋있지?"

이렇게 말하고 나도 배낭을 멨다. 둘이서 다시 한번 쓰루기다케를 바라본다.

오늘 서로가 보여준 표정도 분명 앞으로 찾아올 장면에 겹쳐지리라.

다시, 딸

어제랑 비교가 안 되게 아침 일찍 일어나야 한다. 새벽 3시에 스마트폰 알람의 진동이 울리자마자 끄고, 소리를 내지 않게 몸차림을 한 다음 조용히 침대에서 나왔다.

하지만 반이 넘는 사람들이 이미 일어나 있는 기척이 느껴진다. 이제부터 쓰루기다케를 목표하는 사람들일 것이다.

왕복 루트가 똑같은 당일치기 등산을 하기 때문에 우구 등 필요한 것만 보조 배낭에 넣고 남은 짐은 산막에 둔다. 1층 짐 선반이 있는 곳에 가니 이미 몇 개가 줄지어 있었다.

선반에 배낭을 놓았다가 깜박한 물건이 있음을 깨닫는다. 등산 부적을 떼서 보조 배낭 안주머니에 살며시 넣었다. 바위밭이 많기 때문에 스틱도 필요 없다. 접수대에 주문해둔 도시락을 받으면 출발이다.

"잠깐, 실례합시다."

뒤에서 목소리가 들렸다. 키가 훌쩍 크고 머리에 두건을 맨, 할아버지라고 부르기는 어려운 댄디한 아저씨가 서 있었다. 짐을 놓고 싶은 모양이다.

죄송합니다 하고 선반 앞에서 비켰다. 그러자 아저씨의 배낭에 눈길이 갔다. 순간, 내 짐을 건드리고 있나 착각한다. 하지만 저건 어제 메고 있던 가방이다. 내 배낭은 연두색 고어텍스지, 컬러풀한 테두리가 있는 천 가방이 아니다.

"이 배낭은……."

"아아, 이거요? 벌써 삼십 년째 쓰고 있는 구형인데 마음에 들어서."

"멋있어요."

"그래? 고마워요."

아저씨는 웃으면서 머리를 긁었다.

보조 배낭을 메고 산막에서 나가 신발 끈을 묶는다. 아직 해는 얼굴을 내밀지 않았지만, 하늘은 어슴푸레하게 창백한 빛을 띠고 있다. 구름은 훨씬 아래쪽에 있고, 하늘에 있는 것은 달의 허물뿐이다. 비가 올 기미는 없다.

자, 가자. 한 걸음 내딛는다.

우선은 잇푸쿠쓰루기를 목표로 한다. 거기서 해가 떠 있으면 도시락을 반만, 아침밥만큼만 먹자.

엄마는 아직 자고 있을 것이다. 아니, 벳 산 고갯마루에서 해돋이를 보려고 이미 대기하고 있을지 모른다.

쓰루기다케에서 하산한 뒤에는 겐잔소에서 어제 엄마랑 헤어진 벳 산 고갯마루에 있는 쓰루기고젠 산막까지 돌아갔다가, 거기서부터 라이초자와까지 단숨에 내려간다. 한 시간 반 정도 걸리는 특별한 난관이 없는 내리막길이라고는 해도, 엄마가 혼자 걸어가게 두는 건 걱정되기 때문에 쓰루기고젠 산막에서 만나자고 제안했다.

하지만 바로 기각당했다. 쓰루기다케를 바라보면서 몇 시간씩 걱정을 계속하는 건 심장에 나쁘단다.

라이초자와까지 내려가면 미쿠리가이케 호수를 빙 도는 산책 코스도 있고, 몇 개 있는 숙박 시설 가운데에는 숙박객이 아니어도 이용할 수 있는 온천도 있다. 거기서 느긋하게 기다려주는 편이 낫다.

나를 염려하면서가 아니라 아빠와의 행복한 추억에 젖으면서.

잇푸쿠쓰루기에는 금세 도착했다. 일출은 아직 멀었지만 딱 좋은 장소가 있어서 식사를 하기로 했다. 밥이 주먹밥이라 다행이다.

"아아, 여기서 먹어도 됐겠다."

뒤에서 목소리가 들렸다. 짐 두는 곳에 있던 아저씨다. 산막에서 이미 도시락을 드시고 온 모양이다.

"먼저 갑니다. 금방 따라잡힐 테니까 이따가 또."

"감사합니다. 조심하세요."

중학생 손자한테 빌려온 것 같은 스포츠 브랜드 배낭을 메고 있는 아저씨의 뒷모습을 눈으로 배웅하고 다시 젓가락을 들었다.

그건 그렇다 쳐도 밀레의 컬러풀한 테두리를 두른 천 배낭. 그건 평소에 드는 가방이 아니었다.

어쩌면 아빠가 쓰던 배낭인지 모른다.

등산 동아리 사람이 빌려준다 한들 삼십 년 전의 배낭은 아무리 그래도 자기가 애용할지언정 남한테 빌려주지는 않을 것이다. 신형을 가지고 있는 사람이 주위에 많이 있을 테니까.

엄마는 아빠를 다테야마에 데려온 것이다. 두 사람의 추억이 깃든 장소를 다시 걷기 위해.

둘이서 결단을 내리기 위해.

내가 메게 한 이유도 이제야 이해할 수 있었다. 겉보기만큼 무겁지 않았고, 등에 멨을 때의 느낌도 나쁘지 않았다. 오히려 어깨에 누가 두 손을 턱 올린 것 같은 묵직함에 기운을 얻는 듯한 기분까지 들었는데.

도중에 이제 됐으니까 달라고 하지 않은 것은 내 뒷모습이 아버지의 뒷모습과 잘 겹쳐졌기 때문일까? 그랬으면 좋겠다.

그 배낭을 갖고 싶다. 응, 그걸 메고 여러 산을 걷고 싶다. 하지만 엄마가 넘겨줄까? 협상이 필요하다.

그 전에 출발이다.

눈앞의 마에쓰루기에는 헤드라이트를 단 사람의 그림자가 수직에 가까운 절벽에 달라붙어 있는 것처럼 보인다. 이제부터 나도 거기에 달라붙는다.

복잡하게 생각하지 마. 머릿속에서 쓸데없는 생각은 없애고, 오감 전부를 써서 쓰루기를 느끼고 온몸으로 받아들여. 여기서 얻은 감각을 바위 파편 하나만큼이라도, 바람 한 줄기만큼이라도 많이 지상으로 가지고 돌아갈 수 있도록. 이곳을 찾기 어려운 사람에게 그 매력을 전할 수 있도록. 직접 올라가서 보고 온 것 같은 기분을 느낄 수 있도록.

이곳에 발을 들여놓게 해줬다는 것에 감사하는 마음을 담아.

부디 나를 받아주세요, 하며 한 걸음을 뗀다.

돌밭을 걷다 보면 마에쓰루기 큰 바위 부근부터 쇠사슬 구간이 등장한다.

쇠사슬 구간에는 각각 번호가 찍힌 표지판이 달려 있다. 전부 열세 개이고 올라가는 것은 1-9번이다. 다행히 사방은 이미 헤드라이트가 필요 없을 정도로 밝아졌다.

쇠사슬에 의존하지 마라. 쇠사슬은 어디까지나 보조 역할이지, 거기에 온 체중을 맡기고 이용하는 것이 아니다. 내 양손, 양발, 이 넷 중 셋으로 균형을 잡으면서 나아간다.

쓰루기다케의 쇠사슬 구간은 이번이 처음이지만, 나는 쇠사슬 구간을 싫어하지 않는다.

오히려 바위 타는 건 아주 좋아한다. 이 이야기를 등산을 하지 않는 친구들에게 하면 다들 영문을 모르겠다고 한다. 관심이 없으면 "와, 그렇구나" 정도로 흘려 넘기면 될 텐데, 왜인지 이유를 알고 싶어하는 사람도 있다. 이건 사귀기 시작한 지 얼마 되지 않은 남자친구일 때가 많다. 별 대단한 모순은 아니지만.

내 손과 발을 써서 올라가고 있다는 것을 실감할 수 있으니까?

이렇게 대답하면 나름대로 수긍해주겠지만, 애초에 좋고 싫은 데에 이유는 없다.

바위밭 앞에 서면 두근두근한다. 손과 발을 어디에 둘지 상상한다. 밤하늘을 올려다보면 아는 별자리가 자연스럽게 선으로 이어지듯, 바위에 나를 위한 경로가 떠오른다. 저 아름다운 선을 따라 올라갈 수 있을까?

시험해보고 싶다, 단지 그것뿐이다.

쇠사슬 구간은 올라가는 것과 내려가는 것이 다른 루트인 것도 감사하다.

이미 열 손가락으로 셀 수 없을 정도로 많은 사람들이 통과했는데, 쇠사슬도 바위도 선뜩하게 차가웠다. 한 손씩 쓰는 것이 편하다. 발끝이 고작 몇 센티미터 걸릴 정도로 작게 팬 곳에 발을 올리고, 몸을 들어올린다.

비가 오면 중지한다는 판단이 옳았음을 깨닫는다.

쇠사슬 구간을 한 군데씩 공략하다 보면, 분명 쇠사슬에 그리 의존하지 않았을 텐데도 쇠사슬이 없는 사면을 봤을 때 여기는 없구나 하고 조금 떨게 된다. 신중하게, 신중하게……. 이곳은 시간을 경쟁하는 자리가 아니다. 앞뒤 사람들과 거리를 유지하고 쇠사슬을 서로 양보한다.

해가 뜨고, '혜이조의 머리' 코스에 접어든다. 머리라고 하는 걸 보면 동그란 모양이겠거니 하며 얼굴 쪽부터 올라가는 이미지로 나아간다.

헤이조 씨, 당신은 절벽이었나요?

올라간 것에 안도해서 조금 맥이 풀렸는지 내려가는 급사면에 허둥댄다. 헤이조 씨의 절벽은 등산객에게 사전에 전달해둬야 할 중요 사항이다. 마음을 다잡고 내려갔더니 드디어 나타났다.

쓰루기다케의 대명사이기도 한 '게의 세로걸음' 구간이다. 수직으로 보이는 벽에 등산객 몇 명이 간격을 두고 붙어 있다. 가이드가 로프로 잡아당겨주는 사람도 있다. 그런가, 이 레벨인 사람도 도전하는구나.

내가 쓰루기다케를 안내할 수 있는 수준의 가이드가 되기까지 몇 년이 걸릴까?

엄마는 그 전에 자력으로 올라갈 수 있게 될지 모른다. 동네 동아리 사람들끼리 가보겠다고 하기라도 하면…….

등 뒤에서 달그락 소리가 났다. 아무래도 누가 헬멧을 떨어뜨린 모양이다. '게의 세로걸음' 구간에 도전하기 전에 도중에 벗어지지 않게 새로 조절하려고 한 걸까?

형광 오렌지색 헬멧이 눈 덮인 넓은 계곡을 계속 굴러간다. 이제 회수하기는 무리다. 어디까지나 달그락달그락, 눈이 패어 있는 곳에 걸리거나 속도가 떨어지는 일도 없이.

세로걸음을 기다리는 사람들이 다 그것을 눈으로 좇고 있었다. 분명 각자 새롭게 마음을 다잡고 있을 것이다.

슬슬 내 차례가 다가왔다. 요소마다 볼트가 박혀 있다. 쇠사슬과 마찬가지로 많은 사람의 체중을 지탱해왔을 그것에 의존하면 안 된다.

바위 표면에 손을 댄다. 엄마가 어제 쓰루기다케를 '자석 같다'고 표현한 것을 떠올린다. 바위가 손바닥을 빨아들여주는 것 같은 감촉이다.

갈 수 있어! 바위와 하나가 될 정도로 가까운 거리에서는 선이 보이지 않는다. 대신, 다음에는 여기, 다음에는 여기 하는 느낌으로 손과 발을 놓을 위치에 순서대로 불이 켜지는 감각이 있다. 그것을 따라 손발을 움직여 세 점에서 지탱하며 몸을 움직여갔더니 '게의 세로걸음'이 끝났다.

즐거웠다. 이 말로 족하다.

남은 건 표고 2999미터의 정상을 향한 마지막 스퍼트다. 체력은 충분히 있다. 단숨에 뛰어 올라가고 싶은 기분이기는 하지만, 여기서부터는 일방통행이 아니다. 이미 꼭대기를 밟고 온 사람들이 내려오고 있기 때문에 좁은 길을 서로 양보하면서 천천히 올라간다.

마지막 바위를 앞 사람이 여유 있게 올라갈 수 있게끔 발걸음을 멈추고 무심코 뒤를 돌아보았다. 구름 저편에 떠 있는 것처럼 보이는 건…….

후지 산이다!

이건 대체 무슨 보상이지? 들뜬 마음으로 정상으로 발길을 옮겼다.

아아, 도착이다. 사당이 눈에 들어온다.

무사히 여기에 설 수 있게 해줘서 감사합니다. 합장하고 다음 등산객에게 사당 앞을 양보한 다음 올라오는 동안에는 보이지 않던 바다 쪽 경치를 볼 수 있는 장소에 걸터앉았다.

"고생했어요."

뒤에서 목소리가 들린다. 천 배낭을 메고 있던 아저씨다. 도중에 추월한 적이 없으니까 먼저 도착해서 다른 장소에서 쉬다가 이쪽으로 넘어온 것이리라.

"고생하셨습니다."

"후지 산은 봤어요?"

"네. 쓰루기다케에서 보일 줄은 몰라서 감격했어요."

"쓰루기는 몇 번째인데?"

"처음이에요."

"호오, 그건 운이 좋네. 나는 오늘로 딱 열 번째인데, 후지 산이 보인 건 처음이에요. 맑다고 해서 보이는 것도 아니거든."

최대치로 뛰어오른 줄 알았던 기분이 더 고조되었다.

아빠는 쓰루기다케에서 후지 산을 본 적이 있을까? 그 이야기를 엄마한테 한 적이 있을까?

언제까지나 여기 있고 싶지만, 특등석은 그렇게 넓지 않다.

360도, 이 풍경을 눈에 단단히 새기고 태양과 바람의 어우러짐을 피부로 느끼며 하산하자.

아직 '게걸음' 구간이랑 쇠사슬 구간이 남아 있는 데다, 쓰루기다케에서 사고는 그런 이름이 붙은 난코스보다 마에쓰루기 부근의 내리막에서 많이 일어난다고 들었다. 천천히 신중하게 걸어가자.

잘 돌아왔다고 말해줄 사람이 있는 곳으로.

다시, 엄마

한 줄로 뻗은 완만한 내리막이라고는 해도, 혼자 걷는 데 불안이 없지는 않았다. 하지만 막상 출발하려고 산막에서 나오자, 생각 밖으로 사람들이 있었다. 다테야마에서 본 등산객보다 더 중장비에다 산행에 익숙해 보이는 사람들이. 배낭 바깥에 헬멧을 매달고 있는 사람도.

"쓰루기다케에 갔다 오셨어요?"

산막 앞에서 쉬던 나보다 약간 나이가 많아 보이는 남성 3인조에게 말을 걸어보았다.

"아, 어제 올라갔다 왔어요. 쓰루기자와 산막에 묵고 여기까지 올라와서 다테야마를 둘러서 내려갈지 라이초 평지를 내려갈지 고민중이에요."

세 사람의 표정에는 충족감이 넘친다. 어제 바라본 경치 속에
이 사람들이 있었을지 모른다. 그렇게 생각하는 것만으로도 친근
감이 들었다.

"그건 어디서?"

3인조 중 다른 남성이 물었다. 시선은 내 배낭 옆을 가리키고
있었다. 어제 나쓰키에게 건넨 부적을 내 것도 사서 혼자 하산하
는 데 대한 기원을 담아 어젯밤에 묶어두었다.

"어제 다테야마를 걸어서 여기까지 왔는데, 도중에 오야마 신
사에서 샀어요. 그런 걸 신심을 입었다고 하나요. 정상에서 기도
도 받았어요."

"등산 부적, 나도 갖고 싶다."

다른 남성이 말하자 세 사람의 마음이 정해진 모양이다.

"그런데 쓰루기다케 왕복은 얼마나 걸려요?"

다테야마에 대해서는 추억을 더듬으며 꼼꼼히 조사해왔지만,
쓰루기다케의 자세한 정보까지는 모른다.

"음, 우리는 느긋한 파인데 코스 타임대로 걸을 수 있는 사람이
라면 아침 일찍 출발해서 점심 전에는 하산하지 않을까요?"

"그렇게 빨리!"

나쓰키가 오후 3시에 만나자고 제안해서 태평하게 있었는데,
그건 혼잡하거나 몸 상태가 안 좋거나 하는 트러블이 일어날 경

우에 대비한 시간일 수도 있겠다.

세 사람에게 인사를 하고 곧장 하산하기 시작했다. 앞뒤에 사람 모습이 보여서 든든하다.

불안이 경감되는 건 목적지인 라이초 평지가 바로 아래에 펼쳐져 있기 때문일 수도 있다.

지난번에는 벳 산에서 둘이 쓰루기다케를 바라본 뒤, 벳 산 고갯마루에서는 쓰루기다케에 미련이 남아서 몇 분 동안 걸음만 멈추고 있다가 그냥 하산했다. 앞으로 줄곧 이 등을 보면서 인생이라는 길을 걸어가는 거다. 이런 생각으로 충만했던 산길에서 불안이 생길 이유는 아무것도 없다.

산에 오기 전에는 도쿄의 힐튼에서 묵는 것을 기대하며 산은 그것을 위해 참는다는 정도로 생각했는데, 라이초 평지가 가까이 다가올수록 이 다테야마의 자연 속에 나를 좀 더 놓아두고 싶다는 마음이 점점 커졌다.

다테야마에도 고급스러워 보이는 리조트 호텔을 비롯해 숙박 시설은 여럿 있다. 라이초 평지에는 캠핑장이 있는지 텐트도 몇 개 보였다.

오늘은 여기에 묵으며 조금 좋은 옷으로 갈아입은 뒤 리조트 기분으로 연못 주위를 산책하고, 내일은 구로베 댐을 천천히 견학하고 나서 도쿄에 가고 싶었다.

그런 마음이 피어올랐지만, 이 말을 입 밖에 내어도 될지 어떨지 망설임도 생겼다. 힐튼의 당일 취소 요금은 분명 얼토당토않게 비쌀 것이다. 게다가 저녁식사 예약도 했다면?

결국 아무 말도 못 하고 잠자코 등을 쫓아가며 하다못해 이 경치를 일 분 일 초라도 눈에 단단히 새겨두자고 아래쪽을 응시하고 있는데…….

—있잖아, 저 텐트 이상하지 않아?

이 말을 하지 않고서는 못 배길 만한 텐트가 눈에 들어왔다. 시력은 좋은 편이다.

그 사람이 발을 멈추었다. 둘이 나란히 라이초 평지를 내려다보는 가운데 나는 손을 뻗어 가리켰다.

텐트 자체는 짙은 초록색 삼각형 타입, 일반적인 종류다. 하지만 거기에 크리스마스트리에 다는 금색, 은색 반짝이 따랑 운동회 때 입장하는 문에 다는 붉고 흰 종이꽃 같은 것이 장식돼 있는 것처럼 보이는 건 기분 탓인가?

—이건 또…….

그 사람이 중얼거렸다.

—좋아, 마지막 스퍼트, 가자!

그 텐트에 대해 설명하지 않고 그는 앞을 보았다. 영문을 모르는 나는 하고 싶은 말이 여러 가지 있었지만, 조금 속도를 올린 상태에서는 쓸데없는 체력을 낭비할 처지가 아니었다.

캠핑장은 그렇게 붐비지 않는데, 예의 요란하게 장식된 텐트는 다른 것과는 조금 거리를 두고 가장자리 구역에 서 있었다. 입구는 보도를 면하고 있지 않고, 사람 모습도 보이지 않는다.

그 사람은 텐트 바로 앞, 5미터쯤 되는 곳에서 발을 멈추었다.

―이쪽이 오늘 숙박지입니다.

무슨 영화에서 본 고급 호텔 종업원처럼 정중하게 인사하고 손짓으로 안내한다. 뭐야 이거? 어떻게 된 거야? 머릿속은 혼란스러운 상태인데, 말이 나오지 않는다. 반짝이 띠랑 종이꽃으로 장식된 텐트 옆에서 눈을 떼지 못한 채로 텐트 정면, 입구 쪽으로 천천히 발걸음을 옮겼다.

텐트 기둥을 지탱하는 로프 두 줄에 금색 리본이 걸쳐져 있고, 거기에 핑크색 풍선이 네 개 달려 있다. 풍선에는 검은 매직으로 두꺼운 글자가 한 자씩 적혀 있다.

힐, 튼, 호, 텔.

―녀석들, 애 좀 썼네.

어느새 내 뒤에 서 있던 그 사람은 기쁜 듯이 만면에 웃음을 지었다.

실물을 보여준 뒤에는 이쪽이 묻기 전에 내막을 알려주었다. 그 사람이 소속된 산악부에서는 동기 멤버가 산에서 프러포즈를 하거나 신혼여행으로 산에 갈 때는 친구들끼리 '힐튼'을 준비하는 것이 관례라고 한다. 몇 대부터 시작됐는지 모를 정도로 오래된 '전통 행사'라고.

─안에도 봐봐.

조심조심 지퍼를 열었다. 텐트를 설치한 친구들이 뛰쳐나올 거라고 마음의 준비를 했지만, 안에는 아무도 없었다. 그 대신 색색의 커다란 풍선이 가득했다. 하나하나에 메시지가 적혀 있다. 이건 동기들만이 아니라 선배나 후배, 산악부 고문 선생님이나 단골 식당 아주머니 등 모을 수 있는 사람들 전부에게 받는다고 한다.

오래오래 행복하세요, 같은 것부터 야한 농담, 야한 농담, 야한 농담……. 웃을 수밖에 없다.

─만일 내가 거절했으면?

당시에는 아직 휴대전화가 일반적이지 않았다. 가지고 있다 해도 산에서는 전파가 터지지 않았을 터다. 합숙에서는 무선기를 준비한다고 들은 적이 있지만, 배낭 크기를 보면 그런 게 들어 있을 것처럼 보이지는 않았다.

벳 산 고갯마루에서 깃발 신호? 요모조모 궁리해봤지만 답은 단순했다.

─그런 생각은 전혀 안 해봤어.

텐트를 치고 나면 친구들은 냉큼 철수한다고도 가르쳐주었다. 가사가타케나 구로베고로다케에라도 갔겠지, 그러고 보니 구모노타이라라는 데가 있는데…… 하면서 신나게 지도를 펴는 바람에 또 새로운 산의 이름을 알게 된다.

텐트 안에는 저녁식사 재료도 마련돼 있었다. 레토르트 카레와 햄버그스테이크. 밥은 여기서 짓는 모양이다. 텐트 입구와 똑같은 리본이 달린 샴페인 병도 하나 있었다. 그리고 팥빵도.

힐튼, 최고잖아.

라이초 평지에 도착했다. 천천히 온천을 하고 있을 시간은 없다. 자, 힐튼을 준비해야지.

텐트와 장식품은 무로도 터미널 로커에 넣어두었다. 백 엔 숍에서 장식품을 전부 구입할 수 있는 건 편리한 듯하면서도 조금 아쉽다. 하트 모양 풍선까지 팔고 있었다. 메시지는 전부 내가 쓰면 된다.

저녁식사 메뉴도 똑같다. 하지만 레토르트 식품도 진화했다. 스테이크 카레라는 이름이 붙은 금색 상자에 들어 있는 레토르트 카레의 가격을 나쓰키가 알면 분명히 어이없어할 것이다. 하지만 그래도 좋잖아.

힐튼의 저녁식사니까.

새로운 여행을 떠나는 것을 축복하는 날이니까.

부나가타케 · 아다타라산

武奈ヶ岳 · 安達太良山

부나가타케

사쿠라이 구미 님께

잘 지내? 이렇게 가볍게 묻기가 조심스러워지는 세상이 됐어.

하지만 이짱은 사회 정세가 문제가 아니라 언제에 비해 잘 지내는지 묻는 거냐며, 대학을 졸업한 뒤로 삼십 년 동안 거의 연하장으로만 연락하던 나한테서 갑자기 허물없는 말투의 편지가 도착한 걸 더 어이없어할지도 모르겠다.

결혼 전의 성인 '이다'에서 유래한 애칭으로 부른 것도.

이 편지를 쓰기로 한 건 현재 일본 전국의 많은 사람들이 그렇듯 집에서 가만히 있어야만 하는 시간이 갑자기 떡하니 생겨버렸기 때문이야. 하지만 결코 심심풀이는 아냐.

지금의 감정을 네게 전하고 싶다고 생각했거든. 이제야 네게 들려주고 싶은 화제가 생겼으니까. 나와 너를 이어줬고, 또 우리가 소원해지는 원인이 된 그거.

나는 등산을 했어.

어쩐지 영어 예문 같네. 하지만 이 한 문장에 도달하기까지가 태어나서 너와 만날 때까지보다 더 긴 세월이 걸렸구나.

그 이야기를 들려주고 싶어서 펜을 들었어.

우리 집에서는 이제 하루 종일 틀어져 있는 텔레비전에서 요전에 컴퓨터나 스마트폰을 통한 랜선 술자리가 유행하고 있다고 하더라. 하지만 나는 네 연하장에 쓰여 있는 주소랑 집 전화번호밖에 몰라.

그렇다고는 하지만 메일 주소를 알고 있었다 한들 편지로 썼을 것 같아.

컴퓨터로 쳐서 인쇄할까도 생각했지만, 손으로 쓰기로 했어. 어릴 때는 부모님이 감사장이나 중요한 편지를 쓰고 있는 모습을 예사로 봐왔고, 무늬가 없는 편지지에 한 자씩 글자를 써나가는 게 어쩐지 산에 오르는 행위랑 비슷한 것 같아서야. 익숙하지 않은 동작에 벌써부터 손이 지치기 시작한 것도.

훈련 부족은 이런 데서도 나타나나봐. 여기까지 쓴 글씨를 봐도 옛날에는 조금 더 또박또박하지 않았나 의욕이 꺾이려 하지만, 그걸 극복하고 난 뒤에는 이제까지 산정에서 봐온 경치와 겹쳐지는 뭔가가 있으리라고 기대하며 계속 써나가려 해.

울퉁불퉁한 바위산도 멀리서 보면 아름답다, 뭐 이런?

하룻밤에 다 쓰지 못할 만큼 길어질 것 같지만, 괜찮아. 커피랑 과자도 넉넉히 준비해뒀거든.

과자는 물론 우리 '깃초쓰루카메도'를 대표하는 콩 찹쌀떡, 이라고 쓰고 싶지만 지금은 모나카만 한정 수량으로 판매하고 있어서 내 손에는 아무것도 남아 있지 않아. 그래도 가게를 닫고 있던 때와 비교하면 행복한 일이야. 이건 차차 쓰기로 하고…….

간식으로는 단골 행동식을 샀지. '버섯동산'이랑 '죽순마을'* 이야. 신기하지, 나는 확고한 '버섯동산'파였는데 지금은 '죽순마을'이 더 좋을 수도 있겠다며 마음이 흔들리거든. 이 부분만 읽으면 십대나 이십대 여자애 같네.

처음 만났을 때의 우리. 네가 아는 나.

너는 거봐 하며 웃을까? 아니면 지금은 네가 '죽순마을'파가 됐을까? 너는 아이가 있으니까 이런 과자와 관련된 화제도 과거 일이 아니라 진행형일 수도 있겠다. 아니면 아이들도 과자를 졸업했을 나이인가?

이런 걸 쓰고 있다가는 좀처럼 등산로 입구에도 도착을 못 하겠네.

---

* 메이지에서 나오는 초콜릿 과자로 '버섯동산(きのこの山)'은 버섯 모양, '죽순마을(たけの この里)'은 죽순 모양이다

무리해서 읽지 않아도 괜찮아. 너는 가정이 있으니까 외출 자제 기간 중에도 시간 여유가 없을지 모르지. 가족들이 집에 있는 만큼 평소보다 바쁠 수도 있고.

하지만 이짱이라면 그런 가운데서도 읽어주지 않을까 내가 기대하고 있다는 것도 미리 고백해둘게.

등산이라고 쓰기는 했지만, 대학 시절에 너랑 종주한 야리가타케나 호타카다케처럼 일본을 대표하는 3000미터급의 산은 아니야.

부나가타케지.

"어디?" 하면서 고개를 갸웃거리고 있으려나. 시가 현에 있는 표고 1214.4미터 산이야.

교토의 집에서 당일치기로 다녀왔어.

한동안 가게를 닫게 돼서 앞날이 안 보인다는 불안을 끌어안고 혼자 집 안에서 지내고 있었더니 어느새 사고가 부정적인 방향으로 크게 기울어버렸지 뭐야. 과장 좀 보태서 출구가 없는 터널에 갇힌 듯한, 동트지 않는 밤의 세계에 내던져진 듯한, 희망이 없는 나날이었어.

살아갈 수 있을까? 문득 그런 불안이 스친 순간, 숨을 쉬는 방법이 생각나지 않아서 과호흡을 일으키고 말았어. 다행히 혼자 조치할 수 있는 수준이었지만.

밖에 나가야겠어. 신선한 공기를 마셔야만 해.

밀집하지 말라는 정부 지침이 나와 있긴 하지만, 산이라면 괜찮지 않을까? 절대 불요불급하지 않아. 내가 살기 위해 필요한 행위니까.

어쩐지 하늘에서 동아줄이 내려온 듯한 기분이 들었어. 하지만 장거리 이동은 못 해. 곧장 줄이 툭 끊어지려 하더라. 그래도 나이가 들면 좋은 의미에서 이 줄이 뚝 끊어지지는 않는 법이잖아. 가느다랗게 이어져 있는 줄이 속삭였어.

낮은 곳이어도 되지 않을까? 직접 운전해서 당일치기로 갈 수 있는 곳이면.

오히려 이런 시국이니까 낮은 산이라도 비참한 기분이 들지 않지 않을까? 긴 공백이나 운동 부족은 관계없다, 그렇게 해서 고른 산이야.

일본 200대 명산에는 선정되었으니까 너도 이름 정도는 알려나. 아니, 어떨까. 간사이, 특히 교토 주민에게는 친숙하지만 도쿄 쪽 사람은 전혀 모르는 장소는 세어보면 끝이 없을 정도로 많으니까.

애초에 나만 해도 부나가타케라는 이름은 알아도 등산이랑 연결한 건 처음이야.

대학 시절 적어도 내게는 산이란 북알프스를 중심으로 한 높고 날카롭고 험준한 산을 말하는 거였어. 그러면서도, 아니 그렇기 때문에 아름다운 산. 애초에 산은 멀리서 바라보는 것이 아니라 오르는 것이라고 가르쳐준 사람은 너였지.

도쿄에서의 새로운 생활, 기다리는 건 최첨단에 세련된 일들 뿐일 거라고 예상했는데. 신입생 오리엔테이션에서 우연히 옆자리에 앉은 애가 점심을 먹으러 가자고 하더니 거기서 산악부에 같이 들어가자고 할 줄이야.

놀란 건 네가 전혀 등산을 할 것 같은 타입으로 보이지 않았다는 거야. 패션잡지 〈non-no〉 최신호에 실려 있을 법한 원피스를 입은, 뽀얀 얼굴에 핑크색 립스틱이 잘 어울리는 예쁜 애 입에서 설마 등산이라는 말이 나오다니.

하지만 분명 너희 집에서는 그게 여름의 가족 연례행사였지?

그해 여자 신입부원은 우리 둘뿐이었어. 이렇게 솜사탕 같은 애도 괜찮다면 나도 괜찮을 거라고 만만히 보고 덤볐다가 신입생 환영 등산(남알프스의 센조가타케였지)에서 비명을 지르는 사태가 벌어졌지만, 산정에서 본 절경(후지 산이 가까웠어!)이랑 선배들이 끓여준 커피로 전부 날아가고 산에 흠뻑 빠졌어.

합숙만으로는 성에 차지 않아서 쉬는 날이 생기면 둘이서 산에 갔지. 더 높고 더 험한 도정道程을 찾아서. 다음에는 어디를 목표할까 이야기하며.

그런 와중에 한 번도 등장한 적이 없는, 스쳐간 적도 없는.

부나가타케는 그런 산이었어. 오르기 전까지는.

고텐 산 등산로 입구까지는 내가 사는 데마치야나기에서 차로 한 시간이 안 걸려. 웬걸, 버스로 갈 경우에도 환승 없이 한 번만에 갈 수 있다는 걸 알게 됐어. 마음만 먹으면 언제든지 쉽게 갈 수 있는 산이었던 거야.

학창 시절에 신던 등산화는 오래전에 버렸어. 하지만 소풍 같은 거라 생각하고 조깅용 운동화로 가기로 했지. 산에서는 멀어졌지만 건강을 유지하기 위해 가끔씩 달렸거든. 정말 가끔이지만.

배낭도 스포츠 브랜드 제품이기는 한데 그냥 평상시에 드는 용도야. 비옷 정도는 새로 사려고 인터넷에서 검색해보고 놀랐어. 등산복에서 물품까지, 여성용이 풍부하게 구비되어 있는 데다 세련되기까지 하잖아.

십 년쯤 전부터 들리던 '마운틴 걸'이라는 말은 알았지만 하이킹 정도를 등산이라 부르는 거겠지 하고 마음대로 단정 짓고 있었는데, 좋은 기능성 용품도 출시돼 있어서 혼자 시대에 한참 뒤떨어진 기분이었어.

그 시절에는 여성용 비옷 같은 건 빨간색 하나뿐이라 나는 그걸 샀지만 초록색을 좋아하는 넌 남성용 가장 작은 사이즈를 입었지. 그러던 게 지금은 초록색 하나만 해도 컬러풀한 연두색부터 시크한 짙은 초록까지 다양하잖아.

컴퓨터는 매일 만지고 인터넷 쇼핑도 자주 하는데. 내가 생각보다 더 산을 피하고 있었다는 걸 깨달았어. 아니, 덮어놓고 일상생활에 매달리느라 자연스레 멀어지다 보니 너무 벌어져버린 거리를 의식하지 않기 위해 산에 대해서는 생각하지 않으려 했던 건가.

와인레드에 가까운 보라색 상의와 검은 바지(상하의 색깔이 다른 것도 신선해)를 샀어. 변하지 않은 건 행동식뿐이더라.

샛길로 새버렸네. 아직 등산로 입구에도 도착하지 못했어. 이번에야말로 출발할게.

동트기 전에 집을 나서서 등산로 입구랑 가장 가까운 주차장에 도착한 건 사방이 어슴푸레하게 밝아지기 시작할 무렵이었어. 귓가에서 쨍하는 소리를 내는 듯한 눈의 기운을 머금은 공기도 망각 저 너머에 있는 감각일 텐데 '아아, 이거다' 하고 자연스럽게 몸이 정화되는 것 같은 기분이 들지 뭐야.

알고 보니 스트레칭도 그 시절과 똑같은 루틴으로 하고 있어서 거의 삼십 년 만이어도 기억하고 있구나 놀랐어.

괜찮아. 나는 걸을 수 있어. 천천히 오르다 보면 분명 몸이 그 시절 감각을 되찾을 거야.

자연에 몸을 맡기는 그런 편안한 기분은 등산로 입구 간판을 통과한 지 오 분도 지나기 전에 사라졌어.

구절양장*. 실로 이 말을 그림으로 그린 것 같은 길이 눈앞에

---

* 아홉 번 꼬부라진 양의 창자라는 뜻으로, 꼬불꼬불하며 험한 산길을 이르는 말

솟아 있는 거야. 어릴 적에 가던 과자가게 앞에 있던, 구슬을 순서대로 튕기는 핀볼 게임처럼 벽 같은 급사면에 셀 수 없을 만큼 많은 지그재그가 있더라.

쓰바쿠로다케로 향하는 갓센 능선을 비롯해 여러 급경사에 도전해왔지만, 그렇게 구불구불한 산길은 기억에 없어.

오르막이란 건 여기가 꼭짓점이고 저 모퉁이를 돌면 완만해질지도 모른다며 조금 앞에 보이는 바위나 나무를 포인트 삼아 저기까지만 힘내자 스스로를 다독이며 나아가는 법이라고 생각했거든.

설사 포인트에 도착한 뒤에 더한 오르막이 기다리고 있더라도, 그건 비유하자면 별개의 스테이지라서 다음에는 저 포인트까지라고 스스로를 북돋울 수가 있지.

하지만 부나가타케의 오르막은 몇 개나 되는 모퉁이가 저 멀리까지 다 보여. 집에 갈까 싶더라. 명백히 힘들 걸 알고 있는 길을 구태여 걸을 필요가 있을까? 게다가 높은 곳에 있는 나무 밑동에 잔설이 약간 보일 정도지만, 녹은 눈이 채 마르지 않아서 걷기 쉬운 길이라고는 할 수 없었고.

그렇기는 하지만 거기에 발을 내딛고 마는 게 나지.

외려, 힘든 건 지금 보이는 꾸불꾸불한 지대 정도겠지 하며 낙관적으로 생각해버리는 것도.

괜찮지 않아? 그 시절에 아무 근거도 없이 단언했더니 네가 어이없어했던 말을 스스로에게 해보았어. 소리 내어 말하니 더 괜찮을 것처럼 여겨져.

보도에 찍힌 발자국이 생각보다 더 많다는 것도 나를 격려해주었어. 다른 많은 사람들이 할 수 있는 일을 나는 단념하는 거냐고.

이렇다 할 볼거리도 없는 잎 떨어진 수림 지대를 그저 똑바로(길 폭이 좁아 꾸불꾸불 걸을 수도 없어서) 걷고 있었더니 잊고 있던 기억이 자꾸 되살아나더라.

우선은 너랑 올랐던 산이 떠올랐어. 특히 오르막이 힘들었던 곳이야. 코스 타임을 신경 쓰는 나는 네가 쉬자는 말을 꺼내지 않으면 더 갈 수 있다고 마음속으로 되뇌며 걸음을 멈추려 하지 않았지.

비가 내릴 때도. 안개가 짙을 때도. 돌아보지도 않고 단지 코스 타임보다 빨리 목적지에 도착하는 것을 목표로.

꽃 이름에도, 새가 지저귀는 소리에도 관심을 보이지 않고 그저 정상을 목표로 했어.

내가 걸음을 멈추는 건 뇌가 아니라 몸이 포기 선언을 했을 때뿐. 돌아보면 넌 늘 에이코는 기운도 좋다며 내게 웃음을 건네고, 나는 힘내자고 큰 소리로 말한 다음 앞을 향하지. 정작 격려를 받은 건 나 자신이면서 마치 내가 널 격려한 것처럼.

이짱은 그런 등산이 즐거웠을까?

운동화 코끝이 더러워지는 것을 보면서 의심이 뭉글뭉글 솟아오르더라. 흙은 예상보다 더 수분을 축축하게 머금고 있어서 방수가공을 하지 않은 신발에 들러붙어.

나는 네가 약한 소리를 하는 걸 들은 적이 없어. 걸음을 멈추는 걸 본 적도 없고. 그걸 나는 이쪽은 어릴 때부터 등산을 해서 체력이 있기 때문이라고 믿었지만, 너도 컨디션이 완전히 좋지만은 않은 때가 있었을 거야.

그러고 보니 겨울철에 넌 곧잘 감기에 걸렸어. 스튜를 냄비째 자전거 바구니에 넣어서 너한테 가지고 갔더니 목에 파를 두른 모습으로 나와서 깜짝 놀란 적도 있는데, 여름이 되면 아니, 한참 산에 오르고 있는 동안에는 약해져 있는 네 모습을 잊어버리는 거야.

많은 사람이 분명 당연하게 알고 있을 사실을 나는 인생 후반에 접어들 때쯤에야 겨우 하나 깨달을 수 있었어.

힘들 때 가장 힘든 건 그걸 말로 할 수 없다는 것 아닌가.

꾸불꾸불한 오르막 중간에는 수분을 보충하기 위해 앉을 공간도 없어. 특히 위로 올라갈수록. 등산로에서 조금 벗어난 장소는 진눈깨비 상태의 눈에 뒤덮여 있어서 그런 곳에 한 걸음이라도 발을 잘못 디뎠다가는 내 운동화가 순식간에 물에 젖어버릴 거야. 걸터앉을 만한 바위나 그루터기도 눈에 띄지 않고.

양손을 허리에 대고 헉헉거리면서 걷다가 선 채로 배낭 옆주머니에 넣어둔 물통을 꺼내서 물을 마셔.

아아, 이럴 때 최소한 물을 마시는 동안만이라도 배낭을 들어주는 사람이 있으면 좋을 텐데.

이렇게 생각하다가 너를 부러워했던 게 기억났어. 네가 한 살위인 산악부 사쿠라이 선배랑 사귀기 시작한 게 1학년 가을이었던가?

사쿠라이 선배의 고향인 후쿠시마 현 아다타라 산에 둘이서 올라갔다 왔었나?

그때 사쿠라이 선배는 온천이 있는 산막 이야기에 눈을 반짝이던 우리 두 사람에게 같이 가자고 했지만, 나는 토요일에도 수업이 있어서 갈 수가 없었어. 내가 못 가는 바람에 너까지 못 가는 게 미안하다고 생각하고 있었더니, 네가 혼자서라도 가고 싶다고 했지. 사쿠라이 선배도 기뻐 보였고.

내가 갈 수 있었어도 두 사람이 연인 사이가 되는 건 변함이 없었겠지. 이 생각은 그 시절부터 했어.

분명 너는 사쿠라이 선배랑 등산할 때는 힘들다고 말로 할 수 있었을 거야. 아니면 네가 그 말을 하기도 전에 체력에나 마음에나 여유가 있는 사쿠라이 선배가 휴식 시간을 만들어주지 않았을까.

짐은 무겁지 않냐, 무릎은 아프지 않냐, 물을 마셔, 과자를 먹어. 무심한 듯 배려해주지 않았을까.

사쿠라이 선배랑 함께라면 어떤 험난한 산이라도 나랑 오르는 것보다 열 배, 백 배는 안심하고 오를 수 있을 것 같은데, 네가 쓰루기다케나 다이기렛토는 나랑 가고 싶다고 말했을 때는 정말로 기뻤어.

너를 뒤쫓다시피 남자친구를 만든 건 좋았지만, 산에 요만치도 관심이 없는 사람이었기 때문에 네가 나를 배려해준 건지도 모르겠다. 나도 가능하면 산을 좋아하는 사람이랑 사귀고 싶었는데, 산악부 남자애들 대부분이 산을 타지 않는 여자애를 좋아했으니.

산은 남자의 세계다. 그런 말을 술을 퍼마시면서 예사로 입에 담았고. 시대도 변했네.

그런 와중에 이짱은 정말로 멋진 사람이랑 만났구나 하고 새삼 생각해. 산을 좋아하는 남자랑 산에 가지 않는 여자는 의외로 잘 풀리는데, 그 반대는 왜 성립하지 않았을까? 내 경우만 그럴지도 모르지만.

남자친구는 영화를 좋아하는 애라서 걔가 고른 영화를 보며 나도 영화에 흥미를 느끼고 그럭저럭 잘 되어갔는데, 등산 시즌이 시작돼버렸어. 둘이서 개봉하기를 기다리던 영화를 걔는 첫날에 보러 가고 싶어했지만, 그날 나는 산에 있을 예정이었지. 갔다와서 봐도 되잖아, 뭣하면 먼저 봐도 상관없다고 가볍게 말했는데 헤어지자고 하는 거야.

이 이야기는 산에 오르면서 너한테 실컷 했지. 그때는 미나미 야쓰가타케를 종주하고 있었던가?

말했으면 일정을 바꿨을 텐데. 너는 그렇게 말했지만 거기서 극복했어도 개랑은 오래 못 갔을 것 같아. 아무 미련도 남지 않았고. 그냥 커피를 무척 잘 내리는 사람이어서 그걸 못 마시게 된 건 아쉬웠지만, 지상에서 마시는 공 들인 커피보다 산정에서 마시는 인스턴트커피가 더 맛있다고 큰소리칠 수도 있었고.

하지만 그 커피에 구원받기도 했어.

힘든 도정道程은 점차 학창 시절 등산에서부터 그 뒤의 인생에 겹쳐지기 시작했어.

사회인이 되어도 둘이서 산에 오르자. 대학 4학년 여름, 쓰루기다케 산정에서 그렇게 약속했지.

아직 거품경제 시절이라 우리 둘 다 도쿄증권거래소 1부 상장 기업의 종합직에 취직하게 됐잖아. 경제적으로 여유도 생길 테니까 외국에 있는 산에 도전해보는 것도 좋겠다며 들떴어.

하지만 그러고 나서 한 달도 지나기 전에 운명이 완전히 뒤집히는 사건이 일어났어.

우리 오빠의 죽음. 본인에게는 전혀 과실이 없는, 보도를 걷고 있는데 음주운전 차가 들이받은 교통사고였지.

내가 월급쟁이 집 아이였다면 슬픔에 잠기기는 해도 인생은 그리 크게 달라지지 않았을 거야.

하지만 우리 집은 교토에서 삼백 년 동안 이어진 화과자점 '깃초쓰루카메도'였어. 오빠는 나보다 일곱 살 위였는데, 대학을 졸업하자마자 아버지 밑에서 수업을 시작했어. 외대에서 프랑스어를 전공한 오빠는 '깃초쓰루카메도'를 세계에 알리겠다고 곧잘 내게 말하곤 했지.

아버지는 외국인이 화과자 맛을 알겠느냐며 탐탁지 않아 했지만, 하나뿐인 아들에게 기대를 걸고 있다는 건 늘 느껴졌어. 그래서 오빠가 세상을 떠난 뒤에는 차마 볼 수 없을 정도로 기력이 쇠했고. 하지만 내게 가게를 이어받으라고는 하지 않았어.

나를 생각해서가 아니야.

내가 앞으로 이십 년은 더 할 수 있다, 그 뒤에는 가게를 접겠다, 이렇게 딱 잘라 말하는 아버지를 이해할 수 없었던 건 내 쪽이야. 나는 철이 들 때부터 '깃초쓰루카메도'를 자랑스럽게 여겼어. 왕실에도 헌상한 적이 있다는 유서 깊은 에피소드보다, 어릴 적부터 가게를 찾아주는 손님들의 얼굴이 우리 가게가 지역민에게 사랑받고 있음을 알려주었으니까.

우리 집에서 만든 화과자가 제일 맛있다고 단언할 수 있었어.

먹어보지도 않고 화과자는 별로라고 말하는 애들이 많았지만, 넌 연신 맛있다, 맛있다 하며 먹어줬지. 게다가 산정에서 먹었을 때는 세계 제일의 사치라고도 했고. 자기가 가지고 온 '버섯동산'은 전부 나한테 주겠다며 상자째로 떠맡기지를 않나. 그럼 '죽순마을'을 사 왔어야지 하고 내가 투덜거리는 것까지가 세트.

미련이 완전히 가시지는 않았지만 나는 아버지에게 내가 가게를 잇고 싶다고 말씀드렸어. 분명 기뻐해줄 거라고, 그게 나를 격려해줄 거라고 믿었거든. 하지만 아버지에게서는 차가운 한마디가 돌아왔어.

"여자가 어떻게 장인을 해."

울면서 외치고 싶었어, 어렵게 결심했는데 하고. 두 번 다시 집에 오지 않겠다며 나가버릴까 생각도 했고.

하지만 그때 아버지 뒤에 산이 보였어. 정확히 말하면 보인 것 같은 느낌이 든 거지만. 눈이 남아 있는 험한 암릉이. 네가 저기를 오를 수 있을 리 없지.

"할 수 있어요. 열심히 노력할게요."

이런 말을 했을 테지만, 어쩌면 올라갈 수 있다고 말했을지도 몰라. 남자의 세계라 일컬어지는 산에 오를 수 있는 내가 장인이 못 될 리 없지.

아버지는 오빠를 처음부터 직접 지도했으면서, 나한테는 아버지의 제자가 연 가게에서 수업을 받으라고 했어. 오빠가 했던 것처럼 처음 일 년 동안은 야간 제과학교에 다니면서.

이걸 나는 네게 어떤 얼굴로 이야기했을까? 제대로 전하지 못했을지도 몰라. 아버지가 애원해서 하는 수 없이 그렇게 하기로 했다는 뉘앙스를 풍겼을 수도 있어. 거품경기도 조만간 끝날 테니 1부 상장기업이라도 평생 안정적이라고는 할 수 없지 않을까? 널 부정하게 된다는 생각도 못 하고 이렇게 심한 말을 했던 것도 같아. 그리고 마지막에는.

"산은 이제 무리일 것 같으니까 너랑도 졸업하면 안녕이네."

어째서 그런 말을 해버렸을까?

조금 뒤가 될지 모르지만 산에 꼭 다시 가자. 내가 만든 과자를 가지고.

네 얼굴을 보기 직전까지 이렇게 말할 생각이었는데.

그냥 부러웠어…….

리조트 맨션 개발회사에 취직한 사쿠라이 선배에게 받았다는 뉴질랜드 특산품인 예쁜 꽃 펜던트가 눈에 들어와서 아아, 이 사람은 나랑 같이 오르는 날 같은 건 기다리지 않아도 언제든지 등산을 할 수 있겠구나. 외국에 있는 산에도 간단히 갈 수 있겠네. 그런 생각이 들어서.

너는 말이 없었어. 같이 가자는 말은 해주지 않았지. 당연해. 말을 심하게 한 건 나니까. 붙잡는 사람이 없었기 때문에 다음으로 넘어갈 수 있었어.

졸업 여행도 결국 안 갔지. 그뿐 아니라 나는 네게 이사하는 날도 알리지 않았어. 등산 장비는 신입생이 쓸 수 있을 만한 건 부실에 남겨두고, 나머지는 전부 처분했어.

마음을 다잡고. 한쪽 발을 겨우 반만 올릴 수 있는 바위를 탈

때처럼. 그저 그곳을 통과하는 데 집중하며 나는 교토의 본가로 돌아왔어.

화과자 장인의 세계는 날 때부터 가까이에 있었는데도 한발 들어가보니 이제까지와는 완전히 다른 세계였어.

처음 일 년은 어쨌든 허드렛일이야. 콩 찹쌀떡 같은 건 만져보지도 못하게 해. 그 대신 콩 찹쌀떡을 넣는 상자는 하루에 천 장씩 접었지만.

발끝만 보면서 걷다가 조금 경사가 덜해지지 않았나 싶어 얼굴을 드니 앞쪽에 완만한 길이 보였어.

좋아, 저기까지다. 기합을 다시 넣고 걸었는데, 그 조금 완만해진 지점에서 한층 더한 급사면을 올려다보게 됐어. 지그재그, 지그재그…… 아예 길 같은 건 무시하고 일직선으로 올라가는 게 편하지 않을까 생각했을 정도야.

아무도 없는 데다, 나 혼자 그렇게 한다고 해서 산에 지장이 갈 것 같지도 않아. 하지만 거기서 벗어나지 못하는 게 나지. 눈 때문이 아냐. 오히려 위쪽 눈은 진눈깨비가 아니라 폭신한 상태여서 산길 전체를 덮고 있었다면 자연스럽게 일직선으로 오를 수 있었을 텐데 싶었을 정도야.

아이젠은 준비해오지 않았지만.

아무도 없는 밤길에서도 빨간 신호일 때는 멈춰 서서 기다리는, 그게 나야. 선 채로 물을 마신 다음 다시 양손을 허리에 대고 걷기 시작했어.

인터넷에서 우구를 구입했더니 등산스틱 광고가 떠서 내 나이를 어떻게 알았지 하고 놀랐어. 나한테는 이런 거 필요 없는데. 이렇게 생각하고 클릭하지 않았는데, 사놓는 편이 좋았으려나?

지그재그의 모퉁이에 도착할 때마다 발이 멈추었어. 헉헉거리는 거친 숨을 진정시키고 심호흡을 한 다음 한 걸음을 내디뎌.

그걸 몇 번 되풀이하고 나니 절로 입에서 힘들다는 말이 새어 나오더라. 결국 입 밖에 내고 말았어. 이제까지 머릿속이, 아니 온몸이 터져 나갈 만큼 이 말로 가득 차도 이를 악물고 참았는데.

등산뿐 아니라 인생에서도.

그걸 요 정도의 산……에서 깨버리다니.

하지만 신기하게도 기분이 나쁘지는 않았어. 패배감이 치밀어 오르지도 않았고. 그러기는커녕 말을 함으로써 어깨 힘이 빠지고 몸이 가벼워진 것처럼 느껴지기까지 하는 거야.

앞뒤에 사람 모습이 보이지 않는 것을 핑계 삼아 조금 큰 목소리로 다시 한번 힘들다고 말해봤어. 그러고 또 한 번 더.

둘이서 열창을 하면서 산을 오르고 있었더니 하산하던 할아버지가 불쑥 나타나서 신성한 산에서 상스러운 노래를 부르지 말라고 화를 낸 적이 있었지. 평범한 사랑 노래였는데. 나는 혼난 것이 충격이었지만, 네가 혀를 쏙 내밀고 웃어준 덕분에 그 정도의 일일 뿐이라고 마음을 바꿀 수 있었어.

다음에는 아무도 없는 데서 노래하자며.

여기서는 마음대로 노래해도 되겠네 싶었어. 하지만 아무 노래도 생각나지 않아서 그냥 "힘들다, 힘들다, 힘들어"라고 되뇌었지. 뒷부분은 조금 트로트처럼 됐지만. 차가운 공기가 몸속에 들어오는 것도 기분 좋았어.

힘들다고 말할 때마다 기력이 회복되다니.

그리고 어쩐지 웃기기도 하지 뭐야.

"힘든 게 당연하지. 왜냐하면 나 쉰셋이잖아. 산도 대학 졸업하고 처음이거든. 열심히 일했거든!"

이제까지 내 안에 부정적인 감정으로 앙금처럼 쌓여 있던 마음이 잇따라 입 밖으로 나오는데, 그것들이 전부 경쾌하고 아무래도 좋은 일인 것 같은 울림을 띠며 공기 중으로 빨려 들어가는 거야. 마치 비눗방울이 공중을 떠돌다가 터져서 사라지는 것처럼.

거기서부터는 "아아, 힘들다"라고 되뇌면서 걸었어. 지쳤다는 말도 하고. 그랬더니 모퉁이에서 발을 멈추지 않고 다음 고개를 올라갈 수 있었어. 그다음도, 그다음도.

이런 식으로 때로는 푸념도 했더라면 이제까지의 시간을 조금 더 편하게 보낼 수 있었을지도 몰라. 아니, 전반부터 그러면 안 되는 건가. 약한 나 자신을 수용해버리면 거기서 멈춰 섰을지도 모르니까. 약한 나 자신과 마주하면서 앞으로 나아가는 것을 생각할 수 있게 됐다고 할까.

그렇게 걸어가다 보니 겨우 좁은 헬리포트가 보였어. 시계를 확인하니까 걷기 시작한 지 딱 한 시간 이십 분이야. 등산로 입구에서 사십 분 이내에 상태가 나빠지면 되돌아가는 편이 좋지만, 그 이후라면 어떻게든 여기까지는 도착해야만 하는구나 생각하면서 휴식을 취하기로 했어.

물통에 담아온 뜨거운 물로 컵에다 티백 현미차를 우려서 '죽순마을'을 먹기로 했어.

실은 모나카를 먹고 싶었지.

그러고 보니 첫 번째 등산 때 나는 집에서 보낸 모나카를 가지고 가서 선배들의 웃음을 샀잖아. 이짱 왈 입안에서 수분을 전부 가져가버리는, 등산중의 행동식으로는 적합하지 않은 과자야.

그 뒤로 '깃초쓰루카메도'의 과자는 산정에 도착한 보상이 됐지만, 그래도 내 기운의 원천은 시판 과자가 아니라 우리 집 화과자였을지 몰라.

곰곰이 되짚어보면 신발에 쏠려서 작은 상처가 생기거나 하산한 뒤에 무릎이 아픈 적은 있었는데, 산에서 몸 상태가 나빠진 적은 한 번도 없었잖아.

나는 산을 떠난 뒤에도 시판 두통약이나 위장약에 의존한 적은 있을지언정 병원에 간 건 치과가 고작이야. 부상도 마찬가지고. 골절은커녕 삔 적도 없어. 다행히 허리가 삐끗한 적도 없고.

어릴 때는 매년 겨울이 되면 가벼운 동상이 생겨서 물에 닿으면 거기가 빠끔 벌어지며 빨갛게 트곤 했는데, 여러 암릉에 매달려본 덕분에 손 거죽이 튼튼해졌는지, 아니면 그냥 어른이 됐기 때문인지 한겨울에 찬물이 닿아도 멀쩡한 손이 되었어.

그래서 더더욱 발을 멈추는 타이밍을 몰랐을 수도 있겠지.

오르막에 겹쳐놓으며 힘들다, 힘들다고 여기까지 죽 써왔지만 실은 화과자 만드는 일과 관련해서는 그렇게 고생하지 않았어.

여자가 장인이 되기 어려운 이유는 남자보다 능력이 딸려서가 아니라 그냥 그 세계가 남자의 성역이라고 믿고 여자가 들어오는 것을 거부하는 사람들이 있기 때문이야.

미각이나 상상력, 손끝의 섬세함이나 손재주 같은 기술력, 그런 것들은 여자 남자 관계없이 개인의 능력이야.

요즘에는 유전이라는 말도 차별로 이어진다고들 하지만, 나는 이건 있지 않을까 싶어. 아니면 팥소 하나를 만들 때도 나는 '깃초쓰루카메도'의 유전자를 이어받았으니까 같은 맛을 재현하지 못할 리 없다고 무의식중에 다짐한 결과일까?

내가 혼자 전부 만든 모나카를 먹은 아버지가 처음으로 칭찬해주었어.

"내가 만든 팥소보다 선대 맛에 가깝구나."

아버지에게 칭찬받은 건 태어나서 처음일지도 몰라. 공부든 운동이든 열심히 노력해서 그럭저럭할 수 있게 돼도 훨씬 더 잘하고 있는 오빠가 있었으니까. 게다가 아버지가 자기보다 더 잘 만들었다고(내 확대 해석일 수도 있지만) 해주잖아.

이보다 더한 찬사는 없어.

그때부터 나는 아버지 밑에서 수업하게 됐어.

집으로 돌아와서 이 길에 들어선 지 만 삼 년이야.

이 모나카를 나는 네게 보냈지.

그렇게 헤어졌다 보니 서로 본가 주소나 졸업한 뒤의 연락처를 교환하지 않았는데도, 너는 졸업한 다음 해에 가게 주소로 내게 연하장을 보내주었어. 회사 독신 기숙사 주소랑 전화번호를 덧붙여서.

'잘 지내? 나는 잘 지내.'

그 연하장에 나는 가게에서 쓰는 연하 엽서로 답장을 썼어.

'나도 잘 지내.'

그 말만 덧붙여서. '열심히 하고 있어' '각자 열심히 하자' 같은 말은 쓰지 않고. 하물며 '등산은 하고 있어?'라고는 언급하지 않고. 하지만 설사 연하장만이라도 네가 내게 아직 연락해준다는 건 정말로 기뻤어.

그 이듬해는 웬걸, 뉴질랜드에서 올린 결혼식 사진이 딸린 연하장이었지. 바로 축하 선물을 보냈으면 좋았을 텐데, 그때 나는 아버지에게 인정받을 만한 걸 만들 수 있게 되면 이짱에게 먹여주자고 마음속에서 제멋대로 결심했어.

그리고 역시 부러웠던 것 같아. 이짱은 이제부터 줄곧 사쿠라이 선배랑 산에 오르고, 추억의 산이 외국에도 많아지겠지. 이런 상상을 해버렸거든. 이쪽은 그때 하루 종일 장인 아저씨랑 파트 타임 아주머니에게 둘러싸여 만남의 장은커녕, 내 마음도 그쪽을 향하고 있지 않았으니까.

그리고 이듬해 후쿠시마에서 민박을 개업했잖아. 이탈리아풍 건물 앞에서 미소 짓는 이짱과 사쿠라이 선배의 모습이 행복해 보이더라. 두 사람이 새로운 길에 들어섰다는 소식을 들은 해에 모나카를 보낼 수 있어서 정말로 다행이었어.

옆에서 어깨를 감싸주는 사람은 없지만……. 그보다도 나는 과자를 만드는 게 즐거워서 어쩔 줄 몰랐거든.

아버지는 모나카 이후로 전혀 칭찬해주지 않았지만, 뭐 나쁘지 않군 하는 말이 합격의 신호라는 걸 깨달은 뒤로는 어린 시절에도 나름대로 인정받았다는 사실을 알게 돼서 어머니를 통하지 않고서도 진심을 잘 전할 수 있게 됐어.

하지만 뭔가 이상하다는 느낌이 드는 거야. 가게 간판 상품인 콩 찹쌀떡까지 가르쳐주기 시작했으니까. 아직 오 년도 안 지났는데. 지금까지의 제자들에게는 없었던 일이야. 내게 소질이 있음을 인정했다고 해도 아버지라면 조금 더 단계를 밟을 텐데.

스스로는 병원에 가는 법을 모르지만, 구급차를 부르는 법은 알아. 일하다가 갑자기 쓰러져서 의식을 잃은 사람이 어떻게 실려 가는지도, 구급차 안에서 어떤 조치가 취해지는지도, 동반자는 어떤 질문을 받는지도.

아버지가 쓰러졌어. 거미막하출혈이래.

헬리포트라고는 해도 이제까지 걸어온 코스에 비해 약간 시야가 트인 정도지, 오르막은 여전히 계속되고 있어. 차를 들이켜고 다시 걷기로 했지.

이대로 완만한 오르막이 이어지는 줄 알았더니 또 급경사야.

엄마에 따르면 때때로 눈이 침침하다거나 두통이 있다고 말하는 정도였고 이 병 자체도 별 전조가 없이 갑자기 발병하는 경우가 많은 모양이지만, 아버지는 뭔가 예감이 들었는지도 몰라. 그래서 자신의 기술을 서둘러 나한테 전해주려고 했는지 모르지.

다행히 아버지는 목숨을 건졌어. 하지만 장애가 남았지. 하필이면 우반신 마비야.

아버지는 가게를 나한테 맡기겠다고 했지만, 그렇게 간단한 문제는 아니었어. 지점이라 해도 본점보다 더 버젓한 점포를 가지고 있는 친척들 사이에 내가 이어받는 것에 반대하는 목소리가 나와서 설마설마하던 친족회의가 열리게 됐지.

어? 혹시 오빠가 죽었다고 해서 내가 돌아오지 않았어도 가게는 존속됐다는 건가?

그런 지레짐작에 눈앞이 새까매졌을 정도야. 인정받지 못한다면 하는 수 없다는 생각까지 들었어.

아버지는 회의에 출석하는 친족들에게 각자 가게의 콩 찹쌀떡

271

을 가지고 오라고 지시했어. 나한테도 만들라고 하고. 그리고 모인 친족들 다섯 점포 열두 명에게 우선 내 콩 찹쌀떡을 대접했어. 물론 찹쌀떡 같은 건 나중에 먹고 우선 이야기부터 나누자고 하는 목소리도 나왔지. 어릴 때부터 잘해주던 친척 어르신들인데. 세뱃돈도 주셨는데. 오빠 장례식 때는 나한테 격려의 말도 해주었는데.

그 사람들이 전부(는 아니었을지 모르지만) 적의의 눈빛으로 보는 거야.

내가 여자라는 이유로.

그런 사람들에게 아버지가 말했어.

"우선 이 콩 찹쌀떡을 먹어봐. 그리고 자기가 지참한 찹쌀떡이 '깃초쓰루카메도' 본점의 맛에 더 걸맞다고 생각하는 놈만 불만을 말하도록 해."

이전 세기, 1990년대라고는 해도 헤이세이* 시대 때 있었던 일이야.

모인 사람은 모두 아버지를 따라 찹쌀떡을 먹었어.

"어때?"

아버지는 가장 큰 목소리로 반대하던 당신 동생에게 물었어.

"형님 맛은 못 따라가지. 후유증이 생각보다 가벼워서 안심했

---

* 일본의 연호로 1989년 1월 8일부터 2019년 4월 30일까지의 시기

어. 에이코한테 맡기지 않고 형님이 그냥 계속하면 돼."

아무래도 삼촌이 착각을 한 모양이야.

"아니, 이건 에이코가 만든 '깃초쓰루카메도' 본점의 콩 찹쌀떡이야."

그때의 기분은 함께 산정에 섰던 너라면 이해하겠지. 어디가 가장 가까울까? 역시 쓰루기다케인가? 도중에 능선 걷기 같은 완만한 코스가 거의 없는, 줄곧 바위에 달라붙어서 정상을 목표로 하는 코스.

그저 기쁘기만 한 게 아니야. 내 발로 여기까지 왔다는 성취감이 들었어. 그때까지의 피로가 전부 날아갈 것만 같았지.

그리고 부나가타케의 급경사도 끝났어. 고텐 산 산정에 도착한 거지.

헬리포트에서 걸어서 삼십 분 정도라 그렇게 지치지는 않았지만, 끊어가기 좋은 곳이어서 휴식을 취하기로 했어.

조망도 꽤 좋아서, 봄을 기다리는 교토의 나지막한 산줄기를 내려다볼 수 있었지.

일출은 벌써 맞이했지만 태양이 엷은 구름에 숨어 있어서 여전히 차갑고 투명한 공기가 산이랑 거기서 이어지는 마을을 뒤덮고 있는 것처럼 보였어. 미지의 바이러스에 위협당하고 있는 것이 거짓말인 양.

거기서 이번에는 커피를 내렸어. 요즘에는 티백 타입을 팔아서 집에서 혼자 마실 때는 완전히 거기에 의지하게 됐는데, 그 편리함이 산에서야말로 발휘되는 법이네.

다음에는 곶감 찹쌀떡이 먹고 싶다고 생각했어.

네가 곶감이 맛있다는 생각을 처음 해봤다고 했던, 흰팥으로 감싼 곶감이 든 찹쌀떡 말이야.

딸기 찹쌀떡이 크게 유행한 뒤로 프루트 찹쌀떡이라고 하면 생과일이 들어 있는 것이 주류가 됐어. 그편이 젊은 애들에게도 인기가 있겠지만, 우리 집 과일 찹쌀떡(일부러 프루트라고 부르지 않는 거야)은 유행하기 전이나 후나 곶감을 메인으로 한 드라이 프루트(결국 프루트네)를 쓰거든.

드라이는 아닌가? 과일의 단맛이 딱 좋게 혀에 남는 반건조 정도 되려나? 과일의 이런 수분 양을 정하는 것도 '깃초쓰루카메도' 장인의 기술 중 하나야.

이게 또 커피랑 잘 어울려…….

지치지도 않았는데 언제까지나 앉아 있다가는 등산 전의 피로가 도질 것 같아서 빨리 출발하기로 했어.

어찌어찌 친족을 중심으로 한 장인들이 인정해서? 받아들여서? 조용히 지켜봐주기는 했지만, 이것으로 안정이 찾아오지는 않았어. 오히려 집 안에서 다투고 있을 상황이 아니었던 거야.

거품경제 붕괴의 여파야. 거품은 그 삼 년쯤 전부터 터졌지만, 세간에서는 아직 우리랑 비슷한 또래의 여성들이 부채를 휘두르며 춤추는 것이 텔레비전에서도 크게 다루어지곤 했거든.*

타격을 입는 건 거품경기로 성장한 신참 회사고 오래된 화과자 가게가 받을 영향은 대단치 않다며 처음에는 그렇게까지 신경 쓰지 않았지만, 만만하게 생각한 거지.

백중날, 세모, 관혼상제 같은 때 주로 기업에서 오던 발주가 반으로 줄었어. 몇천 개 단위로 주문이 들어오던 정치가의 파티 기념품도 찾는 데가 없어졌고.

맛은 모르지만 돈은 있는, 오래된 가게의 이름에 가치를 두고 애용해주던 사람들이 썰물처럼 싹 빠져버린 거야.

안타까운 이야기지만 그런 사람들이 '깃초쓰루카메도'를 지탱해준 셈이었지.

거기에 재차 타격을 가하듯 간사이에서는 큰 지진도 일어났어. 나는 살아남을 방법을 궁리했어.

아버지는 "이제까지 하던 대로 해, 진짜 손님들만 먹어주면 되니까"라고 말했지만, 본점 장인만 해도 가족이 있고 아직 어린아이가 있는 사람도 있어. 함께 버텨달라며 이때다 하고 눈에 보이지 않는 유대를 강요한들 그 사람들은 난처할 뿐이야.

그러고 있는데 정말로 이런 우연이 있을까 싶은 타이밍에 텔

---

* 1991년 5월에 문을 연 디스코클럽 '줄리아나 도쿄'는 거품경제 시대를 풍미했는데, 여기서 VIP에게 나누어주던 줄리아나 로고가 들어간 부채나 깃털이 달린 부채를 들고 여성들이 춤추는 모습이 매스미디어에서 다루어지며 유행이 되기도 했다

레비전에서 그리운 사람을 보았어.

고텐 산 산정에서 내려오는 길은 완만한 업다운이 이어졌는데, 눈이 많은 곳은 등산로 위에도 10센티미터쯤 쌓여 있는 데가 있어서 역시 경량 아이젠이 필요했구나 생각하면서 양말을 적셔가며 걸었어.

그래도 이 부근은 어젯밤에도 가볍게 내렸는지 아무도 밟지 않은 부드러운 눈이어서 미끄러지지는 않아.

그리운 사람이 누구냐면 대학생 때 사귀던 사람, 전 남자친구였어. 세상에, 해외 바리스타 콩쿠르에서 우승했다는 거야. 확실히 그 사람이 내려준 커피는 맛있었어. 하지만 설마 세계 제일이 되었을 줄이야.

그렇다고 해서 연락을 한 건 아니야. 그 사람이랑 보낸 날들을 떠올리다 거기서 힌트를 얻은 거지.

그 사람이 '깃초쓰루카메도'의 과일 찹쌀떡은 차보다는 커피랑 어울린다고 늘 말하던 게 생각났어. 화과자라고 해서 차랑 함께 먹어야만 한다는 법은 없다, 이 찹쌀떡은 커피랑 먹으면 반건조 과일과 팥소가 절묘한 밸런스로 서로의 장점을 끌어내준다, 상승효과를 더 강하게 느낄 수 있다고.

"아니아니, 커피랑 먹는 건 정도正道가 아니야. 우리 집 과자랑 제일 잘 맞는 건 당연히 '에이세이도'의 차지."

당시의 나는 오래전부터 거래하던 차 가게의 이름을 들먹이며 그가 도쿄 출신이라는 걸 평계로 이러니까 동쪽 사람들은 맛을 몰라서 안 된다면서 그냥 일소에 부쳤어.

왜 더 열심히 이야기를 들어두지 않았을까? 화과자의 맛을 북돋우는 커피의 특징 같은 것이 분명 있었을 텐데. 그러고 보니 오빠한테 이 이야기를 언뜻 했을 때 흥미진진하게 눈을 반짝이지 않았나? 그런데도 나는 남자친구 이야기로 깊이 들어가는 것이 부끄러워서 다른 화제를 꺼냈어. 그때 좀 더……

하지만 그런 후회를 하고 있을 때가 아니야.

이걸 살릴 방법은 없을까? 커피랑 어울리는 화과자로 해외에 판매해보면 어떨까? 연줄을 쓰든 뭘 하든 상관없어.

내키지 않아 하는 아버지에게 이 고장 출신의 거물 정치가와 연락이 닿게 해달라고 애걸했어. 그 정치가의 알선으로 외무성 관료를 소개받아서 이탈리아의 박람회에 출품할 수 있게 됐지.

나는 거기서 평소보다 조금 작은 콩 찹쌀떡이랑 과일 찹쌀떡을 만들고 콩 찹쌀떡 옆에 진한 차를, 과일 찹쌀떡 옆에 에스프레소 커피를 곁들인 세트를 시식용으로 준비했어.

커피가 차의 향을 지워버리지나 않을까, 섞여서 양쪽의 장점이 다 사라지지나 않을까. 그렇게 되면 과자가 문제가 아니야. 아버지뿐 아니라 함께 갈 우리 집 장인들도 반대하는 목소리를 높였지만, 아버지는 친척들을 설득했을 때처럼 말로 설명하지 않고 시행착오를 반복한 그 세트를 모두에게 내놓았지.

차와 커피의 향이나 떫은 정도를 똑같이 맞추면 융화가 생기거든. 그것들이 과자의 개성을 북돋아줘.

박람회에서도 반응은 더할 나위 없이 좋았지만, 그 자리에서는 결과가 나오지 않았어.

그런데 귀국하고 한 달 뒤에 세계 유수의 호텔 체인 회사에서 연락이 온 거야. 그 회사가 경영하는 고급 브랜드 호텔에서는 숙박객의 출신 국가에 맞춘 과자를 방에 준비해놓는데, 일본인 손님에게는 이것을 내놓고 싶다는 타진이 왔어. 전세계의 주요 도시에는 반드시 있는 유명 호텔이야.

길이 완만해지고 시야가 트였어. 키 작은 침엽수가 눈을 덮어쓰고 있는 숲이 펼쳐져 있어. 동화에 나오는 중세 유럽의 숲 같아. 그림 접시나 패치워크 소재로 써도 좋을 것 같은 귀여운 숲이야.

그 숲을 내려다보면서 능선을 독차지하고 걸었어.

찹쌀떡을 공수할 수 있나? 장인을 파견하나? 차는, 커피는?

모두가 갈팡질팡하면서도 이 기회에 필사적으로 매달리려고 하는 건 알 수 있었어. 지점의 친척들도 서로 힘을 합친 덕분에 우선은 내가 장인으로 프랑스로 날아가서 해외 판로의 첫걸음을 내디딜 수 있었지.

자포니카 마리아주. 이건 상대편이 정한 이름인데, 호텔에 숙박한 일본인들의 평판이 좋았을 뿐 아니라 다른 나라, 주로 유럽에 거주하는 사람들로부터 먹어보고 싶다는 요청이 밀려와서 호텔 티라운지에서도 채택하게 됐어.

이 기회를 살리지 않을 수 없지.

일본에 역수입하는 거야. 본점 옆에 거품경제가 꺼진 뒤에 문을 닫은 절임가게가 있었거든. 죽기 아니면 까무러치기라는 생각으로 그 땅을 사들여서 '깃초쓰루카메도 찻집'을 개업했어.

일본의 전통적인 과자인데 외국에서 인기를 얻었다는 정보를 듣고 손님이 모인다는 건 아이러니한 이야기지만, 형태야 어떻든 많은 손님이 화과자를 먹기 위해 가게를 찾아주었으니까 기뻐할 일이지.

도쿄의 유명한 상업시설에서도 가게를 내자는 제안을 받았어. 하지만 이건 거절했어. 한번 실연당한 상대라 아니꼬워서 피한 건 아니야.

"교토로 사람을 불러. 그게 삼백 년 동안 교토 사람들이 가게를 지탱해준 데 대한 은혜를 갚는 일이다."

아버지가 이렇게 말했기 때문이야. 신기하게도 아무런 반론도 나오지 않았어.

산도 그렇구나. 문득 그런 생각이 들었거든. 가게를, 과자를, 산에 겹쳐놓은 건 이때가 처음이었어.

인기가 생긴 산이 도쿄에 이동하는 일은 없지. 그 고장 사람들에게 사랑받고 평판이 퍼져나가도 산은 그곳에 묵직하게 존재하고, 원하는 사람들이 줄을 지어 찾아와.

더 편리한 곳에 있으면 좋았을 텐데. 그렇게 생각하는 사람도 있을지 몰라. 하지만 산 정상에 도착했을 때 더 가까우면 좋았을 텐데 생각한 적은 한 번도 없었어.

사람은 만족할 수 있는 것을 만나면 거기까지의 도정이 고생이 아니게 돼.

일본 각지에 가게를 내기보다 '깃초쓰루카메도'를 찾아 일부러 와준 손님이 만족할 만한 것을 제공한다는 생각을 해야 해.

솜씨를 연마하자.

지점은 교토 시내에만 세 군데 열기로 했어.

매일의 기온이나 습도에 신경을 쓰며 미각을 갈고닦아 오래된 맛을 지키면서도, 지금 그리고 앞으로 요구될 화과자를 생각하며 연구하고 몇 번씩 시제품을 만들며 가게를 지켜왔는데.

세계 각국에서 손님이 오게 됐는데.

신형 바이러스가 세계적으로 유행하기 시작한 거야.

사반세기에 걸쳐 쌓아온 재목을 누가 단숨에 쓰러뜨린 것처럼, 전에는 가게 앞길에 오픈 시간 전부터 줄이 생겼는데 지금은 아무도 동네 사람조차 바깥을 걸어 다니지 않아.

찻집만 쉬고 점포는 영업할까도 생각했어. 하지만 과자를 다루다 보니 위생 대책 강화를 검토해야만 해서 각 지점 장인들과도 의논했는데, 무리해서 가게를 열었다가 만에 하나의 일이라도 벌어져서 화과자 자체에 대한 신뢰를 잃기보다는 여기가 고비라 생각하고 멈춰 서서 버티기로 했지.

찻집 지점 세 곳은 적지 않은 임대료가 들어. 종업원 휴업 수당도 짜내야만 하고. 호텔과의 계약은 지난달 말로 갑작스럽게 끝났어.

아버지는 이 년 전에 타계했지만, 만일 그때 아버지가 조언해주지 않아서 도쿄 일등지에 있는 시설에 가게를 냈었다면 어떻게 됐을까 생각하며 불단 앞에서 감사할 따름이야.

하지만 내가 가장 두려운 건 내 감각이 둔해지는 거야.

아침에 물을 한 컵 마신 순간 그 공포가 나날이 커지고 있다는 것을 느꼈어.

살아갈 수 있을까……?

살기 위해 감각을 갈고닦아라. 그리고 산에 가기로 결의했어. 멀지 않아도 돼. 험준하지 않아도 돼. 자연 속에 몸을 둘 수 있다면.

완만한 능선이 구불구불 이어지더니 그 앞에 호수가 보였어.

비와 호야! 옅은 은백색 숲 저편에서 반짝이고 있어.

호수를 향해 걸었더니 얼마 지나지 않아 '부나가타케 산정'이라고 쓰인 표지판이 보였어. 도착했다! 외쳤지. 몸속의 공기를 전부 바꿔 넣을 듯이 큰 심호흡도 했고.

장갑을 벗고 부드러운 눈에 양손을 눌러봤어. 손끝 하나하나에서 작은 얼음 알갱이의 감각이 느껴지더라.

나무로 된 표지판 옆에 앉아 비와 호를 바라보았어. 이게 교토 사람에게는 신기할 것도 뭣도 없는 그 비와 호인가? 하늘을 비추는 거울처럼 청아하게 반짝이는 이 모습을 한 번이라도 상상해 본 적이 있었던가?

그런 생각을 멍하니 하면서 반시간쯤 보내고 있는데 사람 소리가 들려왔어. 웬걸, 등산객이야.

환갑을 훌쩍 넘긴 것처럼 보이는 부부가 사이좋게 이쪽으로 왔어. 놀란 건 나뿐이고 두 사람은 아무렇지 않게 인사를 건넸어. 그리고 "역시 한산하네" 이런 말을 하면서 남편이 익숙한 손놀림으로 차를 우리기 시작하는 거야. 부인이 "괜찮으시면 같이 차 한 잔하시겠어요?"라고 권했어.

산정에서 차를 마시자는 권유를 받다니, 또 그런 경험을 할 수 있다니. 사양하지 않고 얻어 마시기로 했어. 배낭에는 아직 뜯지 않은 '버섯동산'도 들어 있어서 그걸 꺼내려 했을 때야.

"과자도 있어요."

부인이 이렇게 말하며 배낭에서 꺼낸 건 양갱이었어. '깃초쓰루카메도'의 과일 양갱, 곶감이 들어간 거. 비닐시트 위에 백 엔숍에서 팔 것 같은 간편한 도마를 놓고 그 위에서 익숙한 손놀림으로 양갱을 잘라.

그러고 있는데 부드러운 향이 풍겨왔어.

"커피?"

무심코 소리 내어 말했더니 잘 어울린다면서 부인이 만면에 웃음을 띠었어.

누군가에게 대접하는 것을 전제로 준비해왔는지 종이컵에 따른 커피를 건네주더라. 두 사람이 양갱을 한 조각 먹고 맛있게 커피를 홀짝이는 모습을 본 다음 나도 똑같이 먹었어.

아아, 그래. 이거야. 내 최고 도달점의 맛이다.

"이게 마지막이에요. 다음 달에는 어떻게 하죠? 가게는 당분간 안 열 것 같은데."

부인이 남편에게 말했어. "엇?" 하고 내가 낸 소리를 부인이 어떻게 해석했을까. 두 사람은 남편이 정년퇴직한 뒤로 십 년 동안 한 달에 한 번씩 이 부나가타케에 오르는데, 산정에서는 반드시 '깃초쓰루카메도'의 과자를 먹는다고 가르쳐주었어.

대체 어디서부터 놀라야 할지 모르겠더라. 십 년 동안 매달? 우리 집 과자를 들고?

게다가 초봄의 이 시기는 주말이 되면 등산로가 정체될 정도로 붐빈다나. '깃초쓰루카메도'의 과자를 가지고 오르게 된 것도 이 산정에서 누가 나누어준 모나카가 맛있었기 때문이라나.

"지금은 일본 전국에서 맛있는 걸 주문할 수 있지만 집 근처 화과자집의 과자가 일본 제일이니까 행복한 일이죠. 곶감이 들어간 찹쌀떡도 맛있어요. 하지만 시국이 이렇잖아요. 가게가 문을 닫아버려서, 마지막 날에 산 이 양갱이 끝이에요. 그래서 다음 달에는 어떻게 하나 하고."

"아마 열 거예요."

자연스레 이렇게 대답하고 있었어. 해외 발주가 끊겨도, 찻집을 열 수 없게 돼도, 동네 손님들에게 제공할 수 있으면 된다. 상품 수를 줄이고 계절별로 과자를 만든다. 원래 그런 가게이지 않았나.

이 편지와 함께 보내는 모나카는 새로운 출발로서 만든 거야. 하루 백 개 한정, 한 사람 여섯 개까지, 전화 주문으로만 접수하고 가게에서 건네드리고 있어. 모나카를 고른 건 초심을 잊지 말라는 교훈의 의미를 담아서.

나를 격려해준 건 산이었어. 이짱, 나는 산에 돌아왔어.

무카이 에이코 드림

아다타라 산

에이코에게

답장이 늦어져서 미안해.

284

부나가타케에 올라갔다 왔다는 편지, 정말로 반가웠어. 도착한 날 밤 10시부터 읽기 시작했는데 정신을 차려보니 다음 날 아침이더라. 어느새 밖이 환해져 있었어. 그 자리에서 전화를 걸고 싶었지 뭐야……

그 시절처럼 내가 대학생이었다면 시간이나 상대방의 일정 같은 건 신경 쓰지 않고 수화기(이게 시대를 느끼게 하는 단어가 될 줄이야)를 들었을지도 몰라. 하지만 비상식적인 시간이라고 스스로를 깨우칠 정도로는 나도 어른이 됐지. 정확히 말하면 나이가 들어버렸어.

그렇다면 흥분이 가시기 전에 전화로 이야기하고 싶었던 걸 편지에 썼다면 좋았겠지만, 막상 글을 쓰려고 하니 뭘 쓰면 좋을지 모르겠더라.

좋다, 대단하다, 잘됐다.

에이코의 편지 내용에 대해서는 감상이 퐁퐁 솟아나.

부나가타케에 나도 오르고 싶다. 산정에서 본 비와 호는 엄청 예뻤겠지. 초대를 받았는데 자기 가게의 과자가 나오다니 운명의 만남이네. 지그재그로 된 급사면은 하산하는 게 더 힘들 것 같은데 괜찮았어? 등등.

전화라면 그래도 좋을지 몰라. 하지만 편지다 보니까 나에 대해서도 써야 할 것 같아서 책상 앞에 앉을 수조차 없었어. 단숨에 비참한 기분이 치밀어 올라서.

보란 듯 들려줄 만한 이야기가 아무것도 없어, 나는.

삼백 년 동안 이어진 오래된 가게의 후계자로 아버지나 시대에 뒤처진 사고방식을 가진 친척에게 인정을 받는다든지, 세계에 진출한다든지. 그런 훌륭한 공적은커녕 평범한 주부로서의 에피소드조차 즐겁게 털어놓을 만한 게 하나도 생각나지 않는 거야.

열심히 하지 않는 건 아닌데. 그래서 더 비참해.

너처럼 우리가 헤어진 뒤의 인생을 있는 그대로 쓴다면 그냥 고민 상담소가 될 가능성이 커. 그렇다고 허세를 부리며 거짓말할 수도 없고. 허무해질 뿐이잖아. 하지만 과거를 바꿀 수도 없지.

그러면 하다못해 나도 동네 산이라도 올라가볼까? 즐거운 일은 생기지 않을지 몰라도, 등산에 대한 내용이라면 에이코가 흥미롭게 읽어줄지도 몰라.

그래서 다음 날, 이렇게 되지는 않아. 교토의 봄과 후쿠시마의 봄은 같은 시기가 아니라서. 눈이 녹기를 기다리기로 했어.

고백하자면 그날이 이제나저제나 기다려졌던 것도 아니고, 몇 번이나 관둘까도 생각했어.

전염병 문제도 있고, 산막에서는 사람이 밀집하기 쉬운 데다 만약의 경우에 구조해주는 사람에게 바이러스를 옮길 염려가 있으니까 등산은 가급적이면 자제하기를 바란다는 뉴스도 그런 마음을 부추겼어.

편지 같은 건 안 써도 되니까 화과자랑 어울릴 만한 맛있는 술이라도 보낼까? 그편이 분명 더 기쁠 테고, 새로운 영감에 보탬이 될지도 모르지.

산 같은 거……. 아무리 어려운 코스였어도 옛날에는 한 번도 입에 담지 않은 말이야. 왜 산 같은 거에 올라? 이렇게 묻는 사람들에게 늘 진심으로 부아가 났을 정도인데.

네 편지를 받았을 때의 나는 그보다 몇 년도 전부터 산을 싫어하게 됐거든. 싫은 것과는 다른가? 말주변이 없어서 미안해. 오르고 싶다는 생각이 들지 않아. 내 인생에서 등산이라는 글자는 사라졌어. 그런 마음이 쌓일 대로 쌓인 상태, 뭐, 그런 느낌이야.

자연을 사랑하는 사람. 자연과 함께 사는 사람. 나는 내가 그런 인간이라고 믿었어. 그걸 자랑스럽게 여기기도 했고.

이제 와서 하는 이야기지만, 도쿄 한복판에 사는 월급쟁이 가정에서 태어난 나는 평소에는 자연과는 거리가 먼 환경에서 생활했어. 아파트에서 사니까 마당도 없고, 흙을 만질 일도 전혀 없지. 초등학생 때 교정이 인공 잔디였다고 말해서 널 놀라게 한 건 기억하고 있을까?

부모님 두 분 다 도쿄에서 나고 자라서 할머니, 할아버지가 사는 시골이라는 것도 나와는 인연이 없었어. 하지만 우리 집에는 매년 여름에 가는 시골이 있었지. 아버지의 대학 산악부 친구가 경영하는 하쿠바의 펜션이야.

그곳을 거점으로 아버지는 내 연령에 맞춰서(다소 무리도 하며)

여러 산에 데려가줬어. 가라마쓰다케, 고류다케, 가시마야리가타케, 시로우마다케, 조넨다케, 조가타케…….

어떤 산이든 산에서만 받을 수 있는 보상이 있었어. 예를 들면 빙수인데, 잔설을 파서 깨끗한 얼음을 코펠에 담고 거기에 연유를 부어주시는 거야. 내가 어린아이면서 케이크보다 화과자를 더 좋아한다는 것을 안 뒤로는 근처 화과자 가게에서 통팥을 사서 (100그램 단위로 비닐봉지에 넣어주거든) 얼음 위에 올려주셨지.

그 외에도 삶은 옥수수에 간장을 뿌린 다음 불에 그슬려서 주시기도 하고, 아침에 갓 짜낸 우유를 써서 프렌치토스트를 만들어주시기도 하고.

그 최고로 행복한 경험을 나는 거의 매해 여름방학 그림일기나 작문으로 써서 애들 앞에서 발표했지만, 그다지 부러움을 산 적은 없어. 힘들겠다, 팥 싫은데, 눈 더럽잖아, 옥수수는 축제에서 먹는 게 최고지, 우유 안 상해? 이런 부정적인 의견뿐이야. 그보다는 후지 5호* 주변에 별장이 있는 아이들을 더 부러워하지.

후지 산에 오르면 또 모를까, 호수에서 보트를 타고 노는 게 더 즐거워 보인다니. 진짜 자연의 근사함을 모르는 애들뿐이야.

그리고 나야말로 자연을 알고 자연과 친하다고 믿는 단순한 어린이였던 거지.

* 후지 산 기슭에 있는 다섯 개의 호수

아버지처럼 등산 친구가 있었으면 좋겠다, 핏줄 같은 건 관계 없이 서로 깊이 이해할 수 있는 친구가. 설사 떨어져서 살아도 일 년에 한 번은 친척처럼 만나서 같이 가족 단위로 함께 산에 오를 수 있는 친구가.

흡사 산악부에 들어가기 위해 대학에 진학한 것이나 매한가지 야. 아버지도 그걸 좋게 받아들이셨고.

하지만 불안도 있었어. 산악부에 들어갈 여자애가 있을까? 게 다가 다른 대학에 비해 엄하다는 평판이 있던데. 고등학교를 졸 업할 때까지 하쿠바에서 가져온 기념품을 주면 "좋겠다" 하며 부 러워하는 주제에 등산했다고 하면 "뭐?" 하며 한 걸음 물러나는 애들한테만 둘러싸여 있었는데, 대학에 들어갔다고 해서 갑자기 산을 좋아하는 애를 만날 수 있을까?

더군다나 아버지처럼 나가노의 대학이면 몰라도 도쿄의 대학 에서. 지방에서 오는 애들도 세련되고 도시적인 것을 추구하지 않을까? 테니스 동아리나 이벤트 동아리에 들어가고 싶은 거 아 닐까?

그러니까 닥치는 대로 말을 걸었던 건 아니야. 오히려 권유하 자마자 괴짜 취급받는 것이 두려워서 모처럼 말을 걸어준 애한 테 산의 'ㅅ'자도 꺼내지 못하고 옷이나 가방에 대한 칭찬에 사 교적인 웃음으로 대답하면서 입학식 첫날부터 기가 꺾일 지경이 었지.

내 옷차림이나 머리 모양은 완전히 엄마 취향이야. 이쪽이 관심 없다는 걸 핑계로 어릴 때부터 옷 갈아입히는 인형 취급이거든. 참고로 엄마는 등산에 흥미가 없고 펜션에서 아주머니랑 함께 잼이나 치즈케이크 같은 걸 만들며 즐겼어. 맞아, 아버지 친구 부인도 등산을 하지 않는 사람이어서 "여자애인데 대단하네"라며 늘 나를 칭찬해줬지.

하지만 산에서 여자를 본 적이 없는 건 아니야. 다들 멋있었어. 나도 저렇게 되고 싶으니까 포기하면 안 돼.

그런 내 앞에 나타난 사람이 너야. 산이 어울릴 것 같다고 생각했어. 직감이지. 길게 쭉 뻗은 팔다리가 등산에 적합할 것 같다는 생각이 들었어. 산악부에 가입하자고 한 이유를 이렇게 말한 적도 있지만, 그건 뒤에 가서 붙인 거고 실은 이유도 없이 그냥 그렇게 느꼈을 뿐이야.

뭐 이런 추억 이야기에 편지지를 몇 장씩 쓰고 있을 때가 아니지. 편지지 세트 같은 걸 요즘 시대에도 파나 했더니, 근처 서점에 귀여운 게 많이 있더라. 그것도 편지를 쓰라고 부추겼으려나. 고슴도치, 귀엽지?

아마 '신의 혀'를 가지고 있을 에이코에게 뭘 보낼지도 정하지 못해서 망설임은 있었지만, 편지를 쓰기 위한 이야깃거리를 만드는 거라고 마음먹고 산에 가기로 했어.

내가 향한 곳은 아다타라 산이야.

너랑 마찬가지로 우리 집에서 가장 가까운 버스 정류장에서 등산로 입구까지 한 번에 갈 수 있는 산이지. 시집《지에코초智惠子抄》*로 유명하다 보니 이름은 전국적으로 알려져 있어서 단풍철을 중심으로 다른 지역에서도 많은 등산객이 찾아와 붐비는 산이지만, 5월 연휴 전에는 쥐 죽은 듯 조용했어.

눈도 많이 남아 있고, 케이블카도 운행하지 않아. 신형 바이러스 탓인지, 그냥 등산 시즌이 열리기 전이라 그런지.

그러고 보니 넌 케이블카나 곤돌라를 좋아했지? 눈을 반짝이며 암릉을 척척 오르는 사람이니까 만일 그런 게 있어도 걷자고 할 것 같은데, "표고 100미터분 벌었네" 하며 기뻐하는 모습을 보고 놀랐어.

그리고 천연덕스러운 얼굴로 이렇게 말했지.

"편리한 물건은 이용해야지."

고집은 센 주제에 때때로 보이는 이런 유연한 사고방식이 화과자점 부흥으로 이어졌을 거야, 분명. 나 자신은 어떻게 생각했을까? 케이블카 승차장에 있는 리조트 스타일을 한 특히 동년배의 발랄한 여자애들을 보며, 너희의 목표는 여기겠지만 나한테는 여기는 그냥 출발점이고 목표는 더 멀리 있는 멋있는 곳이야 하며 흡족해했던 것 같아. 겨우 이 정도에서 자연 속에 있다고 생각

---

* 다카무라 고타로의 시집으로 아내인 지에코에 대한 시와 단가, 산문이 수록되어 있다

하다니 하고 경멸하면서.

흙과 함께 살아간다는 것을 요만치도 이해하지 못했던 사람은 바로 나였는데.

케이블카가 움직이지 않는 것을 보고 돌아갈까 생각했어. 하지만 네 편지를 떠올리며 버텼지.

산은 다르지만 그 산을 독차지할 수 있는 것은 똑같은 상황 아닌가.

케이블카 종점인 등산로 입구에서 산정으로 향했다가 온천이 있는 구로가네 산막 쪽 길로 하산하는 것이 아다타라 산의 일반적인 등산 경로야. 전에 왔을 때도 이 경로였지.

이번에는 구로가네 산막 쪽으로 올라갔다가 내려오는 경로를 선택하기로 했어. 맞다, 넌 똑같은 길을 지나고 싶지 않다면서 올라간 코스로 다시 내려오는 등산을 싫어했지. 어릴 때 펜션을 기점으로 한 당일치기 등산이 중심이었던 나는 그 마음이 그리 잘 이해되지 않았어.

그러고 보니 같은 산에 여러 번 가기보다 매번 다른 곳에 오르고 싶다고도 했을 거야. 같은 고류다케 산정이어도 매번 다른 발견이 있어. 내가 이렇게 말한 적이 있었나?

너한테 양보한 건 절대 아니야. 늘 새로운 장소에 도전하려 하는 널 따라가는 게 마음 편했던 거지. 에이코랑 함께라면 더 많은 산의 정상에 설 수가 있어. 산에 이끈 건 나였는데, 언젠가부터 네가 앞장서 걸으며 시아에 들어오는 산 이름을 확인하고는 다음에는 저기로 가자, 여기로 가자며 다음 산으로 인도해줬지.

네 편지가 정상에 도착한 데에서 끝나는 것도 수긍이 가. 네게 산정은 목적지이자 다음 목표를 향한 출발점이기도 했던 거 아닐까?

앞뒤에 사람 모습이 보이지 않는 건 너랑 같은 상황이지만, 아다타라 산 산정으로 향하는 길은 지그재그 급경사는 아니야. 특히 처음 한 시간은 산막에 물자를 운반하는 경차도 지나갈 수 있는 길이야.

그러고 보니 너는 이런 길을 걷는 걸 좋아하지 않았지. '걷는다'는 수단밖에 없는 곳을 걷고 싶다면서.

지금도 그 생각은 그대로일까?

그런 생각을 하다 보니 우회로가 나왔어. 이대로 완만한 마찻길을 걸을 것인가? 산길을 열심히 올라가서 시간을 단축할 것인가? 너는 망설임 없이 시간을 단축하는 쪽을 골랐지. 도중에 어지간한 즐거움이 없는 한, 결국 고개를 오를 거라면 거리가 짧은 편이 낫다고.

나는…… 너를 만나기 전까지는 처음에 천천히 몸을 적응시킬 수 있는 코스를 더 좋아했어. 하지만 당시에는 체력이 있었으니까 너를 따라 일직선으로 등반할 수도 있었지만, 지금은 아니, 혼자서는 어떨까?

혼자서 도전한다. 곰곰이 생각해보면, 내 인생에 그런 장면은 한 번도 없었던 것 같아. 새삼스럽게 처음 하는 단독 산행에 기가 꺾였지만, 눈앞에 펼쳐진 길이 그런 불안을 상냥하게 달래주었어.

시간은 많으니까 이대로 마찻길로 가자.

완만하고 걷기 쉬운 오르막이었어. 신록이라기에는 아직 이르지만 곧 움이 트리라는 것을 확실히 알 수 있는 키 큰 활엽수를 올려다보면서 걸을 수 있어.

여기에 잎이 무성해져서 나뭇잎 사이로 햇살이 비친다면…….
어머니의 애독서이기도 했던 《빨간 머리 앤》의 세계를 동경하던 십대 시절의 나였다면 들뜬 목소리로 '연인의 오솔길' 같다고 말했을 수도 있겠다 생각하다가 몇 초 뒤에 쓴웃음이 났지.

실제로 말로 했잖아.

또 아다타라 산에서 벗어나지만, 나는 있지, 네가 보낸 편지 서두 부분에서 울어버렸어. 이쨩이라고 결혼 전에 부르던 이름으로 불러준 것만으로도 그 시절로 되돌아간 것 같은 느낌이 들어서.

이상하지. 남편은 같은 대학 산악부 선배니까 당시의 추억 이야기를 하면서 언제든지 돌아갈 수 있을 것 같은데.

내 탓이야. 우리 집에서는 언젠가부터 내게 '산'은 금기어가 돼버렸거든.

고지 선배는 옛날이랑 그리 달라지지 않았어. 너도 알다시피 말수가 적은 다정한 사람이야. 하지만 산 이야기가 나오면 누구보다도 뜨겁게 열중했지.

여기가 출발 지점이었구나 하고 새삼 떠올렸어.

둘이서 아다타라 산에 간 뒤로 사귀게 된 건 사실이지만, 산악부 선배들이 고지 선배에게 "노렸다"느니 "작전이 성공했네"라고 한 건 오해야.

여름 합숙 뒤풀이 때, 그게 몇 차로 갔던 가게였지? 해가 저물기도 전부터 값싼 선술집을 순례하고 있어서 몇 번째 가게였는지 정확히 떠올릴 수 없지만, 후쿠시마 출신 부부가 둘이서 운영하는 작은 가게였어.

기억나? 구운 주먹밥을 먹고 이렇게 맛있는 쌀은 처음 먹는다며 둘이서 감동했잖아.

선배들은 사케만 마시고 우리는 레모네이드를 마셨어. 일본산 무농약이라는, '레몬'보다는 한자로 '檸檬'이라고 쓰는 편이 어울릴 것처럼 소박한 형상을 한, 껍질이 조금 울퉁불퉁한 레몬을 부인분이 반으로 잘라서 레트로한 분위기의 옅은 초록색 유리잔에 착즙기로 쭉 짜는 것을 보고 나는 문득 생각난 말을 입 밖으로 꺼냈지. 옛날에는 뇌랑 입이 직결되었거든.

"지에코가 베어 먹은 레몬이 이런 거였을지도 모르겠다."

너는 곧장 "다카무라 고타로 말이지"라고 대답해줬지. 그걸 들은 고지 선배가 우리 자리로 와서 그 구절을 암송했어.

"이 위의 하늘이 진짜 하늘입니다."

하지만 우리 둘 다 입을 떡 벌리고 쳐다만 봤지. 내 경우에는 《지에코초》는 교과서에 실려 있던 〈레몬 애가〉밖에 몰랐거든. 하지만 넌 아니었어.

"어? 내가 기억하는 거랑 조금……."

고지 선배는 아뿔싸 하며 이마를 치고 말했어.

"아다타라 산에 있는 표지판에 쓰여 있는 말인데, 시의 한 구절이 아니었구나. 실례했다!"

그리고 모두에게 말했지. 단풍철에 아다타라 산에 가자고.*

등산에 가자는 제안인데 주위 반응은 시큰둥했어. 무거운 캠핑용품을 짊어지고 우라긴자를 종주한 뒤의 뒤풀이로 고양되어 있었으니 많은 부원이 다음에는 더 어려운 곳이나 오지로 가고 싶다고 했지. 겨울 산에 도전하고 싶다고도 했고.

너는 수업이 있었어. 빠지고 가자, 이러지는 않는 게 에이코지.

나는 '진짜 하늘'을 보고 싶었어. 그리고 또 고향에 산이 있는 사람이 부러웠고, 그게 가볍게 여겨지는 걸 동정했는지도 몰라.

내 여름방학을 아무도 부러워하지 않았던 게 생각나서. 그리

---

* 《지에코초》에 수록된 시 〈천진난만한 이야기〉에는 '지에코는 먼 곳을 보면서 말한다/ 아다타라 산 위에/ 매일 나와 있는 파란 하늘이/ 지에코의 진짜 하늘이라고 한다'라는 구절이 있다

고 또…….

마찻길을 다 올라가니 구로가네 산막이 보였어. 온천이 있는 산막이야. 계속 텐트에서 자다 보면 산막에서 숙박하는 것만으로 도 천국 같은 기분인데, 거기에 더해 온천이라니 뭐에 비유하면 될까?

남성 전용이라고 말하는 편이 그나마 포기할 수 있을 것 같은 야외 혼욕 노천탕이 아니야. 여탕과 남탕이 딱 나뉘어 있어.

진짜 하늘에 단풍과 온천이 따라온다는데 가지 않는다는 선택 지는 내게 없었어. 그 결과 고지 선배랑 둘이서 가게 됐을 뿐이 야. 여자랑 남자 둘만의 여행이라면 사귀는 것이 전제일지 몰라 도, 여자와 남자 둘만의 등산은 동료 의식이 강해지는 일은 있을 지언정 이성이라는 의식은 서로 없어지는 법이라는 건 동급생끼 리 간 등산에서 너도 느낀 적이 있었을걸.

산에서는 젓가락 하나로 돌아가며 라면을 먹을 수 있어도 지 상에 돌아가면 그건 무리라고 느낀다든지.

이야기가 빗나갔는데, 가는 길의 구로가네 산막은 그냥 지나 치기로 했어. 마지막에 남아 있는 즐거움을 확인하면서 오른다, 같은 코스로 올라갔다 내려오는 등산이기에 가능한 일이겠지?

조금 앞에서 걸음을 멈추었어. 경량 아이젠을 장착하기 위해 서야. 나도 인터넷에서 이런저런 물품을 검색했거든. 상상 이상 으로 귀엽더라. 거기다 하나같이 간편하고. 경량 아이젠 같은 건

머그컵만 한 케이스에 들어 있지 뭐야.

그 시절의 나라면 이걸 고르겠지 하고 두근두근했는데, 구입한 건 최소한의 물품뿐이야. 게다가 남녀 겸용으로. 일단 아다타라 산에는 가겠지만, 그 뒤로는 어떻게 될지 모르니까. 아들들한테 줄 수 있는 걸로 하자 싶어서. 아이들 이야기는 이따가 할게.

처음 갔을 때의 아다타라 산은 빨간색, 노란색, 오렌지색, 헤아릴 수 없이 많은 색깔이 겹겹이 포개진 패치워크처럼 선명하고 활기찬 경치였어.

"산이 웃고 있어. 심지어 껄껄 큰 소리로."

고지 선배에게 이렇게 말한 게 기억나. 그이는 놀랐어. 어린 시절부터 학교 소풍도 포함해 몇십 번씩 올랐지만, 그런 비유는 처음 듣는다고.

집이 쌀 농가(이건 흘려들으면 안 되는 중대한 포인트였다고 지금은 생각하지만)여서 어릴 적부터 자연에 친숙했다는 고지 선배는 고산식물뿐 아니라 케이블카 승차장에 인접한 주차장 구석에 피어 있는 들꽃 이름까지 가르쳐주었고, 새가 지저귀면 이름뿐 아니라 표고 몇 미터 부근에 서식한다는 특징까지 알려주었어.

참 신기하지, 삼십 년도 더 전의 일인데 이렇게 편지에 쓰고 있으니 마치 어제 일처럼 선명하게 떠올라. 눈에 비친 것이나 귀에 들어온 소리만이 아니야, 그때 어떤 기분이었는지도.

"자연을 사랑하시네요."

사랑한다니, 설사 자연에 대해서라도 입 밖으로 꺼내기는 쉽지 않은 말인데 산에서는 할 수 있었지 뭐야.

그런 걸 떠올리면서 주위 경치를 둘러보았어. 빨간색도 노란색도 없어. 검은 나무줄기뿐인 숲, 심지어 발밑은 진흙이 섞인 눈이야.

에이코도 이런 곳을 걸었겠구나 하고 상상해보지 않았다면 의욕을 잃을 뻔했을지도 몰라. 급경사가 아니니까 이쪽이 그나마 낫다고 스스로에게 말할 수 있었고.

하지만 이런 생각도 들었어. 그렇게 화려했는데 지금은 검은색과 흰색뿐이야. 게다가 이상하게 뒤섞여 있어. 네가 고생스러웠던 날들을 오르막에 겹쳐놓았듯, 나는 인생을 색깔에 겹쳐놓고 있었어. 애초에 색깔 같은 걸 마지막으로 의식한 게 언제였는지.

아다타라 산은 100대 꽃 명산에 꼽히기도 해서인지 그 뒤 고지 선배는 꽃으로 유명한 산에 데려가줬어.

가을의 색채만이 아니야. 초봄의 하얀 고산식물 꽃밭이랑 신록의 대비, 망아지풀이 흐드러지게 피어서 짙은 핑크와 보라로 뒤덮인 사면, 그리고 한여름의 노란색, 보라색, 흰색. 못둑의 파란색, 화산호의 에메랄드그린.

결혼을 후회하는 게 아니야. 그 시절의 즐거운 상상을 다시 떠올렸을 뿐이지. 내가 그랬던 것처럼 여름휴가 때는 가족이 함께 등산을 하고 싶다고 말했어.

처음은 역시 아다타라 산일까? 백중에 고지 선배의 부모님 댁에 귀성할 때의 연례행사가 될지 모른다고도.

본가에 계시는 부모님이 지은 맛있는 쌀로 주먹밥을 만들어서, 아니지, 이건 시어머니가 해주시는 건가? 그 주먹밥을 산정에서 먹는 거야. 아이가 태어나면 "이거 봐, 얼굴에 밥알이 붙었어"라든가, "열심히 걸었네"라고 웃으면서.

잠깐, 잠깐, 해외 부임이면 귀국은 한 해에 한 번이니까 그럼 설 때가 되나? 추억의 산은 뉴질랜드가 되고?

정말이지, 당시에 생각한 것을 나열하기만 해도 꽃밭이야. 하지만 나는 이게 현실이 될 거라고 믿었어.

아버지 친구의 펜션에는 너도 묵은 적이 있었지? 이름은 '개구리 켄'. 입구에는 유머러스한 표정을 한, 주인인 켄 아저씨를 닮은 목각 개구리가 놓여 있었어.

개구리를 닮은 얼굴이라서 지은 이름이라고 나는 줄곧 생각했거든. 아버지가 설명해주신 적도 없었고, 내가 물어보지도 않았어. 하지만 아니더라. 고지 선배랑 같이 간 적이 있는데, 그이가 입을 떼자마자 켄 아저씨한테 이렇게 물어보지 뭐야.

"가에라즈노켄不帰の嶮*이 유래인가요?"

그랬더니 켄 아저씨가 "정답!"이래. 켄(한자로는 健이야)이라는

---

* 돌아올 수 없는 험로라는 뜻으로 일본 알프스의 시로우마다케와 가라마쓰다케 사이에 있는 험준한 구간

이름 때문에 '가에라즈노켄'에 애착이 강하다 보니 하쿠바에 땅을 사서 펜션 이름을 '가에라즈노켄'으로 짓기로 결심했는데, 아주머니가 반대했대.

재수가 없다고. 뭐, 그렇기는 하지. 출발 전의 등산객들도 많이 숙박할 텐데. 그래서 '가에루노켄帰るのケン'이 대안으로 제시됐는데, 그럼 아예 친숙한 인상도 생기고 굿즈도 만들기 쉽지 않겠나 해서 '개구리 켄'*이 됐다나.

그런 이야기부터 시작해서 켄 아저씨랑 밤을 새워가며 술을 마시는 사이에 고지 선배는 자기도 펜션을 경영하고 싶다고 생각하게 됐나봐. 하지만 자금도 필요하고 노하우도 배우고 싶다는 이유로 리조트 맨션이나 별장을 개발하는 회사에 취직했어.

너도 해외 근무가 있는 게 부럽다고 했지. 외국에서 직접 승부해보고 싶다면서. 가업을 이어받으면서 그 꿈을 이뤘으니까 진심으로 존경스러워.

나는…… 내가 하고 싶다는 생각은 하지 않았어. 고지 선배랑 결혼해서 따라갈 수 있으면 좋겠다 정도였지. 실제로 대학 4학년 가을에 뉴질랜드 출장에 따라가서 둘이서 '세계에서 가장 아름다운 산책길'이라 불리는 밀퍼드 트랙을 걸었을 때 프러포즈를 받았어.

---

* 돌아오다는 뜻인 가에루(帰る)와 개구리(カエル)는 발음이 같다

스물네 살이 되면 해요. 이렇게 대답했어.

뭘까? 그런 시대였던 거지, 스물다섯이 넘어도 결혼을 못하면 안 팔린 크리스마스 케이크니 어쩌니 하던.

어쨌든 나는 들떠 있었어.

그래서 갑작스러운 불행을 겪은 네게 뭐라 말을 건네야 좋을지 몰랐어. 내가 하는 말 한마디가 전부 네게 상처를 주지 않을까 겁이 났거든.

가만히 지켜보자. 그러면서 나는 도망쳐버렸어. 네가 가업을 잇겠다고 결심한 뒤에도.

졸업하고 나서도 둘이서 등산을 계속하자고 약속했으면서.

하지만 언젠가 또 함께 등산하고 싶다고 바란 건 확실해. 그것 만이라도 전할 수 있었다면……. 이제 가정법은 그만 쓸게.

걷기 쉬웠던 길도 서서히 좁아지더니 경사가 제법 급해지기 시작했어. 눈이 녹아서 시내처럼 철벅철벅 흐르고 있는 곳도 있었고.

아, 정말 인생을 돌아보는 등산이구나 느끼게 돼.

스물네 살, 결혼식은 뉴질랜드에서 단둘이 올렸어. 이것도 당시의 유행이지. 이번에는 통가리로 국립공원에 갔어. 흡사 달 표면 같은 곳을 걸으면서 고지 선배는 오 년 뒤에 뉴질랜드로 이주해서 게스트하우스를 열자고 진지하게 제안했어.

갑자기 해외에서 게스트하우스를 열자고? 말도 안 되는 제안

같기도 했지만, 몇 번씩 이야기를 나누다 보니 두근두근하는 감각이 솟아나더라.

켄 아저씨 부인처럼 조리사 자격증을 따기로 결심하고 회사 근무를 계속하면서 일 년 반 동안 야간 전문학교에도 다녔어. 체력적으로는 힘들었지만 꿈이 있으면 노력할 수 있지. 가사 분담도 고지 선배가 확실히 해주었고. 어떤 일이라도 둘이서…….

눈이 녹은 물이 흐르는 길은 상상 이상으로 많이 질퍽거렸어. 네 편지를 읽지 않았더라면 나도 운동화로 왔을 거야. 아니지, 애초에 산에 안 왔겠구나.

학창 시절에 등산 자금을 조달하기 위해 둘이서 여러 가지 아르바이트를 했잖아. 파견회사에 등록해서 슈퍼마켓 앞에서 신상품 아이스크림 시식 판매를 하기도 했고, 축제 회장에서 필름이나 즉석카메라를 팔기도 했고.

엄청나게 팔렸지. 나한테 장사 재능이 있는 게 아닐까 착각할 정도로. 잔돈을 건넬 틈이 없을 정도로 지폐가 줄곧 눈앞을 오갔어. 그걸로 일당 만 엔. 삼천 엔 정도의 보너스 봉투를 같이 넣어주기도 했고, 교통비도 확실히 나왔어.

모임에서 총무 같은 걸 맡을 때마다 사례금이 나왔지.

무슨 말이 하고 싶으냐면 돈을 버는 게 어렵지 않았어. 십만 엔을 벌려고 마음먹으면 열흘 정도 일하면 됐고, 일이랑 근무지에도 선택지가 많았으니까. 그게 당연한 시대에 대학 생활을 보낼 수 있었던 건 축복받은 일이었음을 깨달았어.

거품경제가 꺼진 거야. 리조트 맨션, 별장 개발. 고지 선배의 회사 이름을 쓰지 않은 이유는 거품시절에 화려하게 부풀어 올랐다가 붕괴와 함께 보기 좋게 져버린 회사였기 때문이야.

원래 그만둘 생각이었다고는 하지만 저축도 예정했던 금액의 반밖에 못 했어. 같은 시기에 나도 직장에서 퇴직 권고를 받았고.

그러고 있을 때 좋은 기회를 가져다준 사람이 고지 선배의 고등학교 시절 절친한 친구야. 놀랍게도 이쪽도 이름이 켄이었어. 그 사람은 도쿄의 유명한 이탈리안 레스토랑에서 셰프로 일하고 있었는데, 고향에서 민박을 경영하던 부모님이 건강이 나빠져서 민박을 접기로 한 것을 계기로 거기서 레스토랑을 시작하기로 한 거야.

하지만 민박을 접는 것은 내키지 않았는지 그 고민을 고지 선배한테 털어놓았지. 그러자 선배가 자기가 그곳을 운영해볼 수 없겠느냐고 제안했어.

바닷가의 조용한 마을이야. 산이 아니라 바다? 놀라기는 했지만, 현지를 방문해보니 거기에는 역시 자연이 넘치고 있어서 고향이 없는 사람들이 돌아갈 만한 장소가 될 수 있겠다는 생각이 들었어. 그리고 뭐니 뭐니 해도 근처 어항에서 잡히는 해산물이 정말 맛있었고.

오래된 일본풍 민박을 흰색과 오렌지색의 이탈리아 민가풍으로 다시 꾸며서 1층의 한구석을 아담한 레스토랑으로, 2층이랑 3층을 숙박 시설로 만들었어.

켄 씨가 1층에 살고, 우리는 예전에 민박이 유행하던 시절에 만들어졌다는, 주위보다 높은 지대에 있는 종업원용 작은 단층 건물을 마찬가지로 이탈리아풍으로 다시 꾸며서 살았지.

둘 다 우리의 성이었어. 연하장 사진에도 썼고. 절대 자랑이 아니라, 우리는 괜찮다, 새로운 한 걸음을 내디뎠다고 알리기 위해서.

그래서 네가 과자를 보내줬을 때 무척 기뻤어.

우리는 떨어져 있어도 각자의 산 정상을 향해 확실히 걸음을 앞으로 내딛고 있었으니까.

민박은 궤도에 올라서 오 년 뒤에는 첫째 아들인 미네오峰生를, 그 이 년 뒤에는 둘째 아들인 히로키洋生를 얻었어. 산이랑 바다의 아이지.

2000년 이후로 고지 선배는 인터넷을 효과적으로 활용해서 '모두의 고향'이라는 이름의 투어 프로그램을 시작했어. 산이랑 바다 둘 다 즐길 수 있게, 이틀 이상 묵는 손님들을 근교의 산으로 안내하는 투어야. 웰컴 드링크는 켄 씨의 자랑인 레모네이드로 대접했고.

가까운 지역뿐 아니라 먼 서일본에서도 손님이 오게 됐어. 교토에서 온 손님에게 에이코의 가게에 대해 슬쩍 물어본 적도 있었지. 그 고장 사람들에게 사랑받는 오래된 가게라더라.

나는 발밑에도 못 미치지만, 켄 씨의 도움을 받아서 오리지널 레몬치즈케이크를 개발했어. 스틱형으로 되어 있어서 등산 행동식으로도 적합해.

주말이 가장 바쁘다 보니 아이들이랑 함께 나가기는 어렵지만, 상황에 따라 고지 선배가 손님의 등산 투어에 데리고 가주기도 해서 그때는 늘 레몬치즈케이크를 들려주곤 했지.

집에서 먹으면 조금 시지만 산에서 먹으면 최고로 맛있다, 이렇게 말한 건 히로키였나? 미네오는 어디서 먹어도 맛있다고 해주었어. 편지를 쓰면서 기억이 나다니…….

그 시절은 그 시절대로 고생스럽다, 힘들다고 불만을 입 밖에 내기도 했지만, 대부분의 시간을 웃으며 지냈어.

그 지진이 있기까지는.

미네노쓰지 분기점으로 나왔어.

가을에는 선명한 색색의 거대한 융단을 펼친 것 같은 장소야. 페르시아 융단처럼 중후한 곳이지. 그림으로 그리라고 하면 나무를 한 그루씩은 못 그려. 빨간색과 노란색, 오렌지색을 온통 덧칠하겠지. 모든 나무가 손을 맞잡듯이 아름다운 단풍을 두른 가지를 서로 포개면서 따스한 한 장의 그림을 완성하고 있었어.

그 그림 속에서 대학생이었던 나는 고지 선배가 가지고 온 주먹밥을 둘이서 먹고 있어. 고지 선배랑은 현지에서 만나지 않고 도쿄에서 함께 출발했기 때문에 그이 어머니가 만들어줬다고는 생각할 수 없어서 물어봤더니 쑥스러운 눈치로 직접 만들었다는 거야. 손이 큰 그이가 만든 걸 증명이라도 하듯이 내 주먹보다도 큰 삼각 주먹밥이었어, 모양을 아주 예쁘게 가다듬은. 내가 만든 것보다 조금 더 단단하고 소금 간이 잘된, 속을 넣지 않은 주먹밥.

그 쌀이 어찌나 맛있던지. 확실히 속을 넣을 필요가 없어. 음식 방송 리포터가 일식을 먹을 때 곧잘 "일본인이라서 다행이야!"라고 하잖아? 바로 그런 느낌으로 나는 환희의 탄성을 질렀어. 그랬더니 고지 선배의 본가에서 지은 쌀이라는 거야.

산에 갈 때는 늘 직접 주먹밥을 만드느냐고 물었더니 그렇지도 않다는 뜻밖의 대답이 돌아왔어. 그러고 보니 합숙 때도 그이 팀이 식사 당번이었을 때 된장 우동이었지, 신입생 환영회에서 자기소개를 할 때는 좋아하는 음식이 라면이라고 했지 하는 생각이 떠올랐어.

다만 이 아다타라 산을 오를 때는 고향의 쌀을 먹고 싶다고.

쌀 농가의 아이는 빵이나 라면 같은 밀가루 제품을 좋아한다는 이상한 지론도 펼치고는(피자는 특별한 날의 진수성찬이라나) 그래도 여기서만큼은 쌀을 먹고 싶고 우리 집 쌀이 제일 맛있다고 진심으로 생각하게 된대.

에이코라면 이해할지도 모르겠다. 자기 집에 뿌리내린 맛을 아는 사람은.

뭔지 알겠어요, 하며 안이하게 동조할 수는 없었어. 나한테는 고지 선배의 쌀에 필적하는 것이 없으니까. 내 배낭에는 편의점에서 산 과자가 가득 들어 있었지만, 꺼내버리면 이물질이 되어버리지 않을까 하는 느낌이 들었어.

아름다운 그림에 얼룩이 생긴 것처럼.

나 자신도 이물질이지만, 아다타라 산이랑 잇닿아 있는 장소에서 어쩌면 여기서 흐르는 물로 지어졌을지도 모르는 쌀을 먹음으로써 녹아들 수 있을 것 같았어.

나도 산의 일부가 되고 있다. 그렇게 생각한 건 그때가 처음이야. 정신이 들어보니 눈물을 흘리고 있었고, 흐릿한 물기 너머로 고지 선배가 어쩔 줄 몰라 하는 얼굴이 보였어.

부러워요. 나는 선배한테 그렇게 말했어. 나중에 알았는데, 그때 고지 선배는 나랑 결혼하고 싶다고 생각했나봐. 사귀고 있을 때도 아니었는데.

하지만 이물질인 채로 있는 게 나았던 거야. 그림 속에 갇히면 어디로도 달아나지 못하게 되니까.

아다타라 산에 간다는 말은 하지 않았는데, 아침에 부엌 테이블 위에는 알루미늄포일로 싼 주먹밥이 놓여 있었어.

고지 선배랑…… 내가 지은 쌀이야.

그 지진으로 우리는 소중한 친구랑 소중하게 가꾸어온 직장을 잃었어. 건물이 무너졌을 뿐이라면 또 세우면 돼. 하지만 그 땅이, 마을 전체가 안전한 생활을 보내지 못하는 장소가 돼버리면, 거기서 재생하는 건 불가능해. 적어도 반년, 일 년 같은 시간으로는. 그렇다고 아무것도 하지 않고 기다릴 수도 없어. 오늘을, 내일을 살아가야만 하고 아이들도 먹여 살려야 하니까.

다행히 같은 후쿠시마 현의 안전한 장소에 고지 선배의 본가가 있었고, 시부모님도 따뜻하게 맞아주셨어. 하지만 나는 '다행'이라고는 생각할 수 없더라.

태어나서 처음 하는 농사일이야. 게다가 시아버지는 지진으로 무너진 창고 지붕을 수리하다가 떨어지는 바람에 등을 다쳐서 일어나지를 못하고. 나무 한 그루가 쓰러지면 주위도 휩쓸리듯, 밀집해서 서로를 단단히 지탱하면 할수록 다 함께 쓰러져버려.

시어머니는 그해 연초부터 위에 이질감을 느끼고 있었는데, 검사를 받을 타이밍을 놓친 채 시판 위장약을 먹거나 습포를 붙이면서 자기 몸을 속여가며 농사일과 시아버지 병시중을 이어갔어. 그러다 쓰러졌을 때는 이미 손쓰기에는 너무 늦은 상태였지.

정상을 목표한다느니, 그런 문제가 아니야. 안개가 자욱한 수림 지대를 이 길이 맞을까, 이게 정말 길일까 더듬더듬하면서 앞으로 나아가는 듯한……. 지금 생각하면 조난에 가까운 상황이었다고 생각해.

그래도 고지 선배랑 아이들이랑 다 같이 곁에 있다는 생각이 들었다면 마음을 강하게 먹을 수 있었을지도 몰라.

가령 둘이서 등산을 할 때도 이인삼각처럼 가까운 거리에서 걷지는 않잖아. 문득 발밑의 꽃에 시선이 가도 특별히 진기한 꽃이 아닌 다음에야 꽃에 별로 관심이 없는 너를 불러 세우거나 하지는 않아. 사진을 찍고, 네 등이 보이는 범위 내에서 관찰하고는 뒤를 쫓아가지.

나라면 그 정도의 거리는 금방 따라잡을 수 있다는 자신이 있었고, 대개의 경우는 내가 멈춰 서 있다는 것을 눈치채고 너도 걸음을 멈췄어. 물통에 담아온 커피를 맛있게 마시면서. 아마 의식하지는 않았겠지만 가까운 돌에 한쪽 발을 올리고 허리에 손을 얹고. 멋있었지.

고지 선배와의 등산은 늘 가까이서 감동을 함께 공유하는 느낌이었는데, 학창 시절의 나는 그걸 황홀하게 여겼겠지만 그래도 너와 둘이서 등산을 계속하고 싶었던 건 서로에게 너무 다가서지 않고 각자가 자신의 산을 즐기는 분위기가 좋았기 때문인지도 몰라.

하지만 이인삼각처럼 딱 달라붙어서 걸은 적이 한 번 있었지. 날씨가 수상쩍다 싶더니만 몇 분 뒤에는 짙은 안개에 휩싸여서 네 모습이 보이지 않았어. 무서워져서 큰 소리로 이름을 불렀더니 너는 고작 2-3미터 앞에 있었고. 손이 닿는 거리가 될 때까지 네가 걸음을 멈추고 돌아보고 있다는 것도 깨닫지 못했을 정도야.

그런 안개가 온 집 안에 퍼져 있었던 것 같아.

같은 집에서 사는데도 각자가 어떤 얼굴을 하고 있는지, 내게는 도통 보이지 않았어.

해안 마을에서 이사 온 것이 원인인지 미네오는 중학교에서 괴롭힘을 당했어. 그걸 눈치챈 히로키는 나한테 얘기하려 했던 모양이지만, 미네오가 그러지 못하게 했고.

내가 뒤틀려 있었으니까. 시아버지 수발을 들고, 시어머니 문병을 다니고.

고지 선배는 논일은 자기가 하겠다고 말해줬지만, 나는 그게 자기 부모의 지금 모습에서 눈을 돌리고 달아나기 위한 구실처럼 여겨졌어. 내가 논일을 할 테니까 당신이 부모님 병시중을 들어. 이 말은 할 수 없었어. 나는 고지 선배나 에이코처럼 어릴 때부터 쌓아온 게 아무것도 없거든. 피상적인 절차는 이해해도 그보다 한 단계 더 끌어올릴 감각이나 기술은 없어.

날씨를 읽고 행동하는 건 산에서나 가능할까.

아아, 그렇구나.

고지 선배는 아이들의 분위기가 바뀐 것도 눈치채고 있었던 것 같아. 어느 날 산에 가자고 하는 거야. 할아버지가 짧게 가 계실 수 있는 곳도 구해뒀다면서.

그런데 난 바로 거절했어. 게다가 애들이 입을 열기도 전에. 산 같은 데 갈 여유가 있으면 그만큼 집에서 잠이나 자게 해달라고.

결국 산에는 셋이서 가게 됐어.

나는 그게 또 달갑지 않았어. 와, 두고 가네 하면서. 어쩌면 애들도, 특히 미네오는 마음이 내키지 않았을지도 몰라. 신경이 곤두서 있을 때는 익숙하지 않은 걸 하면 스트레스가 될 뿐이니까. 하지만 내가 혼자 쉴 수 있게 해주려고 가기로 했겠지. 이런 단순한 생각도 그때 내 머릿속에는 떠오르지 않았어.

그렇게 집에 혼자 남아도 자고 있을 수는 없었어. 청소하고, 빨래하고, 산 같은 데 가면 또 빨랫감이 늘어나잖아 하고 역정을 내면서.

무서웠던 거야, 발을 멈추는 게.

산에서도 힘들 때일수록 쉬는 게 두려웠어. 더는 못 움직이게 되는 것 아닐까 하고. 앉는 게 두려웠어. 그래서 배낭도 내려놓지 않고 선 채로 수분을 보충하고, 그런 모습을 본 부원들에게 기운이 넘친다는 말을 들으며 쓴웃음을 지었지.

고지 선배는 배낭을 내려놓으라는 말을 꼭 해줬어. 앉으라고도 했고. 물을 마시고 초콜릿이든 견과류든 상관없으니까 뭐라도 먹으래.

그 말을 들었다가 일어서지 못하게 된 적은 한 번도 없었어.

제대로 쉬어야 그 뒤에 더 잘 걸을 수 있다는 건 알고 있었는데. 어째서 산에서는 알고 있던 걸 일상생활에는 적용하지 못했을까? 그건 분명 여기가 아니라고 생각했기 때문이야. 나만 이물질이었어.

발밑만 보면서 계속 오르다가 겨우 산등성이로 나왔어.

유럽의 숲 같지는 않지만 호수라면 이나와시로 호가 한눈에 내다보여. 그보다도…… 하늘이 파랗다고 느꼈어. 은백색 위의 파랑이기 때문인가? 하늘이 이렇게 푸르렀나 하고 잠깐 발을 멈추고 하늘만 계속 바라보았지.

이렇게 짙은 파랑이었나? 이렇게 투명한 파랑이었나? 이렇게 깊이가 있는, 우주까지 이어져 있는 것을 예감할 수 있는 파랑이었나!

문득 이런 생각이 들었어.

그날 산에서 돌아온 애들은 어떤 얼굴을 하고 있었을까? 눈동자 속에 무엇이 펼쳐져 있었을까? 제대로 들여다봤다면 즐거웠느냐고 물어볼 수 있었을지도 몰라, 다음에는 같이 가자는 생각이 들었을지도 몰라.

애들은 내게 즐거웠다느니 지쳤다느니 하는 감상을 말하지 않았지만, 내가 마주 보았더라면 긍정적인 말을 끌어낼 수 있었겠지. 왜냐하면 애들의 등산은 그 뒤에도 계속됐으니까.

미네오는 등산 동아리가 있는 고등학교를 목표로 공부에 매진하게 됐어. 거기서 좋은 친구를 만나서 고교 대항 경기까지 출전했으니, 히로키도 당연하다는 듯 같은 길을 목표로 했어.

학교에서 잘 지도했는지, 세탁이나 도구 손질도 자기들끼리 직접 했고. 대학생이 되더니 여름방학에는 집에 오지도 않아. 올라간 산도 사후 보고야, 그것도 고지 선배한테나.

저마다 자신의 정상을 목표로 하게 돼. 부모가 데려가주는 등산이란 계기에 지나지 않는다는 건 내가 가장 잘 알고 있었는데.

하지만 아이들이랑 사이가 나빴던 건 아니야. 특히 그 아이들이 산에 열중하게 된 뒤로는 집안일도 적극적으로 거들어줘서 나도 꽤 편해졌고.

체육대회나 축제, 학교 행사는 챙겨서 보러 갔고, 매일 도시락도 싸주었고, 수험생 때는 야식을 만들거나 가족 넷이서 조금 멀리 있는 유명한 신사에 기도를 드리러 가거나 합격을 축하하러 레스토랑에 가기도 했고…… 평범하고 즐겁게 지냈어. 단지 산에 가지 않았을 뿐이야. 산 이야기를 하지 않았을 뿐이야.

시어머니와 시아버지를 보내고 나서도 마찬가지였어. 장례식이 끝난 뒤에 두 번 다 고지 선배가 나한테 고맙다고 했어. 이제부터는 스스로를 더 소중하게 여겼으면 좋겠다는 말도. 그러면서 뭘 선물했을 것 같아?

신발이나 배낭 같은 등산용품이 아니야.

놀랍게도 샤넬 립스틱이야. 게다가 핑크색. 뭐지? 거품경제야? 웃기지? 웃고 있는 줄 알았는데 울고 있었어.

지나간 시간을 되찾아보려고 그이도 필사적으로 고민한 거라고 생각해. 어디까지 되돌리면 돼? 지진 이전? 결혼했을 때? 만났을 때?

너무 많이 돌렸어.

게다가 병시중이 끝났다고 해서 그럼 산에 가자, 이런 기분이 들지도 않아. 좋아, 해방이다! 하면서 후련해질 수 있을 것 같아? 그러면 참고 살았다는 걸 인정하는 셈이잖아. 내 인생의 일부는 괴로운 것이었다고 결론 내버리게 되잖아.

오히려 산 같은 거 오르지 않아도 인생은 즐겁다, 나는 행복하다는 걸 증명하고 싶잖아.

이건 비 오는 날이나 흐린 날도 즐겁다고 우기는 거랑 똑같아. 물론 그렇게 관점을 바꿔서 극복해야 하는 때도 있고, 비와 구름이 있기 때문에 무지개나 뇌조를 만나는 즐거움도 있는 거지만.

능선을 걷다 아담한 바위밭을 올라간 곳에 정상이 있었어.

내 머리 위에는 하늘, 파란 하늘. 단지 그것뿐이야.

하지만 진짜 하늘, 이물질이 아니야. 나를 이 산의, 이 땅의 일부로 받아들여주는 하늘이었지.

너는 그래도 여전히 이 하늘을 부정할 거야?

지나간 날들과 비교하면 안 돼. 이 산을 오르고 구름을 넘으면 파란 하늘이 펼쳐져 있어. 그렇게 가르쳐주는 사람이 곁에 있는데 계속 귀를 막을 필요는 없어.

지금의 사소한 행복을 인정한다고 해서 과거가 불행했던 것이 된다니, 어리석은 생각이잖아. 지금의 행복을 부정해서 어쩌려고. 부정한 지금이 과거가 되면, 또 그 미래의 행복도 부정하게 될 뿐이잖아.

지난 괴로운 날들은 괴로웠다고 인정해도 돼. 힘들었다고 입 밖에 내어 말해도 돼. 그리고 그걸 지나온 자신을 그냥 위로해줘. 이제부터 다음 목적지를 찾으면 되는 거야.

가족들의 목소리에는 귀를 기울이지 않았으면서, 친구의 편지에 마음이 동해 등산을 했다는 걸 고지 선배나 아이들은 어떻게 생각할까?

하지만 선배와 아이들은 분명 이해해줄 거야. 본인들에게도 같은 존재가 있을 테니까. 다들 에이코에게 감사할 거야.

한 번 더 올라가봐 하면서 격려해주는 산은 아주 가까이 있던 산이었지. 이건 인생의 여러 가지 일로도 바꿔놓을 수 있지 않을까?

우리는 닮은꼴이라서 아무도 먼저 '힘들다'고 말하지는 못하고 그저 앞만 보고 계속 오르기만 했어. 쉬면 좋았을 텐데 후회하기보다, 그런 경험이 있어서 다행이라는 마음이 더 커.

그때 배운 것을 가지고 여기까지 올 수 있었다고 믿으니까.

우선, 고마워. 그리고 괜찮으면 그리 머지않은 미래에 둘이서 산에 오르자. 아이들이랑 오르기 위해서는 아직 훈련이 필요해서가 절대 아니야.

여기에 이렇게 길게 썼어도 전하고 싶은 말이 아직 많이 있으니까.

내 편지도 정상에서 끝이야. 다시 만날 때까지 건강하길.

추신: 산정에서 먹은 주먹밥은 최고였어. 쌀을 보낼게. 하산 도중에 있는 온천은 더 최고야. 이건 네가 직접 와야겠다.

이짱이

残照の頂　続・山女日記

옮긴이 **심정명**

서울대학교 서양사학과를 졸업하고 서울대학교 비교문학 협동과정에서 석사학위를,
오사카 대학교 문학연구과에서 박사학위를 받았다. 미나토 가나에의 《여자들의 등산
일기》《조각들》, 교고쿠 나쓰히코의 《후 항설백물어》, 이케이도 준의 《일곱 개의 회의》,
그 밖에 《백미진수》《괴담》《피안 지날 때까지》《이치고 동맹》 등 문학뿐만 아니라, 《유
착의 사상》《스트리트의 사상》《납치사 고요》 등 다양한 분야의 일본 작품을 우리말로
옮기고 있다.

노을 진 산정에서

1판 1쇄 인쇄 2025년 2월 7일
1판 1쇄 발행 2025년 2월 20일

지은이 미나토 가나에 **옮긴이** 심정명
펴낸이 박강휘
편집 장선정 **디자인** 송윤형
마케팅 이헌영 박유진 **홍보** 박상연 이수빈

발행처 김영사
주소 경기도 파주시 문발로 197(문발동) 우편번호 10881
등록 1979년 5월 17일(제406-2003-036호)
주문 및 문의 전화 031)955-3100 **팩스** 031)955-3111
편집부 전화 02)3668-3295 **팩스** 02)745-4827
전자우편 literature@gimmyoung.com
비채 블로그 http://blog.naver.com/viche_books
인스타그램 @drviche @viche_editors **트위터** @vichebook
ISBN 979-11-7332-058-3 03830 책값은 뒤표지에 있습니다.

비채는 김영사의 문학 브랜드입니다.